계간 미스터리

계간 미스터리

[illegible]

[illegible]

[illegible]

발행인 [illegible]

편집인 [illegible]

편집장 [illegible]

편집위원 [illegible]

[illegible] [illegible]

디자인 [illegible]

[illegible] [illegible]

제작 [illegible]

인쇄 [illegible]

발행처 나비클럽

출판등록 [illegible]

주소 [illegible]

전화 [illegible]

이메일 [illegible]

ISSN [illegible]

ISBN 979-11-91029-04-8 03810

값 15,000원

표지 그림 © 정민호 〈젊은 소설가의 위험한 작업실〉
이야기가 담긴 삽화를 그리는 일러스트레이터. 독일 마인츠에서 일러스트레이션 석사를 마치고 지금은 베를린에서 활동하고 있다. '훌륭한 만화책 만들기'를 인생의 목표로 갖고 있다.
• 홈페이지 Jung-illustration.com • 인스타 @jung-illustration

2020 가을겨울호를 펴내며/한국 추리소설 작가들의 세대 간 교전이 더욱 격렬해지기를

한이
계간 미스터리 편집장

2020년이 마무리되어가는 지금, 암울한 소식들이 넘쳐납니다. 이 글을 쓰고 있는 현재, 전 세계 코로나바이러스 감염자는 4841만 명을 넘어섰고, 사망자도 123만 명을 돌파했습니다. 아마 잡지가 출간될 즈음이면 코로나보드에 더 많은 희생자의 숫자가 기록될 것입니다. 중증급성호흡기증후군(SARS)이 유행했던 때처럼 곧 바이러스의 기세가 꺾일 것이라는 희망은 사라진 지 오래입니다. 초강대국 미국에서는 대선이 한창입니다. 서로가 승리했다며 파이팅 포즈를 취하고, 만약 당선이 안 된다면 고소도 불사하겠다고 떠들고 있습니다. 긍정적인 에너지와 위트로 사람들에게 웃음을 주던 한 개그맨의 안타까운 소식도 들립니다. 일상(日常)이 일상이 아니게 된 지금, 우리는 또 한 권의 잡지를 세상에 내놓습니다. 현실이 어두울 때야말로 그 현실을 명징하게 보여주고 위무하는 이야기가 필요함을 믿기 때문입니다.
이번 호의 주제는 '세대교체'입니다. 세상 어떤 곳이든 기성세대와 미래세대의 갈등은 필연적입니다. 오히려 갈등이 없다면 문제겠죠. 한국 추리소설의 긴 침묵과 정체에는 세대교체를 이루려는 치열한 싸움이 없었기 때문이 아닐까 하는 생각에서 선정한 주제입니다. 다툼이 없는 곳에 평화는 남았을지 모르지만, 그것은 학습된 무기력을 그럴듯한 말로 포장한 것에 지나지 않는 것일지도 모릅니다. '세대교체'란 연령대의 갈음을 뜻하는 것만은 아닙니다. 최근 십여 년 동안 남성 서사가 강세였던 영미권에서 여성 서사가 대세가 된 것처럼, 국내에서도 서미애, 송시우, 박하익 등 여성 추리소설가의 작품이 스포트라이트를 받고 있습니다. 앞으로 더 많은 여성 작가들의 목소리가 광장에 울려 퍼지기를 바라는 마음 또한 '세대교체'란 주제에 담았습니다.
다행히 희망적인 관측이 나오고 있습니다. 새로운 세대는 더 이상 비좁은 국내가 아니라 전 세계로 눈길을 돌리고 있습니다. 장르의 규칙을 누구보다 잘 알지만, 경계를 넓히는 일을 게을리 하지 않습니다. 타 장르의 장점을 취하고 미스터리와 혼합해 시너지 효과를 극대화하는 영리함도 있습니다. 컴퓨터 키보드가 아니라 스마트폰으로 글을 쓰고, '내가 하나의 장르가 되겠다.'라는 패기도 보입니다. 지금까지 누리던 기득(旣得)을 내려놓고 날바닥에서 새로운 이들과 노련미 가득한 작품으로 한판 붙는 기성세대가 보고 싶습니다. 그 치열한 교전 속에서만 잃어버렸던 독자들의 눈길을 다시 한국 추리소설로 돌리게 할 묘책이 나올 것입니다.

미국 대선이 치러지면서 '샤이 트럼프'란 단어가 종종 언급됩니다. 트럼프에 대한 지지를 밝히기 꺼려 하다가 선거에서 내심을 드러내는 사람들을 일컫는 말입니다. 한국에서 흔히 추리소설을 적극적으로 구매하는 독자의 수를 3000명 정도로 추정하고, 출판사들도 그 숫자를 근거로 대략의 초판 부수를 정합니다. 하지만 우리는 그보다 훨씬 많은 '샤이 미스터리' 독자들이 있다고 믿습니다. 미스터리로 분류되지만, 수십만의 독자들을 끌어들이는 소설이 심심치 않게 등장하는 것만 봐도 그렇습니다. 결국은 독자의 부족이 아니라, 그들을 만족하게 할 수 있는 콘텐츠가 없다는 뜻일 것입니다. 《넷플릭스 시대의 글쓰기》에서 패멀라 더글러스가 한 말처럼 말입니다.

"물론 언제 어떻게 시청하느냐는 계속해서 진화할 테지만, 무엇을 시청하는가의 여부는 이제까지 늘 그러했듯 콘텐츠 자체의 질에 의해 추동될 것이다."

《계간 미스터리》는 한국 추리소설 작가들의 세대 간 교전을 부추기고, '샤이 미스터리' 독자들을 밝은 세상으로 이끌고자 합니다. 부디 이런 간절한 바람이 담긴 '2020 가을겨울호'도 편안한 마음으로 즐겨주시기 바랍니다. 저희는 다시 책상 앞으로 돌아가 암울한 오늘을 버티고 내일을 살아낼 힘을 주는 이야기를 찾겠습니다.

특집
한국 추리문학의 세대교체

특별기고

격전지의 외연을 확장하며 전복을 꿈꾸다

인터뷰

한국 추리소설의 신진 고수를 만나다

특별기고

격전지의 외연을 확장하며 전복을 꿈꾸다

정명섭

1973년 서울에서 태어났다. 대기업 샐러리맨과 커피를 만드는 바리스타를 거쳐 현재는 전업작가로 활동 중이다. 2006년 《적패》를 시작으로 다양한 작품 활동을 해오고 있다. 대표작으로는 《추락》, 《미스 손탁》, 《별세계 사건부》, 《셜록 홈스, 과학수사 클럽》, 《유품정리사-연꽃 죽음의 비밀》, 《한성 프리메이슨》 등이 있다.

일본 추리소설가 야마다 무네키에게 제66회 일본추리작가협회상 대상의 영예를 안겨준 소설이 《백년법》이다. 서두는 가상의 역사로 시작한다. 여섯 발의 원자폭탄을 맞은 일본이 미국에서 개발한 불로불사의 기술 'HAVI'를 도입함에 따라 국민들은 아무리 나이를 먹어도 20대의 젊음을 유지하게 된다. 하지만 필연적인 세대교체를 위해서 불로화 시술을 받은 사람들은 100년 후 반드시 죽어야 한다는 '생존제한법'을 제정한다. 당연히 죽지 않으려는 인간들이 생겨나고, 그들을 죽이려는 집행기관의 대립 상황이 다양한 현대 사회의 문제들과 함께 그려지고 있다. 소설의 내용은 차치하고 세대교체를 위해 기성세대의 수명을 정해놓는다는 설정이 흥미롭다.

세대교체의 사전적 의미는 신세대가 구세대를 대신하는 것을 말한다. 국가나 민족 같은 거대하고 중요한 조직은 물론, 작게는 가정까지 세대교체를 해야만 존속할 수 있다. 인간의 수명은 한정적이고, 활발하게 활동할 수 있는 시간은 그보다 더 적기 때문이다. 따라서 세대교체를 얼마나 성공적으로 해냈는가가 그 조직의 미래를 결정한다.

한국 추리소설은 일제강점기에 해외 작품을 번안한 신문 연재소설들과 익명에 기대어 창작된 몇몇 작품들을 시작으로 백십여 년의 역사를 갖고 있다. 추리소설이 먼저 유입된 일본의 경우에는 본격에서 사회파, 신본격, 장르 혼합으로 이어지면서 각 흐름마다 걸출한 작가들을 배출하며 세대교체에 성공했다. 하지만 안타깝게도 한국 추리소설의 경우는 드문드문 보이는 서너 명의 작가만 있을 뿐, 세대교체에 성공적이었다고 말하기는 어려운 상황이다. 세대교체의 필연성이 더욱 강조되고 있는 지금, 한국 추리소설의 세대교체가 실패했던 이유를 분석해보고, 앞으로의 흐름을 예측해보고자 한다.

한국 추리소설 1세대의 대표적인 인물은 김내성이다. 일제강점기에 일본에서 유학했던 김내성은 자신이 추리소설가라고 인정한 최초의 인물이며, 추리소설의 문학적 위상이나 의미에 대해서도 진지하게 고민했던 사람이다. 하지만 문제는 추리소설에 대한 당대의 인식이었다. 당시 추리소설을 번안하고 창작하던 작가들은 자신들이 추리소설을 쓰고 있다는 것이 알려지는 것을 두려워했고, 봄바람, 붉은빛, 하인리 등의 필명 뒤에 철저하게 숨고 싶어 했다. 추리소설적 기법을 사용한《염마》를 발표할 당시 서동산이란 가명을 사용한 채만식에게서 당시 지식인들의 이중적인 잣대가 여실히 드러난다. 이러한 작가들의 창작 태도는 새로운 세대의 탄생을 기대하기에는 역부족이었다.

거기에 일본 정부의 정책적인 탄압도 있었다. 1930년 말 중일전쟁을 시작으로 태평양전쟁을 벌이던 일본은 영국과 미국을 주적(主敵)으로 지정하고 있었기 때문에 영미문학을 금지시켰고 미스터리 역시 같은 취급을 받았다. 일본 추리문학의 비조인 에도가와 란포(江戸川乱歩) 역시 작품이 강제 절판되는 수모를 겪어야만 했다. 내선일체를 부르짖던 일본인지라 국내의 상황도 비슷하게 흘러갔다. 유일한 추리소설가 김내성 역시 친일적인 내용의 스파이물이나 아동물을 창작하며 작가 생명을 연명해 나갔다.

한일 양국의 추리소설 비조라 할 만한 에도가와 란포와 김내성의 행보는 해방 후 갈림길에 선다. 김내성은 추리소설과 관련된 에세이나 이론을 간간이 발표하기는 했지만 추리소설 창작에서는 멀어지고, 《쌍무지개 뜨는 언덕》, 《청춘극장》, 《인생화보》, 《실낙원의 별》과 같은 연애물 위주의 대중소설을 주로 발표했다. 반면에 에도가와 란포는 창작에서는 거의 손을 떼지만, 추리소설을 널리 알리는 데 힘을 쏟았다. 잡지를 창간해서 새로운 작가를 발굴하고, 강연과 좌담회를 통해서 추리소설의 대중화에 앞장섰다. 일본추리작가협회의 전신인 일본탐정작가클럽을 창설해 초대 이사장을 지내기도 했다. 무엇보다 신인상에 해당하는 '에도가와 란포상'을 제정해서 참신한 역량을 지닌 작가를 발굴하는 데 심혈을 기울였다. 수상작은 일본 유수의 출판사인 고단샤(講談社)에서 출간되고 강력한 지원을 받기로 유명한데, "란포상을 수상하고 사라진 작가는 없다."라는 말이 회자될 정도다. 그 말을 증명이라도 하듯 수상자 명단 중에 모리무라 세이치(森村誠一), 히가시노 게이고(東野圭吳), 기리노 나쓰오(桐野夏生), 다카노 가즈아키(高野和明), 야쿠마루 가쿠(藥丸岳) 등 지금 일본 추리소설계를 이끌어가고 있는 작가들이 두루 포진되어 있다는 사실은, 에도가와 란포가 왜 일본 추리소설의 아버지로 불리며 '대란포(大乱歩)'라는 경칭을 받는지 그 이유를 짐작케 한다.

일본이 추리소설의 부흥기를 맞는 동안 국내에서는 나만식, 서남순, 허문녕, 백일완, 방인근 등이 작품을 발표하기는 했지만, 양이나 질에 있어서 세대교체를 이뤘다고 말하기에는 민망한 수준이었다. 그나마 방인근 정도만 연구자들에 의해 언급될 뿐 지금은 작품도 작가도 흔적 없이 사라지고 말았다. 물론 해방 후의 어수선한 상황과 한국전쟁 등의 혼란한 정세를 생각하면 어느 정도 수긍이 가는 면도 있지만, 유일하게 1세대 추리소설가라고 할 수 있는 김내성이 에도가와 란포와 같은 적극적인 행보를 보였더라면 어땠을까 하는 아쉬움이 남는다.

한국 추리소설이 긴 침체기를 벗어나 새로운 작가들이 등장한 것은 1970년대에 들어서면서부터였다. 〈경찰관〉으로 등단한 후 1974년 《최후의 증인》으로 걸출한 작가의 등장을 알린 김성종은, 이후 《백색인간》, 《제5열》, 《제5의 사나이》, 《국제열차 살인사건》 등의 작품을 발표하면서 한국 추리소설 최초의 부흥을 이끌었다. 뒤를 이어 이상우, 현재훈, 김남, 정건섭 등이 등장해 작품성이나 판매에 있어서도 괄목할 만한 성과를 거두었다. 한국추리작가협회가 창설(1983)되고 한국추리문학상이 제정(1985)된 시기도 이때였다. 당시 스포츠신문 연재소설의 상당수가 추리소설이었고, 각종 신춘문예에서도 미스터리 분야를 신설해 신인 발굴에 앞장서는 분위기였다. 《추리문학》, 《미스터리 매거진》 등의 잡지도 창간되었고, 상당한 액수의 상금을 내걸고 공모전을 열었다. 이 당시에 등장한 작가들이 이수광, 백휴, 권경희, 김차애, 임사라, 서미애, 황세연, 정석화 등이었다. 어떻게 보면 한국 추리문학 최초의 세대 교체라고 부를 만한 시기였다. 하지만 안타깝게도 정권 이양은 순조롭지 않았다. 이유가 무엇일까?

가장 큰 원인은 추리소설 자체의 인기가 사그라졌다는 것이다. 초판 5만 부를 보장하던 시대에서 몇천 부까지 떨어졌고, 선인세로 아내에게 거하게 스테이크를 사줬던 작가는 두고두고 남는 흑역사를 갖게 됐다. 영미권과 일본의 작품들이 번역 출간되면서 높아진 독자들의 눈높이를 따라잡지 못한 작가들이 비슷비슷한 스토리의 작품을 양산했고, 선정적이고 자극적인 장면만 가득하고 개연성이라고는 찾아볼 수 없는 소설을 추리소설이라는 이름을 달고 출간했다. 덕분에 한때 반짝했던 인기는 썰물처럼 빠져나가 사라지고 말았다. 생계를 유지하기 어렵게 된 작가들은 쉴 새 없이 태작을 양산하거나, 추리소설계를 떠나 드라마 대본을 쓰거나, 냉면가게를 열거나, 새로운 기술을 배우기 위해 학교로 돌아갔다. 무주공산이 된 한국 추리소설의 자리는 영미권의 작품들과 히가시노 게이고로 대표되는 일본 작품들이 차지하게 되었다. 이후 등장한 신인 작가들이 다양한 이유로 장편보다는 단편에 집중하면서, 세대교체의 동력은 완전히 꺼져버리고 말았다.

2000년대 중반, 드디어 변화의 조짐이 나타났다. 한국추리작가협회에서 창간한 《계간 미스터리》를 통해 새로운 신인들이 발굴되었다. 《선암여고 탐정단》의 박하익, 《라일락 붉게 피던 집》의 송시우, 《유다의 별》의 도진기, 《흔한 일들》의 신재형이 그들이다. 이들의 공통점은 단편보다는 장편을 통해 독자들 확보에 나섰다는 것이다. (한때 추리소설 작가들이 '장편 추리소설 쓰기 운동 본부'라는 카페를 운영한 적이 있었다. 이 당시에 완성된 소설이 서미애의 《인형의 정원》이다.) 완성된 장편 원고를 출판사에 직접 투고해 데뷔한 작가들도 등장하는데, 《B컷》의 최혁곤, 《훈민정음 암살사건》의 김재희가 택한 방법이었다. 하지만 여전히 1970~80년대의 부흥을 이끌었던 김성종의 이름을 지워버릴 정도의 세대교체는 이뤄지지 않았다.

현재 내외적인 면으로 김성종의 이름값에 가장 근접한 작가는 서미애다. 서미애는 《인형의 정원》 이후 꾸준히 장편 추리소설을 발표하고 있고, 《잘 자요, 엄마》의 해외 출판과 영국 제작사와의 드라마 계약 체결로 주가를 올리고 있다. 《당신의 별이 사라지던 밤》 역시 괄목할 만한 판매고를 올렸다. 서미애로 대표되는 세대교체의 에너지가 전복을 꿈꿀 수 있을 정도로 이어질 수 있을까? 대답은 긍정적이다.
첫 번째 이유는 새로운 작가들이 다양한 방법을 통해 등장하고 있다는 것이다. 인터넷 매체의 발달로 과거처럼 신춘문예나 특별한 등단 과정을 거쳐서 작가가 될 필요가 없다. 자신의 블로그에 글을 써도 되고, 플랫폼에 연재해도 된다. 추리소설 원고를 찾고 있는 출판사에 직접 투고하는 방법도 있다. 이 시점에서 추리소설 마니아의 적극적인 개입이 두드러진다. 대부분 장르소설의 경우 그 장르를 좋아하던 마니아가 직접 창작에 나서는 경우가 많다. 뿐만 아니라 원하는 책을 내가 직접 만들어서 보고 싶다는 일념으로 출판사를 차리는 마니아도 등장하고 있다. 장르의 규칙을 잘 아는 작가와 추리소설을 사랑하는 출판사(편집자)가 만나 강력한 시너지 효과를 내고 있다. 한국 추리소설의 쇠퇴에는 장르에 정통한 편집자가 없었다는 것도 한몫을 담당했는데, 새로운 세대는 강력한 지원군을 얻은 셈이다.

두 번째 이유는 원소스멀티유즈(OSMU)를 통해 장기적인 집필이 가능하게 되었다는 것이다. 쉽게 말하자면 생계유지가 가능해졌다는 뜻이다. 세대교체가 이뤄지기 위해서는 작가들의 꾸준한 작품 활동이 반드시 필요하다. 과거 잠재력 있는 작가들이 추리소설만으로는 밥을 먹을 수 없어서 절필하거나 직업을 바꿨다면, 드라마나 영화, 웹툰 등 다양한 방법으로 2차판권 판매가 가능해진 지금은 굳이 그럴 필요가 없다. 오히려 OTT 서비스가 대세가 된 이후로 일정 수준 이상의 추리소설 원작을 출간하기만 하면, 저작권 확보에 나선 제작사가 줄을 서고 있다.

세 번째 이유는 추리소설에 대한 인식 변화다. 더 이상 추리소설이 '살인을 가르치는 교과서'(실제 한국의 방송국에서 쓴 표현이다.)라거나 범죄를 조장하는 반체제적인 문학(에도가와 란포가 받았던 혐의다.)이라고 생각하는 덜떨어진 사람은 없다. 잘 만들어진 오락으로서, 시대를 반영하고 삶의 본질을 다루는 문학으로서 정당한 위치에 올라 있다. 이젠 누구도 추리소설 쓰는 것을 필명 뒤로 숨기거나, 읽는 것을 부끄러워할 필요가 없다. 더 많은 작가가 탄생할 기본 요건을 갖춘 셈이다.

세대교체는 단순히 미래세대가 기성세대를 몰아내는 것을 의미하지 않는다. 주요 고지를 점령하려는 세대 간의 치열한 전투 속에서 새로운 사조가 탄생하고 격전지의 외연이 넓어지는 것을 뜻한다. 어쩌면 한국 추리문학은 지금까지 단 한 번도 신구세대가 제대로 붙어본 적이 없는지도 모른다. 그저 우물 속에서 형님 먼저 아우 다음 하면서 몇 모금 남지 않은 구정물을 나눠 마시기에 급급했던 것인지도. 이제는 우물을 부수고 나와 큰물로 나가야 할 때다. 기성세대의 대찬 방어와 미래세대의 날선 공격이 연달아 부딪힐 때 비로소 한국 추리문학을 가두고 있던 단단한 벽이 깨지고 드넓은 바다를 마주하게 될 것이다. 미래세대가 기성세대가 되어 다음 전투를 준비할 때까지 쉼 없는 충돌이 벌어지길, 그리하여 그대들의 온몸이 영광의 상처로 가득하기를 기대한다.

한국 추리소설의 신진 고수를 만나다

인터뷰

공민철 박상민 한새마

인터뷰어·정리 한이

무협소설에 흔히 나오는 말로 '장강후랑추전랑 일대신인환구인(長江後浪推前浪 一代新人煥舊人)'이라는 속담이 있다. 중국 명나라 말기 격언집 '증광현문(增廣賢文)'에 나오는 말로 "장강은 뒷물이 앞물을 밀어내고, 새로운 사람이 옛사람을 대신한다."라는 뜻이다. 주로 젊은 주인공에게 패배한 늙은 고수의 넋두리로 많이 쓰인다.
어쩌면 한국 추리소설계의 빈한함과 젊은 세대 독자들의 외면에는, 비조 김내성과 1980년대의 전성기를 이끈 김성종 이후, 그 정도의 (문학적인 성과는 차치하고) 양적 성공을 거둔 새로운 인물이 없다는 사실에서 기인한 것인지도 모른다.

김성종은 2019년 《월간조선》 문갑식과의 인터뷰에서 다음과 같이 말한다.

— 그런데 왜 추리소설에는 평론가가 없습니까.
"있을 수가 없지요. 시장이 좁은데. 추리소설가라 해봐야 저 하나인데 무슨 평을 하겠어요."

— 우리나라가 많은 분야에서 발전했다고는 하지만 선진국과 비교하면 뭔가 층(層)이 얇다는 생각이 듭니다.
"일본만 해도 추리소설 작가가 수백 명인데 우리는 아직도 나 하나밖에 없으니. 문 국장 말대로 우리는 인적으로 빈곤한 나라입니다. 인구는 넘쳐나는데 정작 전문 분야에는 사람이 없으니."

노고수의 일갈로 듣고 흘려버리기엔 여러모로 입맛이 쓰다. 하지만 희망이 없는 것은 아니다. 올 한 해 한국은 코비드19로 경제 전반이 심각한 타격을 입었지만, 추리소설계로 보자면 그 어느 해보다 많은 작가의 작품이 출간되었다.

이에 《계간 미스터리》에서도 앞으로의 행보가 기대되는 세 명의 신진 고수를 만났다.

공민철은 2014년 '계간 미스터리' 신인상으로 등단한 후, 2015년과 2016년 연속으로 '한국추리문학상' 황금펜상을 수상했고, 2019년에 벌써 자신의 첫 단편집 《시체 옆에 피는 꽃》을 출간해서 독자들의 찬사를 받았다. 현재 첫 장편 추리소설인 《다감 선생님은 아이들이 싫다》의 출간을 앞두고 있다. 박상민은 2016년 '계간 미스터리' 신인상으로 등단한 후 다양한 단편을 써오다가, 올해 첫 장편인 메디컬 스릴러 《차가운 숨결》을 출간했다. 한새마는 2019년 '계간 미스터리' 신인상과 '엘릭시르 미스터리 대상' 단편 부문에 모두 이름을 올린 무서운 신예다. 현재보다 앞으로가 기대되는 신진 고수들에게 어떤 독사출동(毒蛇出洞)의 한 수가 있을지, 무당산 상청궁에서 내려올 줄 모르는 노고수를 끌어낼 신기묘산(神機妙算)이 있을지, 기대감에 부풀어 인터뷰를 진행했다.

한이(이하 '편')

첫 번째 질문은 한번쯤 생각해보셨을 만한 질문인데요. 다양한 장르 중에서 추리소설을 쓰게 된 계기가 무엇인가요?

공민철(이하 '공')

고등학교 3학년 수능 끝나고 시간이 많이 남아서, 교실에서 히가시노 게이고의 《용의자 X의 헌신》을 읽었는데 너무 재미있는 거예요. 물론 원래도 책 읽는 걸 좋아하는 학생이기는 했지만, 이런 쾌감을 주는 소설은 본 적이 없었거든요. 그때 혼자서 추리소설가가 되어야겠다고 결심했어요. 그래서 집에서 가장 가까운 대학의 문예창작과를 찾아서 진학했죠.

박상민(이하 '박')

집 근처 도서관에서 추리소설을 많이 빌려 읽었어요. 지금은 경향이 좀 달라지긴 했지만, 당시에는 본격 추리소설을 좋아했어요. 신선한 트릭 같은 것이 나오면 놀라워하면서 읽다가, 시간이 지나면서 '나도 이런 트릭을 생각해볼 수 없을까.' 하는 생각이 강해졌죠. 그러다가 트릭이 하나 떠올라서 묵혀놨는데, '계간 미스터리'에서 신인상 공모를 하더라고요. 그래서 2013년부터 단편을 써서 응모하기 시작했어요.

한새마(이하 '한')

저는 문예창작과 출신이긴 한데 시를 썼었어요. 시로 등단을 하려다가 몇 번 떨어지고, 결혼하면서 창작보다는 적극적인 독자의 입장이 되었죠. 히가시노 게이고의 《공허한 십자가》와 같은 작품들을 주로 읽었는데, 읽다 보니까 '내가 이런 범죄의 피해자가 된다면?' 혹은 '나라면 이 작가와는 다른 결말을 내지 않았을까.' 하는 생각이 들었어요. 그렇게 '만약에 나라면'이라는 생각으로 쓴 첫 단편이 '계간 미스터리' 신인상에 당선되어 등단하게 됐어요. 운이 좋았다고 생각해요.

편　　2019년에 '계간 미스터리' 신인상과 '엘릭시르 미스터리 대상' 단편상 둘 다 탔는데, 가족들 반응은 어땠나요? 원래 추리소설 쓰는 걸 알고 있었나요?

한　　아니요, 아예 몰랐어요. 남편은 소설을 전혀 안 읽는 사람인 데다 우리 집에는 컴퓨터나 프린터가 없어서 소설을 스마트폰으로 썼거든요.

편　　지금도 스마트폰으로 쓰시나요?

한　　네. 애들 키우는 상황에서 이제부터 글 쓸 거야 하고 컴퓨터 앞에 앉기가 정말 힘들거든요. 그래서 애들이 낮잠 잘 때나 밤에 재우고 나서 틈틈이 스마트폰으로 쓰고 있어요. 최근에 프린터는 한 대 장만했어요. 작은 화면으로 보면서 수정하다가 프린트해서 보니까 확실히 다른 면이 있더군요.

편　　기왕 얘기가 나왔으니까, 다른 두 분은 추리소설 쓴다고 하니까 주변에서 반응이 어땠나요?

공　　저는 문창과 친구들 정도나 알고 있고, 가족들은 잘 읽지 않더라고요.

한새마 작가

그 작품이 제 속에 들어왔다가 나가고
그것으로 인해서 제 삶이 조금은 바뀌는 소설.
빈껍데기 같은 트릭만 가득한 소설이 아니라
동시대 사람들의 삶이 그려진 작품이
좋은 추리소설이라고 생각해요. – 한새마

박 저희 가족도 특별히 독서를 좋아하는 편은 아닌데, 이번에 나온 첫 장편은 읽으셨더라고요. 전공의 친구들은 신기해하는 쪽이에요. 제가 추리소설을 많이 읽는 건 알고 있지만, 쓰는 줄은 몰랐거든요. 교수님이나 동료들에게 소설 쓴다고 공개적으로 말하면 본업을 소홀히 할까 걱정하는 시선이 있어서요. 그래도 책 나오고 많이 축하해주셨어요.

편 작품 쓰거나 구상하실 때 가장 염두에 두는 건 어떤 부분인가요? 주안점을 두는 부분이 있나요? 예를 들어 캐릭터나 플롯이라든지, 혹은 배경이나 문체일 수도 있겠죠.

한 저는 재미예요. 제가 글을 쓰면 항상 제일 먼저 보여주는 친구가 있어요. 그 친구가 추리소설을 정말 안 좋아하거든요. 그런 친구가 마지막까지 읽게 하려면 계속해서 다음 장이 궁금하도록 만들어야 하죠. 현실에서 완전히 동떨어진 트릭은 별로 좋아하지 않아요. 트릭도 실제 있을 법한 것을 고안하고 싶어요. 일부 본격 미스터리의 특수설정 트릭은 일종의 판타지 같아서요.

공 저 같은 경우에는 문체와 서두에 집착하는 편이에요. 지금은 좀 덜하지만, 첫 문장이 잘 뽑혀 나올 때까지 일주일, 보름까지도 한 문장만 썼다 지웠다 한 적도 있거든요. 물론 첫 문장을 쓴다고 해서 문장 한 줄만 생각하는 건 아니에요. 순간적으로 앞으로의 스토리 한두 페이지 정도를 썼다 지웠다 한다는 느낌이 강하죠. 그리고 트릭보다는 인물을 더 중요하게 생각해요. 저도 일단 추리소설을 쓰니까 트릭을 넣기도 하지만, 그렇게 참신하다고는 생각하지 않아요. 예를 들어 《용의자 X의 헌신》에 등장하는 시체 바꿔치기 트릭도 다른 소설에서 많이 쓰인 장치죠. 그런데 그 소설이 아직도 제 마음속에 남아 있는 이유는, 트릭이 아니라 그 트릭을 사용하는 인물이 특별하기 때문이죠. 그러니까 트릭은 반복되더라도 인물의 상황은 반복되지 않는 그런 소설을 쓰고 싶어요.

박　　저는 작품 쓰기 전에 소재에 대해 많이 생각하는 편입니다. 이 소재를 쓰면서 내가 재미있을지, 썼을 때 독자가 재미를 느낄지 먼저 고민합니다. 구상해놓은 소재는 여러 개인데, 제가 이 소재를 다룰 수 있는 능력이 되는지도 염두에 둡니다. 올해 발표한 《차가운 숨결》은 제가 전공하고 있는 분야라 쓰기가 쉬웠지만, 어떤 소재는 사회 경험을 좀 더 한 다음에 쓰는 것이 맞지 않을까 생각하고 있습니다. 최근에는 주제에 대해서도 고민하고 있는데, 더 많은 대중과 공감할 수 있는 주제를 어떻게 작품 속에 녹여낼 수 있을지 고심하고 있습니다.

공　　제가 이번에 쓴 소설에서 성소수자 문제를 다뤘거든요. 이 작품을 쓰면서 이런 결론을 내려도 되는가에 대해 고심을 많이 했어요. 예전에는 재미있는 소재라고 생각되면 별 고민 없이 가져다 썼는데, 이제는 제 나이와 경험에서 이 소재를 충분히 다룰 수 있을까에 대한 고민을 하는 거죠.

편　　한새마 작가에게 질문드리죠. 지금까지 발표한 단편으로 〈죽은 엄마〉, 〈엄마 시체를 부탁해〉, 〈낮달〉 그리고 이번 호에 실린 〈어떤 자살〉이 있는데요. 읽어보면 주된 테마가 어머니와 딸의 이야기더군요. 어떤 특별한 의도가 있는 건가요?

한　　아무래도 제가 네 명의 아이를 기르다 보니 모성에 대해 많이 생각하기 때문인 것 같아요. 첫 번째 단편은 '내가 모성으로 얼마만큼 자식을 감싸줄 수 있을까? 나에게 이런 일이 일어난다면 난 어디까지 할 수 있을까?'를 생각하다가 쓰게 됐어요. 두 번째 단편도 마찬가지였어요. 형사역의 여주인공보다는 등장인물 중 한 명인 중국 여자에게 감정이입을 한 거죠. 엄마가 딸을 잃은 복수를 하기 위해 어디까지 할 수 있을지 생각하다 나온 작품이었어요. 세 번째 작품은 코로나 사태가 터지고 나서 저에게 가장 무서운 것이 무엇일까 생각해봤어

요. 그랬더니 남편이 바이러스에 감염되어 실직하고, 빚을 감당하지 못해 아이들과 함께 길거리로 내몰리는 것이었어요. 극빈에 대한 공포감이 세 번째 작품을 쓰게 한 거죠. 이렇게 항상 '나라면 어떻게 할까.'라는 생각에서 출발하니까 모성이나 여성에 관한 이야기가 많이 들어가게 된 것 같아요. 일본만 해도 이야미스 장르(이야미스는 '싫다'라는 뜻의 일본어 '이야다(いやだ)'와 미스터리의 합성어이다. 사건의 논리적 해결보다는 인간의 어두운 내면을 주로 그린다.)를 비롯해서 여성을 주인공으로 한 추리소설이 상당히 많잖아요? 한국의 경우 추리소설을 구매해서 읽는 독자의 대부분이 여성이라는 점을 고려하면, 앞으로 여성 입장의 추리소설이 더 많아져야 한다고 생각해요.

편 가상 도시인 월영시를 무대로 하는 《괴이한 미스터리》라는 앤솔러지에 실린 〈낮달〉을 제외한 모든 작품의 배경이 무진시더군요. 본인이 생각하는 무진시는 김승옥의 〈무진기행〉에 가까운가요, 아니면 공지영이 《도가니》에서 그린 곳에 가까운가요?

한 아마 공지영 소설의 무진시에 가까울 거예요. 전라북도 어딘가에 있는 곳이고 한쪽은 바다가, 다른 쪽은 산이 감싸고 있는 도시. 부패하고 욕망만 남은, 정의가 실현되지 않는, DC 코믹스의 고담시와 같은 곳이죠.

편 앞으로 그곳을 배경으로 어떤 사악하고 음침한 일들이 벌어질지 기대됩니다. 에드 맥베인의 '87분서' 시리즈 무대인 가상 도시 아이솔라시처럼 긴 생명력을 가질 수 있길 바랍니다. 이번에는 공민철 작가에게 질문드릴게요. 출간 예정인 장편소설 《다감 선생님은 아이들이 싫다》 재미있게 읽었습니다. 원고를 읽으면서 히가시노 게이고의 《신참자》와 비슷하다는 느낌을 받았습니다. 니혼바시에 신참으로 나타난 가가 형사가 이웃의 거짓말을 간파하면서 살인사건의 진상에 다가가는 연작 장편인데, 각 에피소드들이 항상 따뜻하게 마무리되거든요. 《시체 옆에 피는 꽃》에 실린 단편들보다 이번 연작 장편에 실린 작품들이 더 부드럽고 따뜻해진 이유가 무엇인지 궁금합니다.

공 이건 후기에도 쓸 내용이긴 한데요, 지금까지 쓴 작품들을 모아서 보니까 저도 모르는 사이에 그런 따뜻한 감성들이 담겨 있더군요. 그래서 이번에는

메디컬 스릴러 하면 떠오르는
로빈 쿡이나 마이클 파머의 작품들을 보면
사회적인 문제를 잘 녹여내고 있거든요.
다시 메디컬 스릴러를 쓰게 된다면
사회적인 메시지를 담고 싶습니다. – 박상민

작정하고 따뜻한 일상 미스터리를 한번 써보자고 생각했어요. 제가 히가시노 게이고 소설을 좋아하는 이유도 따뜻한 인간미 때문이거든요. 그 영향인지 책을 덮었을 때 인물이 독자의 마음에 남았으면 좋겠다는 생각으로 작품을 썼어요.

편 　그런데 역설적으로, 결말은 따뜻하지만 다루고 있는 소재는 굉장히 어둡거든요. 자살, 학교폭력, 동성애, 소아성애와 같은 소재를 왜 하필이면 초등학교를 배경으로 그린 건지 묻고 싶군요.

공 　이 소설의 주제는 가족이에요. 어떤 책에서 읽었는데 2차 성장기가 오기 전인 초등학생 아이에게는 가족이라는 세계관이 가장 중요하다고 해요. 그러면 '초등학생 아이들이 자기가 가장 소중하게 생각하는 세계를 지키기 위해서 어떤 행동까지 할 수 있을까?'라는 생각에, 그들이 가장 힘들어할 수 있는 상황을 던져준 거죠. 그런데 쓰다 보니까 제가 의도하지 않았던 곳으로 스토리가 많이 뻗어가기도 했어요.

편 　작가가 의도하지 않은 부분에 작가 본연의 모습이 드러나는 경우가 많죠. 특정한 테마나 모티브가 반복된다면 그 지점에 작가의 내면이 있다고 봐도 되지 않을까요. 다감 선생님 캐릭터는 계속 이어질 예정인가요?

공 　저는 계속 쓰고 싶어요. 그래서 소설의 결말을 살짝 모호하게 낸 것도 있죠. 그런데 제가 만든 캐릭터지만 어려워요. 꼬인 실타래도 많고, 이율배반적

박상민 작가

인 면이나 자기의심도 많은 인물이거든요.

편 박상민 작가는 《차가운 숨결》을 쓰면서 어려운 점은 없었나요? 공중보건의로 복무하면서 장편소설 쓸 시간을 내기가 쉽지 않았을 것 같은데요.

박 마감에 맞춰 쓰다 보니까 부담이 좀 됐어요. 한 챕터당 마감을 10일 단위로 했거든요. 그래도 구상은 예전부터 했던 거고, 메디컬 스릴러는 제가 전공으로 하는 분야라 큰 어려움은 없었어요. 게다가 전에 드라마아카데미 다닐 때, 같은 이야기를 A4지 35쪽 단막극으로 써봤던 적이 있거든요. 물론 단막극 대본에는 연쇄살인이 없고 수아의 이야기가 주를 이뤘지만, 그때 장면과 대사를 많이 써놔서 비교적 수월하게 작업했던 것 같아요.

편 작품 후기에 보니까 편집자가 스토리 프로듀서의 역할을 적극적으로 했다고 소개했는데요, 어떤 일을 한 건가요?

박 트리트먼트를 짜면서 새로운 서브플롯이나 보조 캐릭터에 대해 함께 논의하기도 하고, 결말을 어떻게 낼 것인지에 대해서도 적극적으로 제안을 해주셨어요. 이번 작품의 결말을 두 가지로 낸 것도 편집자의 제안이었어요. SF에서는 흔한 설정이지만 메디컬 스릴러에서는 거의 쓰인 적이 없으니 한번 도전해보자는 것이었죠. 추리소설이 명확한 결말을 요구하는 장르기 때문에 호불호가 갈릴 수도 있어서 망설이긴 했지만, 무난한 마무리보다는 논란이 있더라도 새로운 것을 시도해보기로 했어요.

편 개인적으로 마무리가 아쉽긴 했지만, 작가 본인이 현직에서 겪은 리얼리티가 살아 있으니까 끝까지 읽게 하는 힘이 있었어요. 한 분은 첫 장편소설이 나왔고, 한 분은 나올 예정인데 뿌듯함과 아쉬운 점이 있다면 어떤 것인가요?

박 어쨌든 첫 장편이 나왔으니까 고생한 보람이 있죠. 어느 정도 부담감을 떨쳐냈다고 해야 할까요? 아쉬운 점은, 시간에 덜 쫓겼더라면 더 잘 쓸 수 있지 않았을까 하는 것? 책이 출간된 다음 읽어보니 아쉬운 부분도 보이고, 다음에 메디컬 스릴러 장르를 쓴다면 어떤 부분을 보강해야 하는지도 알 것 같아요. 메디컬 스릴러 하면 떠오르는 로빈 쿡이나 마이클 파머의 작품들을 보면 사회적인 문제를 잘 녹여내고 있거든요. 지금 당장은 생각이 없지만, 다시 메디컬 스릴러를 쓰게 된다면 사회적인 메시지를 담고 싶습니다.

공 뿌듯한 점은 어쨌든 완성했다는 거예요. 출간 시기를 계속 늦출 정도로 글에 대한 고민이 많았거든요. 제가 자문을 구한 동갑 친구가 초등학교 선생님인데, 그 친구에게 아무리 이것저것 물어봐도 주인공이 가진 교사로서의 마음이 백퍼센트 이해가 안 되더라고요. 그래서 작가도 완벽하게 모르는데 책을 출간해도 되는 걸까 하는 부담감이 있었죠. 그리고 요즘 보통 한 반에 스무 명 정도의 아이들이 있는데, 제가 캐릭터로 구체화한 아이는 주요 사건에 등장하는 네다섯 명밖에 안 되거든요. 비중이 적은 캐릭터까지 생명을 불어넣기가 쉽지 않더라고요. 그래서 다음에 등장인물이 많은 소설을 쓸 때는 어떻게 해야 할까 고민하고 있어요.

편 집필 스타일은 어떤가요?

공 저는 일단 아침에 일어나서 식사하고 잠깐 산책하고 돌아와서 최대한 많이 쓰려고 합니다. 쓰다가 집중력이 흐트러지면 책을 읽거나 인터넷 서핑을 하며 시간을 보냅니다. 저녁이 되어 다시 집중력이 돌아오면 내일 쓸 것에 대해 정리해놓고 잠자리에 듭니다. 이런 패턴이 자리잡힌 것은 얼마 되지 않아요. 《다감 선생님은 아이들이 싫다》를 쓰면서 강제로 만든 스타일인데, 가장 효과가 좋은 것 같아서 최대한 깨지 말자고 생각하고 있습니다.

박 저는 공중보건의 생활을 하다 보니 저녁 말고는 쓸 시간이 거의 없어요. 평일 저녁과 주말을 최대한 활용해서 쓰려고 하는데, 영화나 드라마 볼 것도 많아서 조금만 긴장을 늦추면 글 쓸 시간이 없더라고요. 첫 장편도 옆에서 독촉하는 분이 있으니까 억지로라도 집필 시간을 확보한 측면이 있어서, 마감의 필요성을 절감하고 있습니다.

한 원래는 올해 장편 두 편을 쓸 계획이었어요. 올해부터 아이들이 어린이집에 가기 시작해서 오전 열 시부터 오후 세 시 정도까지 시간이 나니까, 집 근처에 회원제로 운영되는 스터디 카페에 가입해서 출퇴근하듯 쓰고 올 계획이었거든요. 그런데 갑자기 코로나 사태가 터지면서 아이들 생활이 불규칙해지니까 저도 덩달아 엉망이 된 거죠. 그래서 지금은 화장실에서도 쓰고, 앉아서 졸다가도 쓰고, 밥하면서도 쓰고, 생각이 나기만 하면 스마트폰으로 써요. 집에서 애들 네 명을 돌보다 보니까 밤에 머리만 대면 잠들어요. 그럴 때는 새벽에 알람 맞춰놓고 애들이 일어나기 전 새벽 서너 시에 일어나서 써요. 그래도 아직까진 글 쓰는 게 재미있어요.

편 제가 아는 어떤 분도 글을 써야 하는데 집에 온 손님들 때문에 마땅한 장소가 없어서 비좁은 보일러실에서 노트북으로 쓰셨다고 하시더군요. 지금은

공민철 작가

장르문학 작가가 오를 수 있는
가장 높은 지점은, 그 작가가 쓰는 소설이
하나의 장르가 되는 것이라고 생각합니다.
제가 쓰는 소설 전부가 공민철이라는
장르가 되면 좋겠습니다. -공민철

시간이 날 때마다 스마트폰으로 글을 쓰는데, 얼마나 많이 썼으면 폰 화면에 자판의 잔상이 생길 정도였대요. 어쨌든 글을 쓰고자 하는 간절함만 있으면 방법은 찾을 수 있군요. 공민철 작가는 전에 사석에서 더 이상 글을 쓰지 않겠다고 말했는데, 그 이후 어떤 심경의 변화가 있었나요?

공 저는 또래 친구들이 취업하고 결혼할 때, 대학 졸업하자마자 신인상을 받으면서 조금 더 해보자 하면서 여기까지 온 거거든요. 취업할 시점을 놓친 거죠. 단편집을 내면서 어느 정도 된 것 같다는 생각도 들고, 자신에게 좀 더 떳떳한 사람이 되자는 생각에 취업을 했지요. 그런데 다른 작가들 신작을 읽으면 '솔직히 이것보단 잘 쓸 수 있을 것 같은데.' 하는 질투심도 들고, 잠자려고 누우면 오늘 겪었던 일들을 소설로 구상하면서 '이거 괜찮은데?' 하면서 중얼거리는 거예요. 그러다가 결국에는 짧은 가출을 끝내고 돌아오게 됐어요. 확실히 글 쓰는 게 재밌어요. 투자하는 시간에 비해 보람도 적고 아예 아무런 성과가 없을 가능성이 크지만, 그럼에도 불구하고 자기만족적 쾌감이 크죠.

편 가장 영향을 많이 받은 작가나 작품은 무엇인가요?

공 아까도 말씀드린 것처럼 히가시노 게이고예요. 요즘에도 《용의자 X의 헌신》, 《악의》, 《붉은 손가락》 같은 작품은 되풀이해서 읽어요.

박 저는 애거사 크리스티 작품으로 추리소설에 입문했거든요. 거의 전 작품을 읽었어요. 히가시노 게이고 작품도 마찬가지고요. 두 작가를 가장 좋아하긴 하지만, 영향을 받았다고 할 정도로 제 소설이 그렇게 닮은 것 같지는 않아요. 최근에 제프리 디버의 《본 콜렉터》를 읽으면서는 이런 스타일의 소설을 써보고 싶다고 생각했는데, 오히려 애거사 크리스티나 히가시노 게이고의 소설은 그렇게 많이 읽었으면서도 비슷하게 써보고 싶다고 생각한 적은 없어요. 좋아하는 작가와 자신이 쓰는 스타일은 별개의 문제라는 생각이 들어요.

한　　어디에선가 비슷한 질문을 받고 공민철, 강지영 작가라고 말씀드렸어요. 히가시노 게이고의 《공허한 십자가》, 《호숫가 살인사건》을 통해서 이런 사회적인 문제도 소설화할 수 있다는 것을 배우기는 했지만, 일부 작품들은 호불호가 강하게 갈리거든요. 제가 글을 쓰게 된 계기가 공민철 작가의 단편 추리소설을 읽고 나서였어요. 우리나라의 추리소설이 다른 나라에 비해 많이 뒤처진다는 말씀을 많이 하시는데, 우리만의 정서나 한국어로만 표현될 수 있는 뭔가가 있다는 것을 공민철 작가의 작품을 읽고 느꼈거든요. 그리고 저도 그렇게 쓰고 싶다고 생각했어요. 물론 쓰고 나면 전혀 다른 이야기가 나오지만요.

편　　현재 집필 중이거나 집필 예정인 작품이 있나요?

공　　이것저것 많이 쓰고 있습니다. 완성되면 내년에 있을 장편 공모전에 응모할 생각입니다. 최근에 시리즈 탐정 캐릭터를 만들어보면 어떻겠냐는 얘기를 들어서, 저랑 같이 성장하면서 오래 함께 갈 캐릭터에 대해 고민하고 있습니다.

박　　저 역시도 시리즈물에 대한 욕심이 있기는 한데, 현실적으로 전작이 대성공을 거두지 않으면 시리즈가 이어지기 힘들잖아요. 그래서 일단 제가 좋아하는 소재로 스탠드 얼론 작품을 한 편씩 쓰다가 나중에 좋은 캐릭터가 떠오르면 도전해볼 생각입니다. 지금은 살인이 나오지 않는 사회파 미스터리를 구상하고 있어요. 일종의 심리 스릴러인데 묘사하기가 쉽지 않아서 진도가 늦네요.

한　　우선 청탁받은 단편을 하나 쓰고 있어요. 끝내고 나면 장편 집필에 들어가야죠. 여형사들로만 이루어진 연쇄살인범 전담반의 이야긴데, 전작에 등장한 태미수와 여성 프로파일러, 행동파 아줌마 등이 팀원을 이루고 있어요. 연쇄살인사건 수사만이 아니라 팀원들 간의 호흡과 관할서 남성 형사들과의 기 싸움 같은 것도 다룰 예정입니다.

편 영상화하기에 좋은 이야기 같습니다. 혹시 영상화를 염두에 두고 집필하시나요?

공 저는 화면에서 움직이는 영상을 생각하면 문장이 잘 안 나가더라고요.

편 최근에 아예 스토리 개발 단계부터 영상화를 목적으로 적극적으로 개입하는 출판사들이 많이 늘어나는 추세인 것 같습니다. 하지만 그것이 작가의 내면으로 들어가서 좋은 작품이 되느냐는 전혀 다른 이야기죠. 물론 이차 판권이 판매되면 작가 생활을 하는 데 좀 더 유리하기는 하겠지만요. 비슷한 맥락의 질문을 하나 드리겠습니다. 최근 종이책 시장은 점점 줄어들고 전자책이나 웹소설 시장은 팽창하는 추세인데요, 세 분은 앞으로 이런 변화에 어떻게 대응하실 생각이신가요?

공 저는 특별히 생각해본 적 없습니다.

박 얼마 전에 네이버에서 웹소설 공모전을 했는데 미스터리 분야도 따로 했거든요. 제가 아는 작가도 본선에 진출했는데, 문제는 로맨스 같은 다른 장르에 비해 조회 수가 너무 적게 나오더라고요. 제 생각에도 한정된 리소스를 갖고 매출을 올려야 하는 플랫폼의 입장이라면 미스터리는 열외 대상일 것 같아요. 그래서 웹소설 시장이 아무리 커도 추리소설을 쓰고 싶다면 종이책으로 계속 써야 하지 않을까 생각해요. 웹소설 시장에서 성공하려면 추리가 아니라 다른 장르를 써야겠죠. 기존의 유명한 추리소설들이 웹소설로 나온다 해도 그렇게 반응이 좋을 것 같진 않아요.

한 웹소설로 간다면 예전 스포츠신문 연재소설처럼 매회 자극적인 소재와 액션을 집어넣어야겠죠. 본격적인 추리소설이라면 앞에 복선을 깔고 뒤에서 터트려야 하는데, 이러면 웹소설 독자들이 따라오질 않죠.

작가가 의도하지 않은 부분에
작가 본연의 모습이 드러나는 경우가 많죠.
특정한 테마나 모티브가 반복된다면
그 지점에 작가의 내면이 있다고 봐도
되지 않을까요. — 한이

편 이번 호 테마가 '세대교체'인데요, 젊은 작가로서 한국 추리소설계에 대해 어떻게 느끼시나요? 어떤 변화가 필요하다고 생각합니까?

박 한국추리작가협회에 한정해서 말씀드린다면, 물론 협회가 창립연도나 역사에 있어서 독보적이긴 하지만, 이제는 협회 소속이 아닌 작가들에게도 문호를 넓혀야 한다고 생각합니다. 예를 들자면 한국추리문학상 대상이나 신예상과 같은 것들이죠. 그렇게 한다면 국내 추리소설이 더 활성화되리라 봅니다.

한 저는 작가보다 독자로서 지낸 기간이 더 길고, 리뷰도 많이 썼는데요. 이제는 좀 더 다양한 소재로 과감한 시도를 해봐도 되지 않을까 생각해요. 이미 국내에서도 넷플릭스나 왓챠와 같은 스트리밍 서비스를 통해서 다양한 스타일의 미스터리가 가미된 드라마를 즐기고 있거든요. 최근 〈모범형사〉 같은 드라마가 시청률을 올리고 있는 것만 봐도 증명이 되는 거죠. 그런데 오히려 국내 작가들이 경찰에 대한 부정적인 국민 정서 때문인지 쓰기를 꺼리는 측면도 있는 것 같아요. 이제는 작가들이 천편일률적인 스토리가 아니라 다양한 방식으로 각자의 목소리를 내면 좋겠어요.

공 솔직히 깊이 생각해보진 않았어요. 앞으로 제가 다양한 스타일의 추리소설을 쓰면서 넓혀가는 것이 한국 추리소설계 발전에 공헌하는 길이 아닐까 생각합니다.

한이 편집장

편 내가 가는 길이 한국 추리소설의 나아갈 바다? 굉장한 포부인데요?

공 꼭 그런 느낌은 아니지만, 어쨌든 그렇게 생각합니다. 가끔 그런 작품들이 있어요. 추리소설, 스릴러소설이라는 타이틀을 달고 나오기는 하는데, '이분은 추리소설을 많이 안 읽었구나.'라는 느낌이 드는 작품들. 그런 소설들보다는 나은 작품을 쓰려고 합니다.

편 앞으로 어떤 작가로 기억되고 싶으신가요?

공 저는 정해져 있습니다. 책을 사도 돈이 안 아까운 작가. 제가 책 사고 후회한 적이 너무 많거든요. 작가는 다른 사람의 시간을 사는 존재니까 무조건 돈이 안 아까운 소설을 써야 한다고 생각합니다.

박 저는 성실한 작가입니다. 한 권 쓰고 몇 년 뒤에나 신작을 발표하는 것이 아니라 꾸준한 간격으로 작품을 내고 싶고, 그 작품들이 일정 수준 이상의 재미를 줄 수 있으면 좋겠어요.

한 저는 육아 때문에 이북을 사서 낭독 프로그램을 이용해서 소설을 듣는데요, 보통은 서너 시간이면 끝나요. 서너 시간에 만 원 정도를 투자하게 한다면 최소한 노래방에 갔을 때보다는 재미를 줘야겠죠. 재미라는 기본이 되었다면, 삶을 관통할 수 있는 작가가 되고 싶어요. 독자가 삼십 대, 사십 대, 오십 대, 나이를 먹고 경험이 달라져도 여전히 공감할 수 있는 작품들을 쓰고 싶어요. 물론 세월의 흐름에 따라 감동하는 작품은 달라지겠죠. 쉽진 않겠지만 어떤 독자의 삶 전체를 함께 하는 작가로 남는 것이 제 목표예요.

편 지금 이 순간에도 추리소설 작가가 되기 위해 열심히 습작하고 공모전을 준비하는 분들에게 해주고 싶은 말이 있나요?

공 꾸준히 쓰라는 거죠. 제가 단편집을 내게 된 것도 잘 써서라기보단 오 년 육 년 포기하지 않고 꾸준히 쓴 덕분이거든요. 중간에 포기하지만 않으면 언젠가 목표를 이룰 수 있을 것으로 생각합니다.

박 일단 포기하지 않는 것이 제일 중요하고, 본격 미스터리만이 아니라 다양한 하위 장르에 도전해보시라고 말씀드리고 싶어요.

한 어쨌든 많이 읽어야 해요. 등단하신 작가들과도 얘기해보면 본인이 좋아하는 분야만 읽으신 분들이 많더군요. 영미 추리소설이든 북유럽 추리소설이든, 액션 스릴러든 심리 서스펜스든 다양하게 읽다 보면 자신에게 맞는 작품이 나올 거라고 봅니다. 그리고 일단 시작하면 어떻게든 끝내는 것. 시작만 하고 끝맺음을 못 하는 분들이 많은데, 단편이라도 한 편을 끝내는 것이 정말 중요합니다.

편 본인이 생각하는 궁극의 추리소설이란 무엇입니까?

박 추리소설 분야가 너무 다양해서 쉽게 대답할 수가 없네요. 독자마다 취향이 다르기도 하고요. 일부에서는 엄청난 걸작이라고 하는 작품도 다른 사람의 취향에는 맞지 않는 경우도 많고요. 제가 생각하는 좋은 추리소설의 기준은, 우선 그 장르가 속한 분야에서 인정받아야 하고, 좀 더 좋은 추리소설이 되려면 그 장르를 별로 좋아하지 않는 사람도 인정할 수밖에 없는 작품이 되어야 할 것 같습니다. 장르에 충실하면서도 장르를 뛰어넘는 작품이 되는 거죠.

한 제가 생각하는 좋은 추리소설은 제 삶과 밀착된 이야기예요. 그 작품이 제 속에 들어왔다가 나가고 그것으로 인해서 제 삶이 조금은 바뀌는 소설. 빈껍데기 같은 트릭만 가득한 소설이 아니라 동시대 사람들의 삶이 그려진 작품이 좋은 추리소설이라고 생각해요. 그리고 무엇보다 제 아이들이 그 어떤 추리소설보다 가장 큰 미스터리예요.

공 장르문학 작가가 오를 수 있는 가장 높은 지점은, 그 작가가 쓰는 소설이 하나의 장르가 되는 것이라고 생각합니다. 제가 쓰는 소설 전부가 공민철이라는 장르가 되면 좋겠습니다.

편 세 분 모두 신진 고수답게 패기와 열정이 넘치는 포부를 밝혀주셨습니다. 작가가 되는 것보다 어려운 일은 좋은 작가가 되는 것이겠죠. 저는 무라카미 하루키의 열렬한 팬으로서 초기작인 《바람의 노래를 들어라》도 좋아하지만, 최근작인 《1Q84》나 《기사단장 죽이기》와는 작품의 질이나 깊이에서 같은 작가가 맞을까 싶을 정도로 극명한 차이가 있다고 봅니다. 하루키가 작가로서 얼마나 각고의 노력을 기울였는지 느낄 수 있는 대목이죠. 세 분 역시 앞으로 쓰시는 작품들이 더 깊어지고 풍성해지길 바라며 인터뷰를 마치겠습니다.

PRIZE WINNER

신인상

당선작

가나다 살인사건 / 황정은

G선상의 아리아 / 홍선주

심사평

충실한 구성에 탄탄한 문장, 다양한 소재까지

당선소감

추리소설을 향한 짝사랑, 그리고 동지애 / 황정은

사람의 내면을 향하는 이야기꾼으로 / 홍선주

황정은

본격 추리, 특히 외부와 고립된 곳에서 벌어지는 살인극, 아야츠지 유키토의 '관' 시리즈 풍의 작품이나 패트리샤 하이스미스의 심리 스릴러를 사랑한다. 언젠가 꼭 도전하리란 포부를 갖고 있다.

가나다 살인사건

1

우리가 서울역 근처에서 돈 가방을 주운 것은 행운이었을까? 가방 안에는 오만원권으로 2000만 원이 들어 있었다. 네 뭉치의 돈다발 앞에서 입이 저절로 헤벌쭉 벌어졌다. 곳곳에 설치된 CCTV에 돈 가방을 집어 드는 우리의 모습이 찍혔을까 걱정했지만, 다행히 별일은 없었다. 우리 셋은 횡재한 돈을 어떻게 쓸까, 녹슨 머리를 열심히 굴렸다.

"재미도 없는 세상… 술이나 원 없이 마셔버리자고. 돈 팍팍 써가면서 말이여."

나대호의 말이다. 그는 하나 있는 아들을 교통사고로 잃은 후 아내마저 집을 나가버린 외로운 처지의 중늙은이였다. 사는 낙이라곤 술 마시는 것밖에 없다며 노상 술만 찾는 주정뱅이다.

"난 싫어. 애들 셋 데리고 친정에 얹혀 지내는 마누라 생각해서라도 그럴 순 없지. 마누라는 식당 주방 일에 허리가 휘는데…. 불쌍한 우리

마누라…. 우리 똑같이 삼등분하자. 난 그거라도 마누라 가져다줘야겠어."

김태석이다. 그 역시 공사판에서 일하다 다리를 다쳐 막노동도 할 수 없는 처지가 돼버린 불쌍한 인생이다. 하기야 우리 같은 노숙자 중에 가엾지 않고 사연 없는 인간이 어디 있겠냐만, 그는 입만 열면 마누라와 자식새끼 걱정이었다.

"다 좋은데, 내 말 좀 들어봐. 술로 없애는 것도 좋고, 마누라한테 주는 것도 좋아. 그런데 나 씨, 매일 끼니 걱정하면서 술로 날리긴 너무 아깝지 않아? 김 씨도 그래. 돈을 삼등분하면 660만 원 정도야. 그깟 돈으로 마누라에게 도움이 될까? 물론 도움이 안 된다고 할 수는 없겠지만, 크게 티는 안 날 거야."

나의 지당한 말씀이다. 내 이름은 도길현. 지금은 거리를 전전하는 노숙자 신세지만, 한때는 양복 입고 출근하는 어엿한 회사원이었다.

"그럼 어쩌자는 거야? 도 씨는 뾰족한 수라도 있남? 도 씨야 대학까지 나왔으니까 생각하는 게 우리와 다를 거 아냐. 뭐 좋은 방법 있어?"

태석은 까칠한 뺨을 두 손으로 문지르며 기대에 찬 표정으로 내 눈에 시선을 맞추었다.

"그걸 궁리해보자는 거지. 2000만 원으로 최대 효과를 얻는 방법…."

"도박이나 경마를 하자는 거여? 아니면 복권이라도 사게?"

나대호는 여전히 심드렁했다.

"보험에 드는 거야."

나는 운을 뗴었다.

"보험이라고?"

김태석이 의아한 눈빛으로 나를 바라봤다. 가여운 중생들에게는 차근히 설명해주는 배려가 필요하겠지. 돈 가방을 열어본 순간 내 머릿속을 스친 계획이 있었다.

"이 돈으로 우리 셋 생명보험에 드는 거야. 가능한 큰 액수로. 몇 달 보험료를 착실히 내고… 보험금을 타내는 거지. 보험수익자는 각자 원하는 사람으로 정하고."

"생명보험은 죽거나 불구가 돼야 돈이 나올 텐데…. 어떻게 하려고?"

"바로 그거야! 두 사람, 사는 데 미련 있어? 죽는 게 낫겠다고 허구한 날 노래를 불렀잖아. 나도 마찬가지야. 더러운 세상에 아쉬움 갖지 말고 남은 가족들이나 편히 살게 해주자고!"

나는 흥분해서 언성을 높였다.

"자살하자는 말이야? 자살하면 보험금이 안 나온다는 얘길 들은 것 같은데…."

"자살을 안 하면 되지."

"자살을 안 하고 어떻게?"

"답답하기는. 우리가 서로 죽여주면 되잖아. 한마디로 정리하면 살인사건을 만드는 거야."

"우리가 서로 살인을?"

"그게 가능해?"

김태석과 나대호는 벌어진 입을 다물지 못했다.

두 사람이 놀란 것은 당연했다. 나 역시 주저했으니까. 하지만 막상 말을 뱉고 나니 알 수 없는 쾌감이 전신에 퍼지며 이상하게도 용기가 생겨나는 느낌이었다. 대학까지 나온 내가 노숙자 신세로 전락하다니. 15년 넘게 다닌 회사가 부도나면서 하루아침에 실직자가 되었다. 이력서 들고 안 가본 곳 없이 기웃거렸지만 받아주는 곳은 없었다. 기술 없이는 일용직도 잡기 어려웠다. 직장 없이 지내는 날이 하염없이 이어졌다. 팔순을 넘긴 노부모와 아내, 두 아이까지 나만 바라봤다. 그간 먹고사는 데 바빠 변변한 저축도 없는 형편인지라 압박감은 극에 달했고 하루하루가 지옥이었다. 도저히 혼자 감당할 수가 없었다. 지방에서 직장 알아보겠다는 핑계 대고 집을 나와선 들어가지 못한 지 일 년이 넘었다. 남은 가족들은 어떻게 지낼까? 두려워서 아내에게 전화조차 해보지 못했다. 그런데 희한한 건 노숙자 생활이 점점 익숙해진다는 것이다. 이젠 취업하고 싶은 의욕도 사라졌다. 이렇게 살다 죽으면 그만이라는 생각만 머릿속에 가득했다.

"왜, 자신 없어? 이판사판이야. 한뎃잠을 자면서도 더 살고 싶어? 막상 죽는다고 하니까 무서워서 그래?"

"그게 아니라… 어떻게 내가 사람을 죽여?"

김태석은 거의 울 듯한 표정이었다.

"싫으면 안 해도 좋아. 이건 한 사람이라도 반대하면 못 하는 거니까, 잘 생각하고 대답해. 심사숙고한 후에 결정을 내리라고!"

나는 두 사람을 바라보며 단호한 어조로 못을 박았다. 김태석은 주눅이 든 것 같았고, 나대호는 간밤에 마신 술이 덜 깼는지 눈빛이 흐리멍

덩했지만 표정만은 진지했다.

우선 돈을 안전한 곳에 보관하기로 했다. 은행과 보관함은 패스했고, 몸에 지니는 방법밖에 없다고 생각했는데, 의외로 나대호가 좋은 장소를 알고 있다고 해서 일단 그곳에 숨기기로 했다. 한 사람이 들고튀면 그만이라는 생각도 들었지만, 우리는 서로를 믿기로 했다.

"도 씨, 나 그거 할게. 하겠다고!"

김태석이 나를 붙들고 비장한 어조로 외쳤다.

"며칠 동안 생각해봤는데, 도 씨 말이 다 맞아. 다리도 성치 않은 병신 주제에 더 살면 뭐하겠어. 가족들이라도 편하게 지내는 게 백번 낫지. 그런데 정말로 보험금이 나올까?"

김태석은 핏발 선 눈에 눈물을 그득하게 담고 있었다.

김태석의 반응에 놀란 건 오히려 나였다. 돈다발을 본 순간 스쳐간 생각을 반 농담 삼아 던져봤는데, 며칠씩이나 고민했다니. 장난처럼 툭 내뱉은 말이었지만 나 역시 세상살이에 미련은 없었다. 생활비 한 번 보내지 않고 연락을 끊은 가족들을 떠올리면 눈앞이 아득해지곤 했다. 연로하신 부모님이 끼니나 제대로 챙기시는지…. 김태석의 결정이 되레 나를 부추기는 형국이었다.

"그건 걱정하지 마. 내가 하라는 대로만 하면 틀림없다고. 나한테 다 생각이 있으니까. 그런데 나 씨는 아직 대답을 안 했어. 좀 더 기다려보자고."

며칠 뒤 나는 나대호를 가만히 불러냈다. 나대호는 벌써 한잔 걸쳤는지 숨결에서 술 냄새가 진동했다.

"나 씨, 생각 좀 해봤어? 김 씨는 하겠다는데. 강요하는 건 아냐. 시간 충분하니까 잘 생각하고 결정해."

나대호는 갑자기 웃음을 터트렸다. 그의 돌발행동에 놀란 나는 당황해서 주위를 살폈다. 다행히 우리에게 관심을 가지는 사람은 없었다. 하긴 노숙자를 눈여겨보는 사람이 있을 리 없었다. 뭐가 그리 우스운지 한참을 낄낄거리며 웃던 나대호가 입을 열었다. 취기가 올라 그런 건가 싶어 나는 나대호의 얼굴을 찬찬히 바라봤다.

"나? 새삼스레 뭘 물어봐? 난 아무래도 좋으니까 술이나 실컷 마시게 해줘. 여자 끼고 양주 한번 원 없이 마시고 싶다!"

나대호의 얼굴은 꿈꾸듯 행복해 보였다.

"나 씨, 왜 이래? 취한 거 아냐? 이거 장난 아니라고. 목숨이 걸린 일이야. 알아들어?"

"씨발! 그걸 누가 몰러. 난 보험금 타서 가져다줄 마누라도 없고 자식새끼도 없으니까 죽기 전에 술이나 실컷 마시겠다는데, 뭐가 잘못됐냐고! 흐흐흑."

나대호가 눈물을 보였다. 그의 눈물에 우리는 무너졌다. 우리 셋은 그날 억병으로 취해 서로를 끌어안고 울었다. 더러운 세상을 향해 삿대질하며 끝없이 푸념을 늘어놓았다. 우리 셋 모두 술에 취해 정신을 놓지 않고는 견딜 수 없는 인생이었다.

2

나는 치밀한 계획을 세워야 했다. 나를 믿고 목숨을 맡긴 가련한 두 인생을 위해서라도 꼭 성공해야 했으니까. 나는 학창시절 탐독했던 추리소설들을 떠올렸다. 그러다 한 가지 방법에 생각이 모아졌다. 애거사 크리스티의《ABC 살인사건》에서 힌트를 얻었다고 할까. 물론 그 작품을 그대로 모방할 생각은 없었다. 우연의 일치인지, 우리 셋의 이름이 가나다순이라는 데 생각이 미친 것뿐이다.

김태석, 나대호, 도길현.

나는 손뼉을 딱 쳤다. 이름하여 '가나다 살인사건'. 가나다순의 이름을 가진 사람들이 차례로 살해당한다. 그들이 죽는 장소 또한 가나다순이다. 즉《ABC 살인사건》을 패러디한 완벽한 살인극을 만드는 것이다.

우리의 얼굴을 기억하는 노숙자가 분명히 있을 테고, 경찰의 수사망에 걸려들 수도 있지만, 나는 걱정하지 않았다. 살인자가 된다 한들 뭐 대수랴. 우리는 잃을 것이 없는 사람들이었다. 여생을 감방에서 보낸다 해도 크게 불만은 없었다. 성공하면 좋고 실패해도 그만이었다. 우리 셋 모두 거액의 생명보험에 가입한 사실도 결국은 밝혀질 것이다. 그것 역시 신경쓸 필요 없다. 우린 모두 죽을 테니까. 우리에겐 타살이라는 명백한 증거만 있으면 그만이다. 보험금만 무사히 타내면 우리의 미션은 종료된다.

우리 세 사람은 각기 다른 보험회사의 생명보험에 가입했다. 기거하는 장소도 서로 다른 곳으로 옮겼고, 보험료를 꼬박꼬박 납부해 사망했을 때 보험금 수령에 문제가 없도록 만전을 기했다. 연고가 없는 나대호는 보험금 대신 원하는 만큼 술을 먹여주기로 약속했다. 그의 보험수익자는 이 계획의 기안자이자 리더인 내가 지정하기로 나대호와 합의를 봤다. 가나다 순서에 따라 살인이 일어나야 하므로 김태석, 나대호, 도길현 순서로 죽어야 한다. 문제는 마지막 남은 나를 죽여줄 사람이 없다는 것이다. 나는 자살을 타살로 위장해 죽는 방법을 써야 한다.

첫 번째는 김태석이었다. 죽을 장소는 강릉시로 정했다. 살해방법은 타살로 확실히 인정될 수 있도록 둔기를 이용하기로 했다. 고통을 최소한으로 줄여야 했기에 무겁고 단단한 도구를 선정할 필요가 있었다. 쇠파이프 정도라면 적당할 것이다. 김태석을 죽일 사람은 순서대로 나대호가 맡기로 했다.

거사를 치르기 전, 우리는 경포대 백사장에 나란히 앉아 출렁이는 바닷물을 바라보며 하염없이 소주를 들이켰다. 술집은 CCTV에 찍힐 위험도 있거니와 우리를 기억할 수도 있어서 가기가 꺼려졌다.

"내 인생이 이렇게 끝나는구나. 요즘은 가족들 얼굴이 더 아른거려. 도 씨, 정말 잘될까? 질긴 목숨 쉽게 끊어지지 않으면 어쩌지? 죽는다고 생각하니 내 인생이 더 비참해. 제대로 한번 살아보지도 못하고."

김태석은 소주를 병째 입에 들이부으며 억울하고 한스러운 인생을 한탄했다. 소주병을 쥔 그의 손이 부들부들 떨렸다.

"김 씨, 걱정하지 마. 다 잘될 거야. 김 씨 혼자 가는 것도 아니고, 우리도 곧 뒤따라갈 테니까 먼저 가서 좋은 자리 잡아놔. 여기보다 못한

데가 어디 있으려고!"

"나 씨, 잘 부탁해. 내 생각 말고 있는 힘을 다해 내리쳐. 한 방에 가야 하니까. 끅끅…."

김태석은 나대호를 돌아보며 부탁했다. 울음기 섞인 목소리가 심하게 떨렸다. 나대호는 아무런 대답도 하지 않고 잠자코 술만 들이켰다. 그는 모든 것을 초월한 사람 같았다.

그날 밤 '가나다 살인사건'이 시작되고, 순서대로 '가'가 죽었다. 염려와 달리 김태석은 크게 고통스럽지 않게 한순간에 숨이 끊어졌다. 다른 복은 없어도 죽는 복만큼은 타고난 모양이었다.

3

—형사님, 이제 시작입니다. 다음은 나주를 주목하세요. '가나다'로부터

경찰은 김태석의 바지주머니에서 나온 쪽지를 보고 어떤 생각을 할까? 장난으로 치부하기엔 찜찜하고, 대책을 세우자니 단서가 턱없이 부족할 것이다. 게다가 살인예고라니. 소설에나 나올 법한 일이다.

예상한 대로 사건은 크게 다루어지지 않았다. 인터넷 검색을 해보니 강릉에서 노숙자가 살해당했다는 기사가 짧게 실려 있었다. 김태석은 신분증을 지닌 채로 죽었으니 신원파악은 당연히 됐을 테고, 수사는 노숙자들을 중심으로 이루어질 것이다.

다음은 나대호의 차례였다.

그즈음 나대호는 내가 힘들여 죽이지 않더라도 저절로 병사할 만큼 건강을 잃어갔다. 그는 김태석을 죽인 뒤로 곡기를 끊고 술로만 버텼다. 낯빛은 까맣게 죽었고, 몸은 꼬치꼬치 말라 허수아비가 걸어 다니는 것 같았다.

“나 씨, 괜찮아? 정 자신 없으면 지금이라도 그만두면 돼. 나 씨는 보험금 받을 가족도 없잖아. 굳이 죽지 않아도 된다고.”

유령처럼 허청허청 걸어 다니는 나대호를 붙들고 내가 조심스럽게 물었다.

“내가 죽는 게 무서워서 이러는 거 같어? 그게 아니여, 아니라고.”

“그럼 김 씨 죽인 거 때문에 그래?”

“아니, 내가 왜? 본인이 원하는 대로 죽여줬는데, 내가 왜 죄책감을 느껴? 오히려 김 씨가 나한테 고마워해야지. 흐흐흐. 당신, 사람 안 죽여봤지? 내가 쇠파이프를 들고 김 씨 머리를 내려치는데, 그거 기분 묘하데. 아주 요상하더라니까. 히히히.”

게게 풀린 눈으로 히죽히죽 웃으며 말을 잇는 나대호가 제정신으로 보이지 않았다.

“그게 무슨 헛소리야?”

내가 쏘아붙였다.

“하여간 난 요즘 행복하다고. 내 인생에서 이렇게 행복한 때가 또 언제 있었을까. 자고 나면 술 마시고, 자고 나면 술 마시고, 또 술 마시고. 그러다 싫증나면 도 씨가 편안히 죽여줄 거 아녀! 술값 걱정을 하나, 누가 잔소리를 하나, 너무 행복해서 돌아버릴 지경이여!"

나대호의 정신이 살인의 충격을 견디지 못하고 붕괴된 듯 보였다. 한계를 넘어선 과부하에 무너져버린 것이다.

"도 씨, 나 소원이 있는데. 들어줄 거지?"

"뭔데?"

"난 차 안에서 죽게 해줘. 언젠가 영화에서 봤는데, 불길에 휩싸인 차를 타고 달리면서 죽는 게 멋져 보이더라고."

"그래? 나 씨가 원한다면야. 그러려면 차를 구해야 하는데, 꼬리를 잡히지 않을까 걱정이네."

말은 그렇게 했지만, 살해방법을 고민할 필요가 없어서 다행이라는 생각도 들었다.

나대호는 그의 바람대로 불타는 차 안에서 죽었다. 아쉽게도 달리는 차 안에서 죽지는 못했다. 혹시나 자살로 의심받을까 두려웠기 때문이다. 나대호는 술을 마시고 차 안에 인화물을 뿌린 후 스스로 불을 붙이겠다고 선언했다. 내 손을 더럽힐 필요가 없는 방법이지만, 불안감이 드는 것도 사실이었다.

"나 씨, 괜찮겠어? 자살한다는 게 쉬운 일이 아냐. 술에 취해 제대로 못 할 수도 있고, 용기가 안 나서 실패하는 게 대부분이야."

나는 염려가 되어 한 번 더 만류했다.

"걱정도 팔자구먼. 김태석을 한 방에 보낸 나여. 술도 원 없이 마셨겠다, 몸이 안 좋아서 더 살래야 살 수도 없어. 고장난 몸뚱이 아까울 게 뭐 있다고 그려. 걱정하지 마, 내가 알아서 할 테니께. 입안에 쪽지를 깊숙이 삼키고 죽으면 돼. 쪽지만 발견되면 자살로 의심하진 않을 거여!"

나대호의 의지가 분명했다. 자신의 목숨을 다른 사람에게 맡기고 싶지 않다는 그의 말에 더는 토를 달 수 없었다. 나대호의 흐트러진 모습만 봐온 나로서는 다소 의외였다.

나대호는 나주에서 적당한 차를 훔쳐서 이용하겠다고 말했다.

—형사님, 다음은 대천으로 가볼까요. '가나다'로부터

나대호가 삼킨 쪽지가 불에 타버리면 어쩌나 걱정이 됐지만, 쪽지를 놓아둘 다른 방법이 생각나지 않아 동의했다. 나대호에게 모든 것을 맡겨버리자 나는 할 일이 없어졌다. 결과만 제대로 나온다면 '손대지 않고 코 푸는' 격이라고 편하게 생각했다.

나대호의 입안에 든 쪽지는 알아볼 수 있는 상태로 발견된 모양이었다. 사건은 '가나다 연쇄살인'이란 제목을 달고 인터넷을 뜨겁게 달궜다. 대천에 살거나 갈 일이 있는 사람 중 ㄷ으로 시작되는 성씨를 가진 사람은 조심해야 한다는 말이 인터넷상에 나돌았다.

나는 웃음이 터져 나와 참을 수가 없었다. 내가 만든 살인놀음에 나라 전체가 떨고 있는 형국이었다. 나는 속이 후련했다. 억눌리고 좌절했던 그간의 세월이 보상받는 느낌이랄까. 구걸하듯 이력서를 내밀고 머리를 조아렸던 날들, 멸시와 구박으로 점철된 노숙자 생활을 거쳐 내가 세상에 큰일을 냈다. 난 기묘한 성취감에 사로잡혔다. 인터넷과 방송에서 떠들면 떠들수록 기쁨은 더 커졌다. 이런 내 반응은 상상하지 못했던 거라 스스로 기이하게 느껴질 정도였다.

다음은 내 차례였다. 그러나 나는 두렵지 않았다. 아니, 두려워할 필요가 없었다. 나는 죽지 않을 테니까. 누릴 일만 남았는데, 바보처럼 죽긴 왜 죽는단 말인가! 머리를 쓸 줄 아는 인간이 허무하게 죽어버리다니 말도 안 된다. 김태석, 나대호와 내가 같을 길을 갈 수는 없는 일이다.

참으로 멋진 계획이었다. 돈 가방을 줍던 날, 머릿속을 스친 기막힌 아이디어. 가나다 성씨의 우연을 접목한 드라마틱한 살인설계. 무지렁이 같은 두 인간을 설득하는 고비를 넘고 실행을 거쳐 나는 성공을 코앞에 두고 있다.

4

"자기야, 우리 이제 떠나는 거야?"

미스 홍의 애교 넘치는 콧소리에 나는 몸이 후끈 달아올랐다. 미스 홍은 술집에서 일하는 스물다섯 살의 순진한 아가씨다. 그녀는 복잡하고 머리 쓰는 것을 태생적으로 싫어한다는 말을 노상 입에 달고 살았다. 미스 홍은 세상만사를 간단하고 명료하게 정리하는 재주를 가졌다. 바로 내가 찾던 여자다. 이 단순한 아가씨와 돈을 들고 날아버리면 내 계획은 완벽하게 종료된다.

"자기야, 우리 어디로 가?"

"아주 멀리. 미국으로 갈까?"

난 보험금을 받는 대로 외국으로 튈 생각을 하고 있었다. 이민수속을 하든 불법이민자가 되든 상관없었다. 일단은 보험금을 받는 것이 먼저였다. 경찰차만 봐도 사지가 오그라드는 게 불안해서 견딜 수가 없었다. 당장이라도 체포당할 것 같은 두려움에서 하루빨리 벗어나고 싶었다.

따로 작성해둔 보험청약서를 김태석의 보험청약서와 바꿔치기하는 건 무척 쉬웠다. 김태석의 보험수익자는 그의 아내에서 미스 홍으로 둔갑했다. 어려운 보험약관을 핑계로 세 사람의 보험가입을 내가 도맡아 처리했다. 나대호의 경우는 지정한 보험수익자가 없었기에 더욱 쉬웠다. 나대호는 보험수익자 쓰는 칸을 확인도 하지 않고 보험청약서에 서명을 했다. 어차피 김태석과 나대호는 나와 상대가 될 수 없는 인간들이었다. 아무나 함부로 믿어버리는 어리석은 인간들. 비참한 말로는 당연한 수순이었다.

미스 홍과 함께하는 제2의 인생이 나를 기다린다. 짜릿한 반전인생의 시작이다. 나는 미스 홍의 가는 허리를 와락 끌어안았다. 미래에 대한 기대로 내 가슴은 벌렁거렸다.

"미스 홍은 어디든 나와 함께 갈 거지?"

"당연하지! 자기가 가는 곳이면 지옥이라도 쫓아갈 거야."

미스 홍, 나의 동반자가 될 사랑스러운 여자. 이제 나에게 가족은 미스 홍 한 사람뿐이다. 가족에게 덜미 잡혀 등짐 진 당나귀 신세는 이미 충분히 겪었다. 어렵게 손에 쥔 기회를 예전 가족과 얽혀 망쳐버리고 싶지는 않았다.

김태석, 나대호의 보험금이 들어오면 미련 없이 이 나라를 뜰 것이다. 세 번째 살인을 막아보고자 대천에서 동분서주할 경찰을 생각하면 통쾌함에 절로 웃음이 나온다.

미스 홍을 보험수익자로 지정한 건 현명한 판단이었다. 내 신분은 절대로 노출되면 안 된다. 발각되더라도 김태석, 나대호 두 사람이 술집에서 만난 미스 홍을 좋아해서 보험수익자로 내세웠다고 둘러대면 된다. 일생에 한 번은 기회가 온다고 하지 않던가! 드디어 내게도 기회가 왔고, 나는 절대로 놓치지 않을 것이다.

5

오늘은 나대호의 보험금을 수령하는 날이다. 난 지금 보험금을 받으러 간 미스 홍을 기다리고 있다. 벤치에 앉아 공원 입구를 바라보았다. 평일 오후 공원을 찾는 사람은 많지 않았다. 초조한 마음에 담배를 입에 물었다. 혹시나 경찰이 지켜보고 있지는 않은지 자꾸만 주위를 둘러보게 된다. 걱정 속에 강행했던 김태석의 보험금 수령은 미스 홍이 잘 처리해주었다. 그녀는 보기보다 똑똑한 아가씨였다.

잘될 거라고 마음속으로 되뇌며 안절부절못하는 시간이 느릿느릿 흘러갔다. 바로 그때 지루한 시간을 단박에 자르듯 미스 홍의 모습이 눈에 확 들어왔다. 화사하게 차려입은 미스 홍이 환한 미소를 지으며 나풀나풀 달려왔다. 일이 성공했음은 그녀의 표정만 봐도 알 수 있었다. 비로소 내 입에서 웃음이 터져 나왔다.

"자기야, 오래 기다렸지? 우리 저쪽으로 가자. 여기는 사람들 눈도 있고."

미스 홍은 가쁜 숨을 몰아쉬며 내 손을 잡아끌었다.

"돈은 받았어?"

내 질문에 답도 하지 않은 채, 미스 홍은 나무가 우거진 숲 쪽으로 나를 이끌었다.

"자기야, 이걸 봐."

미스 홍은 가방에서 통장을 꺼내 내 눈앞에 펼쳤다. 나대호의 보험금이 입금되어 있었다. 김태석의 보험금에 나대호의 것까지 더해진 통장 잔액은 우리가 새 인생을 시작하기에 부족하지 않을 금액이었다. 끓어오르는 기쁨에 난 미스 홍의 어깨를 덥석 끌어안았다. 미스 홍의 손을 잡고 덩실덩실 춤이라도 추고 싶었다. 그간의 노고에 대한 대가를 눈앞에 둔 나는 만감이 교차했다. 나는 지금 인생 최고의 순간에 서 있다.

"자기야, 누가 보면 어떡해."

미스 홍은 부끄럽다는 듯 내 품을 살짝 벗어났다.

"보긴 누가 본다고 그래. 여긴 나무가 많아서 아무한테도 안 보여. 가만히 좀 있어봐. 자기를 번쩍 안고 몇 바퀴 돌까? 미스 홍, 수고했어. 자기 아니었으면 이번 일 성공할 수 없었을 거야. 정말 고마워. 이 은혜 평생 잊지 않을게. 자기, 뛰어와서 목마르지? 이거 마셔. 혼자 기다리기

지루해서 편의점에서 산 음료수야."

나는 미스 홍에게 좀 전에 산 캔커피를 건네고 내 것도 마개를 땄다.

"자기야, 우리 이제 불행 끝 행복 시작이지? 우리 어디로 떠날까? 하루라도 지체할 필요 없잖아."

미스 홍은 내 귀에 속삭이며 내 가슴을 파고들었다. 누가 본다며 뿌리칠 때는 언제고. 여자의 마음이란. 나는 들고 있던 캔커피를 벤치에 내려놓고 미스 홍의 어깨를 부드럽게 감싸 안았다. 미스 홍은 고개를 들어 내 입에 자신의 입을 맞추었다. 나는 눈을 감았다. 성공 뒤에 이어진 미스 홍과의 달콤한 입맞춤. 하늘로 두둥실 떠오르는 듯 충만한 행복감이 내 몸을 가득 채웠다.

"자기야, 우리 건배하자. 축하주는 나가서 마시기로 하고 우선은 이걸로."

미스 홍이 캔커피를 높이 치켜들었다. 그녀의 목소리에서 떨림이 느껴졌다. 그녀도 나만큼 기쁜 걸까?

"우리의 행복한 미래를 위하여!"

"우리의 영원한 사랑을 위하여! 자기야, 원샷이야!"

미스 홍과 나는 캔커피를 부딪치고 쭉 들이켰다.

"으으윽!"

나는 신음했다. 극심한 복통으로 새우처럼 허리를 말고 사지를 뒤틀며 고통에 몸부림쳤다. 미스 홍이 나에게 독을? 모든 것을 염두에 두었던 내가 왜 이런 실수를 저질렀을까?

미스 홍의 시선이 느껴졌다. 그녀는 미소 띤 얼굴로 가만히 나를 내려다봤다. 내 혀는 이미 마비되어 제대로 움직여지지 않았다. 짐승 소리 같은 신음만 흘러나올 뿐 한마디도 말이 되어 나오지 않았다. 말을 할 수 없으니 사람들을 불러 도움을 청할 수도 없었다. 나무들로 가려진 후미진 곳이라 주위에는 사람의 그림자도 없었다. 시시각각 몰려오는 격렬한 고통에 내 몸은 꽈배기처럼 비틀렸다.

"끝났어?"

귀에 익은 목소리가 들렸다. 흐려진 시야에 한 남자가 보였다. 나대호였다. 나대호가 왜 여기에? 나대호는 분명 차 안에서 불타 죽었는데. 헛것이 보이는 건가? 아니면 나는 벌써 죽었고, 여기는 저승인 걸까?

의식이 끊겼다.

"참 안됐어. 머리를 쓴다고 썼는데. 쯧쯧쯧."

"그러게 말이야. 아무나 함부로 믿는 바보였어. 대호 씨가 차 안에서 죽었다고 순진하게 믿어버렸으니."

"내가 어리숙해 보인다고 무시하더니만. 멍청한 놈!"

나대호와 미스 홍은 주거니 받거니 말을 이어갔다.

"공짜 술 마시려다 나주에서 나 대신 황천길 간 노숙자가 제일 불쌍해. 그 인간한테는 못 할 짓 했어."

"자기, 또 감상에 젖는다! 내가 쓸데없는 생각은 하지 말랬지. 어느 정도의 희생은 불가피한 거야."

"알았어, 알았어."

미스 홍의 타박에 나대호는 금세 꼬리를 내리고 그녀를 향해 흐흐흐, 음험한 웃음을 날렸다.

"미스 홍, 쪽지 준비했지? '가나다 연쇄살인'을 끝낸다고 적었어? 도길현 주머니에 넣어두자고. 도길현 보험금까지 받으려면 마무리를 잘 해야지. 시체를 대천까지 옮기려면 힘들겠는데. 나무 뒤에 숨겨놨다가 밤 되면 옮길까?"

나대호와 미스 홍은 깔끔한 뒷마무리를 위해 골몰했다.

홍선주

세상의 모든 재미난 이야기들에 관심 있던 아이는 자라서 디지털 마케터가 되었습니다. 하지만 어린 시절 꿈을 접지 못하고 다시 그 마음을 시작합니다. 제가 만든 이야기로 다른 사람들을 즐겁게 할 수 있는 날을 꿈꿉니다.

G신상의 아리아

이젠 너무 지쳤다…. 의미 없고 지루하게 반복되는 삶을 계속 살아가는 게 정말 맞는 건지, 오늘따라 그 의문이 더욱 큰 그림자로 나를 덮쳤다.

아침 일찍부터 내리쬐는 햇살은 나를 더 초라하게 만드는 것 같다. 작고 유일한 창문의 커튼 틈으로 들어오는 빛은, 더 이상 나에게 희망을 말해주지 못한다. 실현되지 않는 희망은 고문일 뿐이다. … 커튼을 닫아야겠다.

이제야 조금 편안하다…. 커튼을 닫은 순간, 나도 모르게 실소가 나왔다. 순간적으로 아무것도 보이지 않는 암흑이 마치 내 인생처럼 느껴져서였다. 내 편은 아무도 없이 오로지 나 혼자 서 있는 그 길, 방, 삶. 무겁기만 한 내 인생은 도대체 언제쯤 끝이 나는 건지 괴로웠지만, 이제는 안다. 그 끝을 만들 수 있는 유일한 존재는 바로 나라는 걸.

… 또 머리가 아파오려고 한다. 잠들고 싶다. 모든 번뇌를 내려놓고 편안한 잠을 자고 싶다. 하지만 한편으로는 이야기를, 내 손으로 이 모든 것을 끝내기 전에, 이야기를 좀 하고 싶다. 잔인하리만치 세상으로부터 사람들로부터 핍박받았던 가련한 내 이야기를 남겨서, 불쌍한 내 인생을 조금이나마 위로해주고 싶다. 그래서 이 녹음을 하는 것이다.

… 내 삶이 이렇게 되어버린 건, 무엇 때문이었을까? 긴 세월 나 자신에게 묻고 또 물었지만, 결론은 언제나 하나였다. 타고난 내 외모가 문제였다. 작은 키, 비쩍 마른 몸. 거울 속 내 모습을 기억하는 예닐곱 살쯤부터, 내 외모적 특징은 그 두 가지 표현으로 충분했다. 나이가 들면 덩치가 커질 거라는 기대가 있었지만, 내 인생과는 결이 다른 그런 일은 결국 일어나지 않았다.

열 살, 스무 살, 서른 살… 언제나 주위를 둘러보면, 모든 사람 중 내가 가장 작은 키에 마른 몸을 지니고 있었다. 정말 어쩌다 간혹, 굉장히 희소한 확률로 나보다 왜소한 사람들을 본 적도 있지만, 그들에겐 선천적인 장애가 있거나, 가족력 같은 피치 못할 다른 이유가 있었다.

이런 외모는 사회생활에 불리하게 작용했다. 남학교에는 서열이 존재한다. 교실에 첫발을 내디딜 때, 순식간에 서로의 신체를 스캔한 아이들은 자연스레 머릿속에서 서열을 정리한다. 하나의 피라미드를 만드는 것이다. 당연히 나는 그 피라미드의 가장 밑바닥이었다. 그룹으로 묶이지도 않는 하나의 선, 그게 나였다. 반에서 절반 이상의 아이들이 처음부터 나를 업신여겼다. 학창시절 내내 내 몸은 이리저리 치이며 쉴 새 없이 심부름하느라 정신이 없었다. 게다가 난 그들의 요구를 돈으로 때울 수도 없는 가난에도 묶여 있었으니, 몸이 고생하는 수밖에…. 폭력과 착취, 그 두 단어는 학교에서는 물론, 내 인생 전반에 걸쳐 주위를 맴돌았다. 내 어머니와 함께 있던 때도….

쿵…. 엄마를 생각하니 심장이 내려앉는 것 같다. 내가 성인이 되기 전에 엄마는 떠났다. 한참의 시간이 흘렀는데도 내게 이런 반응을 일으키다니, 당황스럽기까지 하다. 엄마란 그런 존재인데, 나의 어머니는 왜 어린 나에게 그런 혹독한 시련을 안겨준 것일까….

쿵쿵쿵. 머리가 계속 울린다. 다시 끔찍한 두통이 시작되려는 신호다. 한없이 머리를 때리는 두통이, 마치 실제 소리가 들리는 것처럼 나를 괴롭힌다. 이럴 땐 생각을 그만해야 한다. 아무래도 잠시 쉬어야겠다. 녹음을 중단한다.

이제는 자고 일어나도 머리가 그다지 맑아지지 않는다. 어릴 땐 조금만 쉬어도 금방 괜찮아졌는데, 언제부터인가 쉽게 회복되지 못하고 있다. 오랜 기간 사람들의 착취에 시달려왔기 때문은 아닐까. 세상이 끊임없이 나를 옥죄었지만 나는 지금껏 꿋꿋이 버텨냈다. 가끔은 그런 내가 스스로 대견하기도 했다. 하지만 그렇게 고난을 하나둘 이겨내고 나면 언제나 더 큰 어려움이 닥쳐왔다. 그래서 지금은 모든 걸 내려놓고 싶은 거다. 풀어도 풀어도 결국 끝이 묶여 있는 매듭은 푸는 의미가 없으니까.

기억을 더듬어보면, 내 삶에서 가장 크게 묶여 있던 매듭은 나의 어머니였다. 적어도 한때 자신의 몸에 나를 품었던 존재, 어머니…. 이번엔 머리가 아파오지 않는다. 그래, 이제 엄마에 대한 이야기를 해야겠다.

그녀는 나를 홀로 키웠다. 아버지란 존재는 그 단어와 형태 모두 내 어린 시절엔 없었다. 그녀는 언제나 어두운 얼굴이었다. 엄마가 나를 낳기 전부터 그런 얼굴이었는지, 나를 낳고 나서 그렇게 된 건지는 모르겠다. 그녀에겐 가족도 없었다. 그 말은 나 또한 엄마 외에는 친척이라고 할 만한 사람이 아무도 없었다는 뜻이다. 엄마의 삶이 원래부터 그랬던 건 아닌 것 같다. 나에게 정식으로 말한 적은 단 한 번도 없지만, 가끔 집에서 혼자 술을 많이 마시곤 엄마의 엄마가 그립다며 눈물짓기도 했다. 어린 내가 왜 엄마를 찾아가지 않냐고 물으면, 멍하니 고개를 흔들며 그럴 수 없다고만 답했다. 그러곤 어두운 시선으로 나를 바라보곤 했다. 언젠가는 한참을 그렇게 바라보다가 갑자기 무서운 얼굴로 내게 소리쳤다.

뭐라고? 엄마한테 뭐라고 했어, 지금!

사실 나는 그때 배가 고픈 상태여서 엄마가 빨리 잠들기만 바라며 앞에 놓인 참치캔을 보고 있었다. 엄마가 잠이 들어야 그나마 유일한 음식인 엄마의 남은 안주라도 먹을 수 있으니까. 그런 상황에서 엄마가 잠드는 걸 방해할 수도 있는 말을 할 이유가 없었다. 난 고개를 세차게 가로저었지만, 엄마는 얼굴을 붉히며 자리에서 일어났다.

다 들었는데 어디서 거짓말이야, 어? 너한테 없는 아빠를 갑자기 왜 찾아? 왜에!

엄마는 빠르게 말을 쏟아낸 뒤, 무서운 기세로 눈을 부라리며 바쁘게 움직였다. 나를 때릴 무언가를 찾는 거였다. 나는 재빨리 엄마를 피해 방을 뛰쳐나왔다. 그리고 집 안의 유일한 다른 공간인 화장실로 뛰어 들어가 문을 닫았다.

쾅쾅쾅쾅!

마치 커다란 망치로 문을 두드리는 듯한 소리가 화장실에 울려 퍼졌다.

나와! 당장 나오라고!

흥분한 엄마의 목소리에 나는 더 겁을 집어먹었다. 화장실 문손잡이 걸쇠가 풀리지 않도록 꼭 잡은 채, 엄마가 만들어내는 문의 충격을 온몸으로 받아냈다. 엄마는 계속 문을 두드리며 내가 알아들을 수 없는 소리를 내질렀다. 난 너무 무서워서 울음을 터트릴 수밖에 없었다. 제발 그만하라고 애원했지만, 엄마 귀엔 내 말이 가닿지 않는 모양이었다.

다행히 잠시 후, 문을 두드리던 소리도 엄마의 말소리도 잦아들었다. 하지만 내 안의 두려움은 쉽게 가시지 않았다. 나는 화장실 밖으로 나가지 못하고 그 자리에 쭈그려 앉아 잠이 들어버렸다.

내 나이 여섯 살쯤의 일이다. 아니, 다섯 살이었을 수도 있다. 어느 쪽이든, 아주 어린 나이였다.

촛불 하나를 사이에 두고 무표정하게 나를 바라보던 엄마의 얼굴이 아직도 가끔 떠오른다. 그럴 때면 목덜미에 소름이 돋는다.

그날은 평소보다 일찍 집을 나선 엄마가 점심이 지나서도 돌아오지 않았다. 주워 온 신문으로 혼자 방에서 종이접기하며 시간을 보내던 나는 배고픔을 참지 못하고, 엄마가 전날 밤 끓여놓은 식어버린 김치찌개 냄비 뚜껑을 열었다. 커다란 숟가락으로 국물을 떠서 맛을 봤다. 텁텁하고 비릿한 게 묘한 맛이 났다. 엄마는 원래 음식을 잘 만들진 못하는 사람이었으니 특별한 일도 아니었다. 난 배가 부를 만한 뭔가가 있다는 것에 감사하며, 짜다는 생각을 할 겨를도 없이 냄비를 바닥냈다. 그렇게 배를 채우고 다시 멍하니 엄마를 기다렸다. 그땐 전기도 끊겼던 시기라 텔레비전은커녕 방의 형광등도 켤 수 없었다. 해가 지면 반지하방은 곧 어둠으로 채워졌다. 그때 어린 내가 할 수 있는 건 오직 잠이 드는 것뿐이었다. 방문을 열어둔 채 현관문 쪽에 시선을 두고 누웠다. 그렇게 엄마가 문을 열고 나타나길 기다리다 잠이 들었다.

얼마나 지났을까. 잠결에 촛불의 불빛이 얼핏 보였다. 실눈으로 그 빛 너머에 앉아 있던 엄마를 봤다. 내 시선과 마주친 엄마의 눈빛이 묘했다. 텅 비었지만 비어 있지 않은, 차갑고 날카로운 기운이 내 눈을 통과해 뒤통수에까지 꽂히는 것 같았다. 목덜미가 스산한 공포심으로 긴장했다. 하지만 막상 잠에서 깨어나긴 힘들었다. 팔다리가 무거워 뒤척일 수도 없었다. 뭔가가 땅바닥 밑에서 내 사지를 붙잡고 끌어당기는 것 같았다. 불현듯 전날 밤의 이상했던 광경이 머리를 스쳤다. 엄마는 찌개를 끓여두기만 하고 먹지 않았다. 찌개의 간도 보지 않았다. 의심과 공포가 나를 잠식해왔지만, 난 너무 무거운 눈꺼풀을 결국 이기지 못한 채 다시 잠에 빠져들고 말았다.

다음 날 아침에 일어나 보니 엄마는 또 나가고 없었다. 그녀가 어젯

밤 앉아 있던 자리 옆에 커다란 비닐봉지 하나만 나뒹굴고 있었다. 내 머리 하나는 족히 들어갈 크기의 검은 비닐봉지였다. 그땐 그게 어떤 의미인지 알지 못했지만, 어른이 된 지금의 난 명확히 알고 있다. 차라리 그때 엄마가 행동에 옮겼다면, 내 영혼은 더 평온하게 세상을 마무리할 수 있었을 텐데….

그 후, 엄마는 갑자기 좀 변했다. 더 자주 일을 하러 다녔다. 무슨 일을 하는지 정확히 알 순 없었지만, 거의 매일 집을 나섰다. 출퇴근 시간은 일정치 않았다. 하지만 주로 화려한 옷차림에 진한 화장을 했던 그때의 모습이, 내가 기억하는 가장 아름다운 엄마의 모습이다. 그래서인지 그 시기엔 조금 평온했던 것 같다. 밀린 전기세를 처리하고 가장 좋았던 건, 어두워지더라도 형광등만 켜면 내가 하고 싶은 일을 할 수 있었던 거다. 그땐 주로 엄마가 어디선가 주워 오거나 얻어 온 책을 읽었다. 아니, 글을 몰랐을 때니까 그림을 봤다는 게 맞는 표현이겠다. 그때까지도 엄마는 내게 교육이라는 걸 시켜준 적이 없었다. 하지만 난 책에 있는 그림을 보면서 상상할 수 있었다. 책 속의 인물들이 나에게 말을 걸어주었다. 그리고 그건 그때까지 내가 경험한 일들 중에서 가장 재미난 일이었다. 그렇게 지내다 얼마 후, 드디어 학교에 가게 됐다.

나의 첫 담임선생님은 내가 다른 아이들보다 얌전하고 조숙하다며 칭찬했다. 나는 엄마에게 받지 못했던 칭찬과 사랑을 완전한 타인인 담임선생님에게서 처음 받았다. 그 기분은 상상했던 것보다 꽤나 좋은 느낌이었다. 그때를 떠올리니 조금 기분이 나아진다. 좋은 때였다. 이생을 마무리하려니, 그때가 가장 그립다.

… 그렇게 한동안 엄마와 나는 각자의 삶을 살았다. 나는 학교에서, 엄마는 자신의 일터에서. 마주치는 시간이 적어서 이야기할 시간도 거의 없어졌지만, 나는 오히려 괜찮았다. 원래도 엄마라는 사람은 내게 다정하지 않았으니, 학교에서 담임선생님이 주는 관심이 더 좋았다. 선생님에게 잘 보이기 위해 옷을 단정히 입고 숙제를 열심히 해 갔다.

이 문제를 정말로 혼자 풀었어? 정말 대단하다.

어려운 산수 문제 숙제를 풀어 간 그날, 그녀는 내 어깨를 토닥이며 내 어머니와는 전혀 다른 말투로 말했다. 그즈음에 나는 내 머리가 꽤 좋다는 것을 깨달았다. 그래서 더 열심히 공부했다. 어린아이가 공부를 해봤자 얼마나 했겠냐고 생각하겠지만, 글자를 깨치고 나니 그때부턴 그저 많이 읽는 것만으로도 상당한 지식을 쌓을 수 있었다. 이런 식의 삶이 계속된다면 나에게도 행복한 미래가 존재할 거란 착각마저 들었다.

하지만… 내 삶은 나아졌지만, 엄마의 삶은 그렇지 못한 것 같았다. 점점 더 자주 소리를 지르고 내게 욕을 내뱉었다. 그리고 눈빛… 아마 그 눈빛이 사람들과 더 자주 다투게 했을 거다. 하던 일을 못 하게 되고, 새롭게 일자리를 구하러 다녀야 하는 일이 자주 발생했다. 하지만 새 직장에 가서도 며칠 만에 사람들과 싸움을 벌이고 문제를 일으켜 쫓겨나거나, 엄마가 못 견디고 그만두는 일이 반복됐다. 내 나이 열 살, 그 가을을 시작으로 벌어진 일이었다. 날이 점점 추워지는데, 또다시 공과금을 못 내면서 집안은 엉망진창으로 변해갔다. 밥 먹고 몸 씻기도 쉽지 않은 상황에서 옷까지 세탁하는 건 사치스러운 일이었다.

쿵쿵쿵!

자연스레 내 몰골은 점점 말이 아니게 되어갔다. 가뜩이나 왜소한 체구에 온몸으로 가난을 발산하던 내가 옷을 빨지 못해 냄새까지 풍기며 다니기 시작했다. 아이들이 눈살을 찌푸리며 나를 노려보는 일이 허다했고, 내가 옆으로 가면 몸에 닿기라도 할까봐 소스라치게 놀라며 자리를 피했다.

쿵쿵쿵!

나를 그렇게 아껴주던 담임선생도 예외는 아니었다. 내가 눈치챌까 조심하긴 했지만, 칠판의 문제를 풀던 내 뒤에 서서 코를 막고 있었다. 난 굳이 뒤를 돌아보지 않아도 그 여자가 그러는 걸 알 수 있었다. 화가 치밀었다. 좋은 가정환경에서 자라 내 상황은 상상도 하지 못할 애들에게, 선생이랍시고 자기 좋을 때만 애정을 주던 그 여자에게, 그리고 나를 이런 상황에 빠뜨린 가장 큰 원흉인 엄마에게, 화가 났다. 하지만 힘없고 왜소한 내가 할 수 있는 일은, 아무것도 없었다. 그땐 정말이지 아무것도….

게다가 더 끔찍한 시간이 나를 기다리고 있었….

쿵쿵쿵!

잠시 끊어야겠다. 아까부터 누가 자꾸 문을 두드리는 모양이다.

계획하지 않았던 일을 갑자기 처리하느라 시간이 너무 지체되었다. 이 녹음으로 모든 걸 정리하고 홀가분해지고 싶었는데, 내게 주어진 삶은 그것마저도 쉬이 허락하지 않는 것 같다. 좀 더… 서둘러야겠다. 마무리하기까지 해야 할 일이 늘었다.

그러니까, 언젠가, 엄마가 평소와는 너무도 다른 표정과 태도로 나에게 외출을 하자고 했다. 내가 가진 가장 좋은 옷을 입히고, 내 생전 근처에도 가본 적 없던 호텔 식당으로 데려갔다. 엄마는 가는 내내 호호 소리를 내며 웃었다. 그녀가 그렇게 웃는 걸 본 적이 없어서, 그 모습이 너무도 기묘하다는 생각까지 들었다. 하지만 엄마는 내 생각은 안중에도 없이, 그저 지금 자신이 향하는 목적지에 도달하는 것만 중요해 보였다. 그녀가 마침내 다다른 테이블엔 웬 남자가 하나 앉아 있었는데, 우릴 보더니 자리에서 벌떡 일어나 미소를 지었다. 호감형 얼굴에 건장한 체격, 번지르르한 양복이 묘하게 뱀의 거죽 같다는 인상을 주는 남자였다.

인사드려, 엄마 친구야. 국민학교 동창! 얼마 전 우연히 만났지 뭐야.

엄마는 발랄한 목소리로 그를 나에게 소개했다. 그날이 내가 K를 처음 만난 날이다.

쿵. K를 떠올리니 머리가 다시 울리기 시작한다. 내 인생에서 진즉 사라졌는데도 다시 나타나 이렇게 나를 괴롭히는 괴물 같은 존재. … 머리가 아프다. 그를 떠올리기 싫은 내 방어기제 때문일 거다. 다른 생각을 하자, 다른 생각…. 음악, 그래, 음악!

내가 어릴 때 유일하게 배우고 싶었던 악기가 있다면, 그건 바이올린이었다. 모두 같은 길이의 줄이지만, 어떤 줄을 어디서 잡느냐에 따라 음높이가 달라지는 악기. 때로는 감미롭게, 때로는 카리스마를 담아서 감정을 표현하는 악기. 제대로 줄을 잡으면 아름다운 소리를 내지만, 조금만 비껴 잡으면 고막을 찢을 듯 비명을 내지르는 악기. 그 악기로 연주하는 'G선상의 아리아'를, 나는 참 좋아했다. 그런 음악을 접할 기회가 없던 나였으니, 그 곡을 처음 듣게 된 곳도 K의 집이었다.

… 엄마 심부름으로 동사무소에 간 적이 있다. 장애인연금 신청 때문이었다. 지금이야 세상이 좋아져서 온라인에서도 신청할 수 있지만, 그 시절엔 직접 방문해서 서류를 작성해야 했다. 담당공무원은 내 방문 목적을 듣더니 엄마가 직접 와야 처리할 수 있는 거라며 내가 할 수 있는 게 아니라고 했다. 그러면서 이미 준비되어 있던 전단만 한 장 건네주며 돌려보냈다.

내 엄마라는 여자는 왜 어린 나를 그곳에 보냈던 건지, 성인이 된 지금도 이해하기 힘들다. 어쩌면 K가 시켰을지도 모른다. 아, 그래, K, 그 이야기를 하다 말았지….

호텔 식당에서 처음 그를 만났을 때만 해도, 나는 어른 남자가 내 인생에 들어왔다는 사실에 기뻤다. 최소한 그 사람 덕분에 그렇게 좋은 식당에서 난생처음 먹어보는 음식도 맛볼 수 있었으니까. 스테이크였다. 반짝이는 포크와 칼로 우아하게 썰어 먹는 소고기. 돼지고기나 닭고기와는 차원이 달랐다. 부드럽고 고소한 맛이 나는 아름다운 고깃덩어리. 나는 허겁지겁 커다랗게 썬 고기를 입안으로 밀어넣었는데, K는 그런 모습이 재미있다는 듯 청명한 소리를 내며 웃음을 터트렸다. 그러곤 아주 느린 속도로 천천히 유영하듯 고기를 작게 썰어 입에 넣고 오물거렸다. 엄마는 그런 그의 모습을 반짝이는 눈으로 바라봤다. 나에겐

한 번도 보인 적 없었던, 애정이 듬뿍 담긴 눈빛이었다.

그리고 그날 이후, K는 엄마와 나의 삶 속에 함께했다. 엄마는 물론 나와도 어울리는 시간이 많아졌고, 그 당시의 난 그게 좋았다. 텔레비전 드라마에서나 보던 행복한 가족의 모습이 그대로 내 삶에 들어온 것 같았으니까. 엄마는 예전에 비해 상당히 밝아졌고, 새로 구한 일자리에서도 잘 버텼다. 이런 모든 변화는 내 삶을 다른 아이들의 그것과 비슷하게 만들었다.

얼마 후 K는 엄마와 나를 자신의 집으로 이사시켰다. 어차피 우리 둘의 짐은 간소하다 못해 짐이랄 것도 없는 지경이라, 이삿짐을 꾸리는 데에 반나절도 걸리지 않았다. K의 집이 어디에 있는지, 어떤 곳인지에 대한 정보가 전혀 없었지만, 난 기대에 들떠 마냥 웃음이 났다. K의 집까진 택시를 타고 갔다. 엄마와 내 짐을 합쳐봤자 가방 네 개뿐이었다. 가져가야 할 가전이나 가구는 없었다. 40분 정도 차를 타고 가서 다다른 그곳은, 서울에서 조금 떨어진 경기 외곽의 이층짜리 단독주택이었다. 그곳을 처음 보았을 때의 감정이 지금도 생각난다. 내가 살아보리라 꿈에도 생각하지 못했던 그런 집의 모양새를 하고 있었다. K는 집안일을 해주는 입주가정부 외에는 가족 없이 혼자 살고 있었다. 그는 엄마와 나에게 각자의 방을 내주었다. 내 방은 가정부 아줌마와 같은 복도에 있는 작은 방이었는데, 작다고 해도 엄마와 내가 함께 지냈던 방의 두 배는 되는 크기였다. 난 방에 들어서자마자 처음 가져보는 책상과 의자, 침대 그리고 그 위에 깔린 보드라운 이불을 번갈아 가며 한참 쓰다듬었다. 꿈인지 생시인지 모를 기분 좋은 멍함이 느껴졌다. 난생처음 갖게 된 책상에 교과서를 정리하고 있을 때, 내 방을 찾은 엄마가 뒤에서 얘기했다. 여기 살게 된 건 다 K 덕분이니 그를 거스르지 말라고. 나는 말없이 고개만 살짝 끄덕였다.

그곳에서의 생활은 모든 게 평온했다. 등하굣길이 멀어져서 조금 더 일찍 채비해 집을 나서고 조금 더 늦게 집에 돌아와야 했지만, 내가 그곳에 살면서 얻게 된 혜택에 비하면 그런 건 아무것도 아니었다. 게다가 K의 살림을 책임지던 가정부 아줌마가 모든 허드렛일을 해줬다. 아줌마 입장에서는 군식구가 늘어서 힘들었을 텐데, K가 돈을 더 주기라도 했는지 우리에겐 싫은 티를 전혀 내지 않았다. 집이 넓다 보니 혼자 하기엔 벅찰 만큼 해야 할 일이 많았고, 그 일들을 반복적으로 수행하며 정신없이 하루를 보내는 것 같았다. 아줌마는 말이 없고 소심한 성격이었다. 내가 가끔 말을 붙이려고 하면 고개를 까닥거리거나 미소만 지을 뿐, 대화를 피하는 느낌이었다. 나중에서야 엄마를 통해 알게 된 사실인데, 아줌마는 목소리를 내지 못한다고 했다. 날 때부터 그랬던 건 아니고, 성인이 된 후에 사고로 성대를 다쳤다고 했다. 나는 아줌마에게서 동질감이 느껴졌다. 신체적으로 무언가를 박탈당해 다른 사람들보다 부족한 상태가 된 점이 나와 비슷했다.

그런데 아줌마에게는 특이한 버릇이 있었다. 가끔 이상한 차림새로 일을 했다. 한여름인데도 목에 겹겹이 스카프를 두르고 있다거나, 실내에서 선글라스를 낀 채 일하는 모습을 보이기도 했다. 내가 그걸 궁금해하자, 엄마는 우리와 상관없는 사람이니 알려고 들지 말라고 했다. 행여 K에게 물어보는 일 따위도 절대 하지 말라고 덧붙였다. 엄마의 말에 난 더 이상 궁금해하지 않았다. 내가 겨우 갖게 된 평온한 삶을 깨트리기 싫었다.

그러다 어느 날 갑자기 아줌마가 보이지 않았다. 저녁식사 시간이 다 되었는데도 식탁 위가 텅 빈 상태였다. 식탁 앞에 앉아서 신문을 읽고 있던 K에게 아줌마의 행방을 물으니, 그는 읽고 있던 석간신문에서 눈도 떼지 않은 채 무심한 말투로 답했다.

그만두겠다는 쪽지만 두고 사라졌어. 너랑 네 엄마가 너무 지저분해서 일이 많아진 게 싫었대.

나는 이해가 되지 않아 눈썹을 찡그렸다. 엄마는 몰라도, 나는 아줌마를 힘들게 할 만한 행동은 하지 않았다. 그때 엄마가 부엌에 들어서다가 나와 눈이 마주치곤 흠칫 놀란 듯 시선을 피했다. 눈빛은 흔들렸고 표정은 어두웠다. K는 멈춰 선 엄마의 손을 잡아끌어 옆 의자에 앉혔다. 그리고 너무 부드러워서 기괴하기까지 한 미소를 지으며 덧붙였다.

이제 집안 살림은 네가 할 거지?

엄마는 굳은 표정으로 고개를 약하게 끄덕였다. K는 시선을 다시 신문으로 옮기며 중얼거렸다.

배고파. 빨리 식사 준비해.

어느새 그의 말투는 강압적인 분위기를 풍겼다. 엄마는 K의 말이 끝나고도 잠시 움직이지 못했다. 현실을 직시하지 못하고 있는 듯한 느낌이었다. 이마를 찡그린 채 자신만의 세계에 빠져 있었다. 그 상황이 어떤 것인지 짐작할 수 있었던 나는 엄마를 불러서 그 세계를 깨트리려고 했다. 하지만 내가 입술을 떼기도 전에 K의 목소리가 나를 추월해 엄마에게 내리꽂혔다.

안 움직이고 뭐 해!

엄마는 정신이 들었는지 바로 자리에서 벌떡 일어나 싱크대로 향했다. 나는 냄비에 물을 채우는 엄마의 손이 바르르 떨리는 걸 봤다. 동시에 K의 입꼬리가 하늘을 향해 올라갔다. 그는 겁먹은 엄마의 모습을 재미있어 했다. 그렇게 K는 달라졌다. 아니, 달라진 게 아니라 본모습을 드러낸 거라고 보는 게 맞을 거다. 그동안 우리에게 감췄던 악마의 모습을….

처음에는 아주 작은 손찌검으로 시작했다. 엄마가 뭔가 실수를 했을 때 가볍게 손등을 찰싹 소리가 나도록 때렸다. 엄마도 처음엔 그걸 애정표현이라고 생각했던 것 같다. 하지만 손대는 곳이 곧 엄마의 팔, 어깨를 지나 뺨으로 옮겨갔고, 힘의 세기도 강해졌다. 나는 엄마가 예전부터 구제불능인 면이 있었기 때문에 K가 이를 잡아주는 건 좋은 일이라고 생각했다. 처음엔 그랬다. 잘못했으면 매를 맞아야지. 그건 엄마가 항상 했던 말이었으니까, 엄마의 잘못을 바로 잡아줄 다른 어른이 나타났다고 생각했다. 하지만 K의 폭력은 점점 강해지더니 한계를 벗어나기 시작했다. 뺨을 때리던 손바닥은 주먹이 되었고, 손만 쓰던 걸 넘어 발로 걷어차거나, 심지어 작은 접시 하나를 깨뜨렸다고 엄마의 목을 조른 적도 있었다. 더 이상 그 집에서의 생활이 행복하지 않았다. 그리고 마침내, 그 일이 터져버렸다.

K의 집에서 지낸 지 2년이 가까워진, 여름을 지나 가을로 가는 어느 날 저녁이었다. 저녁식사를 막 시작하던 K는 엄마가 만든 된장찌개 맛

을 보더니 숟가락을 탁 소리가 나도록 내려놓았다. 그리고 갑자기 냄비를 들고 일어나 거실로 가더니 그대로 바닥에 내동댕이쳤다. 찌개가 거실 중심에서 사방으로 흩어지며 대리석 바닥에 쏟아졌다. 엄마가 그 모습에 깜짝 놀라 걸레를 들고 오자, K는 엄마의 손에서 걸레를 빼앗곤 소리쳤다.

미쳤어? 온갖 재료가 다 들어갔는데, 이걸 그냥 닦아서 버리겠다고? 너라도 먹어야지!

엄마는 멍한 표정으로 자신이 방금 들은 말이 진짜로 K의 입에서 나온 것이 맞는지 확인하려는 듯 그를 쳐다봤다. K는 다시 말하는 것조차 시간 낭비라는 듯 바로 엄마의 목덜미를 오른손으로 내리누르며 거실 바닥에 깔린 찌개국물에 엄마의 뺨을 짓이겼다. 그러곤 다시 소리를 질렀다.

먹어! 핥아먹으라고!

핥아먹으라고. 정말로 K는 그렇게 말했다. 엄마는 표정을 일그러뜨린 채 손으로 바닥을 짚어 얼굴을 떼어내려고 했지만, 찌개국물에 손이 미끄러지는 것만 반복될 뿐이었다. 엄마의 발버둥에 K는 나머지 한 손을 더해 엄마의 얼굴을 바닥에 밀착시켰다. 더 이상 저항이 불가능했던 엄마의 눈에 눈물이 고였다. 그 눈으로 내 눈을 바라봤다. 처음 이 집에 온 날 엄마가 당부했던 대로, K에게 거스르지 않기 위해 난 가만히 그 모습을 바라보고만 있었다. 고여 있던 눈물이 바닥으로 흘러내리면서, 엄마는 그 눈물이 섞인 찌개국물을 혀로 핥기 시작했다. 그 모습을 본 K의 얼굴에 다시 기괴한 미소가 퍼졌다. 악마의 얼굴이었다. 지옥에서 올라온 괴물이었다.

갑자기 K가 고개를 들어 놀란 얼굴로 서 있던 나를 봤다. 시선이 마주치자 그는 소리 높여 나에게 외쳤다.

아비 없는 새끼가 뭘 봐? 너도 찌개 맛 좀 보고 싶어?

나는 몇 걸음 뒷걸음질치다가 재빨리 내 방을 향해 뛰었다. 그리고 방에 들어서자마자 문을 잠갔다. 그와 동시에 내 방문을 두드리는 소리가 울리기 시작했다.

쿵쿵쿵! 쿵쿵쿵쿵!

방문이 흔들릴 정도였다. 문을 열라고 고함치는 소리도 들렸다. 나는 천천히 자리에 주저앉아 두 손으로 귀를 막았다. 그래도 소리는 사그라지지 않고 점점 더 커져만 갔다. 나는 시간이 빨리 지나가기만을 바라며 눈을 질끈 감았다. 그렇게 한참 동안 그대로 있었다.

얼마나 지났을까, 잠에 빠져 있던 나를 누군가 황급히 흔들어대며 깨우는 게 느껴졌다. 엄마였다.

빨리 일어나서 옷 입고, 중요한 것만 챙겨. 어서!

정신을 차리기까지 시간이 좀 걸렸지만, 이내 엄마가 내 방에서 짐을 챙기고 있다는 걸 알아차렸다. 방을 밝히는 빛은 책상 위 스탠드등뿐이었고, 엄마가 문을 여는 데 사용한 걸로 보이는 부엌칼 하나가 열린 문 옆에 떨어져 있었다. 그리고 어찌 된 영문인지 알 수 없었지만, 난 침대에 속옷만 입은 채 누워 있었다. 엄마가 챙기는 짐 속에 어제 내가 입었던 옷이 얼핏 보였다. 어리둥절해서 기억을 되짚어보려는데, 엄마가 자신의 옷을 보더니 잔뜩 짜증난 표정으로 욕설이 섞인 말을 중얼거렸다.

스탠드등 불빛에 엄마 옷의 검붉은 얼룩들이 모습을 드러낸 것이었다. 엄마는 짐가방에서 겉옷을 하나 꺼내 걸쳐 입었다. 놀란 눈으로 그 모습을 바라보는 내게, 엄마는 빨리 움직이라며 격한 목소리로 다시 타박했다.

그렇게 엄마와 짐가방을 나눠 메고 K의 집을 나섰다. 아직 날이 밝지 않았던 걸로 보아 한밤중에서 새벽으로 가는 시간이었던 것 같다. 가로등 아래를 지날 때 엄마의 얼굴과 목에 어제의 상처가 붉게 멍으로 올라온 게 보였다. 가정부 아줌마가 떠올랐다.

며칠 뒤, 난 엄마가 새로 구한 단칸방에서 텔레비전을 보고 있었다. 엄마는 벽을 마주한 상태로 잠들어 있었다. 뉴스에서 익숙한 풍경이 보였다. 외딴집에서 시체 두 구가 발견됐다는 내용이었다. 첫 번째 시체는 집주인 남자로 밝혀졌으며, 안방에서 노끈으로 팔다리가 묶인 채 복부를 칼로 여러 번 찔린 상처가 있다고 했다. 모자이크 처리된 화면에서도 사방에 튄 피가 보였다. 집 뒷마당에서는 부패한 여자의 시체도 발굴됐는데, 신원 확인 중이라고 했다. 흙 속에 반쯤 묻힌 스카프가 포커스되었다. 아줌마는 우리가 지저분해서 떠난 게 아니었다.

쿠쿵!

쉬지 않고 너무 길게 이야기했다. 잠시 쉬었다 와야겠다.

엄마가 사라진 건 언제였더라. 꽤 중요한 일인데, 난 이제 그런 것들을 곧잘 잊어버리곤 한다. 기억에서 일부러 지워버리고 싶은 걸까. 하긴 따지고 보면, 내가 악마 같은 K를 만난 게 다 엄마가 그를 자신의 삶에 끌어들였기 때문이었다. 그래 놓고선 그 집을 떠나게 된 일에 대해 계속 내 탓을 하곤 했다. K가 문제였던 건데, 엄마는 안 좋은 일들에 대한 책임은 모두 나에게로 돌렸다. 그러니 엄마라는 존재가 내겐 점점 더 불편해질 수밖에 없었다.

아, 이제 기억이 났다. 엄마가 사라진 건 내가 고2가 되던 겨울이었다. 엄마가 뭔가를 찾다가 내 책상에서 CD 하나를 발견했다. K의 집에서 몰래 빠져나올 때 가방에 숨겨 나왔던 'G선상의 아리아'가 수록된 앨범이었다. 엄마는 한눈에 그게 K의 것이란 걸 알아채곤 바닥에 내던져 부숴버렸다. 우리 발목을 잡을 수도 있는 걸 왜 가지고 나왔냐며 발작적으로 소리를 질러댔다. 어릴 때였다면 그 모습에 벌벌 떨며 화장실로 달려가 숨었겠지만, 그때 난 거의 성인이나 마찬가지였다. 문득 엄마가 도대체 언제까지 나를 이렇게 무시할까 하는 생각이 들었다. 내 인생을 통틀어 나를 가장 무시하고 업신여기던 사람이 엄마였다는 사실을 새삼 깨닫게 된 순간이었다. 아무리 내가 몸집이 작고 왜소해도 엄마 정도의 덩치는 쉽게 제압할 수 있었다. 작은 속삭임이 울렸다. 더 이상 당하고 있을 필요가 없다고. 그 후로 엄마는 나를 괴롭힐 수 없었다. 비로소 내 삶에서 떠나갔으니까.

엄마가 떠난 후엔 그냥 닥치는 대로 살았다. 학교도 그만두고 공사판에서 일하며 전국을 떠돌았다. 엄마로부터 자유로워졌지만, 여전히 사람들은 나를 가만히 내버려두지 않았다. 자꾸만 이것저것 흠을 잡아서 해코지하고 괴롭히는 걸 멈추지 않았다. 작은 내 모습이 그들에게 하찮

게 보여서였다. 어떨 땐 싸우고 어떨 땐 도망치며 내게 주어진 삶을 살아냈다. 포기하고 싶을 때도 있었지만, 그렇게 쉽게 지고 싶지가 않았다. 그렇게 떠돌다 지금 살고 있는 이곳까지 오게 됐다. 경기도 외곽의 작은 도시. 거주자들이 적어서 내가 좀 더 편히 머무를 수 있는 곳. 특히 내가 이곳에 자리잡을 결심을 하게 된 가장 큰 이유는 셋집 주인 때문이었다.

집주인 할아버지는 나보다 더 작은 몸집을 하고 있었다. 장애가 아닌, 나처럼 왜소하게 태어난 몸을 가지고 있었다. 셋집을 함께 둘러보던 중, 내 배에서 꼬르륵 소리가 났다. 그러자 그가 함께 식사를 하자고 했다. 어차피 자신도 혼자 먹어야 하는데 같이 먹으면 좋지 않겠냐고. 처음엔 사양했지만, 그가 팔까지 잡아끌어 결국 그의 집으로 가게 됐다. 얼마 만에 받아보는 호의였던지… 밥을 먹다 나도 모르게 눈물을 쏟고 말았다. 그가 휴지를 건네며 내 등을 가볍게 토닥였다. 그렇게 이 집으로 들어왔다. 확실히 이곳에 살면서부터 나는 평화를 찾을 수 있었고, 점점 더 안정되어갔다. 그래서 얼마 전부턴 오랫동안 먹어오던 약도 끊었다. 이제 10일이 조금 넘었을 거다. 약을 먹으면 멍해지고 몸이 축 처지는 느낌이 싫어서 결정한 일이다. 정신은 조금 맑아졌지만, 가끔 머리가 울리면서 두통이 온다. 보통은 조금 쉬면 다시 괜찮아진다.

조현병(調絃病). 처음 내가 병원을 찾았을 때만 해도 정신분열증이란 이름이었다. 그런데 언젠가부터 명칭이 바뀌어서, 요즘은 그렇게들 부른다. 현악기의 줄을 조절하여 음의 높이를 맞추는 것처럼 사람들은 정신의 줄을 연주하는데, 나는 그게 잘 안 되는 사람이라고 했다. 그래서 내가 아프다고, 병이라고 했다. 하지만 나는 모르겠다. 난 아픈 곳이 없다. 내가 정신이 여러 갈래로 갈라져 있고, 그 줄을 제대로 연주하지 못한다고? 말도 안 되는 소리다. 나는 충분히 정상적인 사고를 하는 사람이다. 키가 작고 몸이 왜소한 것 외에는, 다른 사람들보다 똑똑하고 이해도 빠른 편이다. 하지만 장애등급을 받기 위해선 그들의 말에 장단을 맞춰주는 것도 필요했다. 그래서 병원에 다니고 약을 받아 먹었다. 그 정도로 내 머리가 좋다는 말이다. 나 스스로는 내가 아픈 사람이 아니라는 걸 잘 알고 있다. 게다가 사실 내겐, 필요할 때면 언제나 도움을 주는 존재도 있다. 바로 내가 좋아하는 G선의 음률을 타고 들려오는 '목소리'다.

집주인 할아버지를 처음 만났을 때도 목소리가 그랬다. 이 사람은 괜찮다고, 믿을 수 있는 사람이라고. 함께 식사하며 내 불우했던 과거사를 들은 그는 지층 단칸방밖에 들어가지 못하는 보증금을 받고도 1층의 101호를 내주었다. 나는 그에게 고마운 마음이 들어 계약하는 날 내가 좋아하는 바나나도 한 다발 사다 주었다. 그는 밝게 웃으며 고맙다고, 처음 만났던 날 그랬던 것처럼 내 어깨를 토닥여주었다.

처음엔 너무 좋았다. 내 삶이 이젠 진짜로 달라진 것 같았다. 하지만 201호가 이사 들어오면서 다시 내게 고난이 시작됐다. 나보다 40여 일 늦게 이사 온 그는, 시시때때로 조심성 없게 발을 구르고 다녔다. 어떤 땐 일부러 나를 화나게 하려고 뛰어다니는 것 같았다. 내가 일을 나가지 않고 집에 머무르는 날에는 도저히 견딜 수 없을 만큼 우렁차게 천장 울리는 소리가 들렸다. 며칠을 참다, 결국 말을 하기 위해 큰맘 먹고 위층으로 올라갔다. 초인종을 세 번쯤 누르고서야 모습을 드러낸 그는 꽤나 덩치가 큰 젊은 남자였다. 발소리가 왜 그렇게 컸는지 금방 알 수 있었다. 무식하게 덩치만 커서 타인에 대한 배려는 눈곱만큼도 없는 놈이었다. 그는 내 말을 듣자마자 나를 위아래로 훑으며 심드렁한 말투로 말했다.

그 키면, 내가 발을 아무리 굴러도 그 소리가 귀에 닿지 않을 텐데?

말을 마치며 코웃음까지 쳤다. 난 순식간에 피가 거꾸로 솟구쳤다.

이런 놈을 그냥 두려고?

목소리가 물었다. 대답할 필요가 없었다. 나는 이런 상황에서 어떻게 해야 할지 명확히 알고 있었다. 곧바로 달려들어 놈을 넘어뜨린 뒤, 주먹으로 그 건방진 얼굴을 마구 쳤다. 예상치 못한 공격에 녀석은 미처 반격도 하지 못한 채 결정타를 맞고 기절했다. 녀석의 여자친구가 놀라 방에서 뛰쳐나와 나를 말리려 했지만 역부족이었다. 나는 경찰이 도착할 때까지 놈의 얼굴을 때리는 걸 멈추지 않았다. 놈은 기절했고, 나는 승리했다.

그 일 때문에 재판이 진행 중이다. 이런 일이 한두 번이 아니었기 때문에 이젠 별 신경도 쓰이지 않는다. 정작 내가 힘든 건, 집주인 노인이 나를 처음과 다르게 대한다는 거다. 심지어 방을 빼라고까지 했다. 어제도 찾아와서 나에게 그 얘길 했다. 초인종이 고장나서 문을 두드린 게 바로 그였다. 초인종이나 진즉 고쳐줄 것이지, 가장 기본적인 집주인의 책임은 하지도 않고 본인이 원하는 것만 요구하는 착취자. 문 앞에 서서 그가 하는 말을 실망스러운 마음으로 듣고 있을 때, 목소리가 속삭였다.

다를 바 없는 놈이었어. 이 악마도 널 괴롭힐 거야!

순간 노인의 얼굴에서 K가 보였다. 닮았다고 생각한 적이 한 번도 없었는데, 그의 얼굴이 K의 얼굴로 변해 있었다. 나는 재빨리 그 악마의 목덜미를 양손으로 잡아끌고 집 안으로 들어왔다. 손으로 입을 벌리고 바닥에 떨어져 있던 양말뭉치를 그의 입에 밀어넣었다. 팔다리를 제압해 노끈으로 묶었다. 나에겐 언제나 노끈이 필요할 거라고 목소리가 말해줬기 때문에, 어릴 때부터 항상 가방에 넣어뒀던 걸 사용했다. 목소리의 말이 맞았다. 그건 언제나 유용했다. 악마를 곧바로 화장실에 끌고 가 안에 가뒀다.

쾅쾅쾅!

"컥, 바, 박 씨, 자네 도대체 나한테 왜 이러는 건가, 어? 제, 제발, 우리 얘기를…!"

이런, K가 양말을 뱉어냈나보다. 더 시끄러워지기 전에 가봐야겠다. 아, 그런데, 당신들도 이 음악 소리가 들리나? 'G선상의 아리아'다. 이게 바로 K를 처리하라는 목소리의 신호다. 악마를 처리하면, 난 이제 새로운 삶을 살 수 있을 거다. 과거의 불쌍했던 나는 안녕이다. 녹음을 마치겠다.

심사평

충실한 구성에 탄탄한 문장, 다양한 소재까지

이번 호에도 많은 분들이 작품을 보내주셨고, 여덟 편의 작품이 본심에 올라왔다. 모든 작품이 각각 장점이 뚜렷했기 때문에 심사 과정에서 많은 논의가 있었다. 심사숙고 끝에 이번에는 두 편의 작품을 신인상 당선작으로 선정했다.

〈가족의 힘〉은 매우 전형적인 추리소설 구조로, 한 집안의 재산을 둘러싼 계모와 자식들의 싸움을 그리고 있다. 하지만 그 과정에서 벌어지는 사건의 개연성이 떨어진다는 단점이 있다. 등장인물이 왜 그런 행동을 하게 되는지 납득할 만한 동기가 제시돼야 할 것으로 보인다.

〈김의 야간작업〉은 한 남자가 우발적인 살인을 저지른 다음의 상황을 보여주고 있는데, 상황의 긴박함만 있을 뿐 추리소설적 구조를 보여주지 못하고 있다. 김의 마지막 행동도 수미상관으로서는 좋지만, 왜 그런 행동을 하는지 설득력이 떨어진다.

〈모래성〉은 셜록의 오마주로 보이는 서록이라는 탐정 캐릭터가 등장하고, 용의자 노모의 의뢰를 받고 움직이는 등 전형적인 추리소설의 시작을 보여준다. 하지만 범인이 너무 늦게 등장하고, 범인으로 특정할 복선이 부족하다.

〈거기서 꺼내주세요〉는 추리소설 법칙에 충실하지만 전개가 매끄럽지 못하다. CCTV를 조사하기만 해도 얼마든지 용의자의 알리바이를 무너뜨릴 수 있다면 구태여 추리를 할 필요도 없다. 실제로는 불가능한 트릭 역시 감점 요인이었다.

〈설중화 살인사건〉은 일본의 추리만화를 연상시키는 재벌가의 후계 문제를 둘러싼 독살을 그리고 있다. 하지만 독이 검출되지 않은 상황에서 독살로 특정하고, 범인이 누구인지를 추론하는 과정에서 논리적 근거가 아니라 목소리나 표정을 보고 짐작한다는 것이 억지스럽다.

〈완벽한 자살〉은 반전도 괜찮고 동기도 공감할 여지가 있지만, 군더더기가 너무 많다. 사건을 처음 접한 형사가 수사를 해도 충분한데, 박해일이라는 새로운 캐릭터를 억지로 집어넣느라 중편 분량이 되었다. 경찰이 왔음에도 자살자가 뛰어내린 것으로 보이는 옥상을 다음 날 올라가 보는 등 기본적인 전개에 개연성이 부족하다.

신인상 당선작인 〈가나다 살인사건〉의 모티브는 애거사 크리스티의 《ABC 살인사건》이다. 이 작품에서는 탐정 포와로에게 'ABC'라는 범인이 도전장을 보내고, 곧 범인이 예고한 대로 앤도버에서 애셔(A), 벡스힐에서 버나드(B), 처스턴에서 클라크(C)가 살해되면서 영국 전역이 공포에 빠지게 된다.

〈가나다 살인사건〉의 등장인물인 세 명의 노숙자는 우연히 돈 가방을 손에 넣게 되지만 그 돈을 허투루 쓰느니 자신의 가족들에게 보험금이라도 남겨주고 죽자는 생각에, 서로를 죽여 타살로 위장한 자살을 하기로 한다. 그리고 차례로 강릉에서 김 씨, 나주에서 나 씨, 대천에서 도 씨가 죽기로 하고는 경찰에 사건예고장까지 보낸다. 심플한 사건 진행과 결말의 반전까지, 충실한 추리소설적 구성에 높은 점수를 주었다.

또 다른 신인상 당선작인 〈G선상의 아리아〉는 본격 미스터리라기보다는 범인의 이상심리에 집중한 심리 미스터리이다. 최근 들어 경악할 만한 아동학대와 가정폭력이 사회적 이슈가 되고 있는데, 그 피해자인 아이가 어떤 성장 과정을 통해서 살인자가 되는지를 짧은 분량에서 치밀하게 보여주었다. 밀도 있는 문장도 좋은 평가를 받았다.

한국 추리소설계는 참신한 젊은 피의 수혈이 시급하다. 당선되신 분들의 멋진 작품이 한국 추리소설을 더 풍성하게 하길 바라며, 다음 호에도 패기 넘치는 신인들의 야심 찬 도전을 기대한다.

'계간 미스터리' 신인상 심사위원

당선소감

추리소설을 향한 짝사랑, 그리고 동지애

황정은

초등학교 시절, 추리소설을 처음 접하고 새로운 세상에 뛰어든 듯 강렬한 충격을 받았습니다. 추리소설이 주는 짜릿한 흥분에 매료당한 저는 정신없이 그 세계에 빨려 들어갔습니다. 제 독서의 대부분이 추리소설로 채워졌습니다. '나도 한 번 써보자!' 하는 의욕으로 습작한 원고들이 탄생했지만, 갈 길이 멀었습니다.

스포츠신문 신춘문예가 있던 시절, 응모한 추리소설이 최종심에 두 번 올라갔지만 당선으로 이어지지는 못했습니다. 스포츠신문 신춘문예가 사라지고 나서는 추리소설의 독자로만 살겠다는 편한 핑계를 대며 세월을 흘려보냈습니다. 추리전문지에서 추리소설을 공모한다는 것을 알았지만, 좌절감에 잠식당한 저는 소설 쓸 엄두가 나지 않았습니다.

《계간 미스터리》를 접했을 때는 추리소설을 사랑하는 사람들이 여전히 존재한다는 사실에 기뻤습니다. 수많은 볼거리들의 홍수 속에서 추리소설 전문문학지가 살아 있다는 사실이 기적처럼 여겨졌습니다. 책에서 멀어진 수많은 사람들과, 남겨진 소수의 독서가들마저도 일본 추리소설에 빼앗겨버린 지금, 《계간 미스터리》를 바라보며 동지애를 느꼈습니다. 더는 미룰 수 없다고 생각했습니다. 이대로 포기한다면 죽을 때 후회할 것만 같았습니다. 원고를 보내고 떨어짐을 반복하면서 영원히 응답을 받지 못할 거라는 좌절감이 또다시 고개를 들었습니다.

낯선 번호로 걸려온 전화, 그것은 '계간 미스터리' 신인상 당선이라는 행복한 소식이었습니다. 생각지도 못한 일이라 더욱 기뻤습니다. "아, 진짜요?" 하며 전화를 거신 편집장님께 되물었습니다. 제게는 어떠한 상보다도 멋진 상입니다. 올해도 이렇게 한 해가 가는구나, 쓸쓸함이 밀려든 잿빛 마음에 선명하고 아름다운 색상의 물감이 쏟아졌습니다.

몇십 년을 짝사랑한 상대에게 처음으로 승낙을 받은 기분입니다. 소설을 쓸 수 있는 동력을 주신 상이기에 더욱 감사합니다. 상냥하게 내민 격려의 손을 잡고 더 노력하겠습니다.

당선소감

사람의 내면을 향하는 이야기꾼으로

홍선주

"네에, 네?! 어디시라고요?"

어딘가에서 오롯이 저의 실력으로 상을 받는 건 정말 오랜만인 것 같습니다. 그래서 편집장님의 전화를 받았을 때도 '계간 미스터리'라는 단어가 곧바로 머리에 입력되질 않아 되물어야 했습니다. 그동안 제 딴에는 계속 노력하는데도 좌절되는 횟수가 쌓이면서, 어딘가에 응모하면서 성과에 대한 기대를 접은 지 오래여서였을 겁니다.

'이야기 좋아하면 가난하게 산다.'

어린 시절 어른들만 만나면 재미있는 이야기를 해달라고 조르는 제게 어머니가 항상 겁주듯 하셨던 말씀입니다. 그래도 저는 이야기를 포기할 수 없었어요. 소설, 영화, 드라마 등등 다양한 플랫폼에서 쏟아지는 이야기들을 즐기며 제 안에 쌓아왔습니다. 그러면서도 유독 하나의 장르에 어린 시절부터 마음이 꽂혔습니다. 그게 바로 미스터리였습니다.

미스터리 장르는 논리 근거를 가지고 이성적 추론을 통해 이야기를 전개시키죠. 하지만 '사람의 이야기'를 다루기 때문에 그것이 언제나 논리적으로만 흘러가진 않습니다. 등장인물의 행동과 그 행동을 만들어내는 기저엔 항상 그들의 깊숙한 내면이 반영될 수밖에 없습니다. 그래서 비슷한 소재의 이야깃거리여도 그걸 어떻게 풀어내느냐에 따라 새롭고 다채로운 이야기로 탄생하는 것 같아요.

제가 평생 좋아해온 이런 멋진 장르에서 공식적인 출발을 할 수 있게 되어 영광입니다.

'신인상'은 제가 정말로 이 분야에서 '잘해서'라기보다는 앞으로 '잘해보라'는 의미에서 주시는 상이라고 생각합니다. 언제나 노력하는 이야기꾼으로, 독자에겐 사랑받고 동료에겐 힘이 될 수 있는 작가가 되겠습니다. 그리고 앞서 길을 가고 계시는 선배님들께도 누가 되지 않도록 열심히 노력하는 후배가 되겠습니다.

마지막으로, 그동안 차분히 응원해준 가족들과 친구들, 그리고 미래에 제 글을 읽어주실 모든 분에게 감사 인사 올립니다. 고맙습니다.

MYSTERY PICK

중편소설

내일의 별빛 / 공민철

단편소설

특별 할인 / 장우석

약육강식 / 홍성호

어떤 자살 / 한새마

초단편소설

고백 / 정가일

크리스티 여사의 취미 / 조동신

얼굴 마사지 좋아하는 여자 / 이상우

운수 좋은 날 / 반대인

선생님은 항상 너희 편이야 / 공민철

공민철

2014년 〈엄마들〉로 '계간 미스터리' 신인상을 수상하며 등단했다. 2015년과 2016년에 〈낯선 아들〉과 〈유일한 범인〉으로 연이어 '한국추리문학상' 황금펜상을 수상했다. 2019년 단편집 《시체 옆에 피는 꽃》을 출간했고, 2021년 장편소설 《다감 선생님은 아이들이 싫다》 출간을 앞두고 있다.

내일의 별빛

1-1

1995년 11월.

건물에서 나오자 부드러운 가을 햇살이 온몸을 감쌌다.

'이건 꿈일지도 몰라.'

미진은 멍하니 자신의 볼을 꼬집었다. 손이 덜덜 떨려 제대로 힘이 들어가지 않았다. 순간 미진은 당황했다. 꿈이어선 안 돼! 미진은 다시 한번 손가락에 힘을 꽉 주었다. 힘을 주면 줄수록 통증이 점점 세졌다. 동시에 행복함이 차올랐다.

장바구니를 흔들며 지나가던 여자가 고개를 갸웃거리며 미진을 곁눈질했다.

'자기 뺨을 꼬집으며 실실 웃는 여자는 다른 사람 눈에 어떻게 비칠까. 분명 이상한 여자라고 생각했을 거야.'

그런 생각을 하자 또다시 비적비적 웃음이 새어 나왔다. 미진은 여자를 붙잡고 방금 자신에게 생긴 행복을 주절주절 얘기하고 싶었다.

미진은 고개를 들어 산부인과 간판을 올려다보았다. 불임치료를 위해 남편과 수십 번 드나든 곳이었다. 넉 달 전 여름을 마지막으로 더는 찾아올 일이 없으리라 생각했다. 그날 남편은 의사에게 치료를 그만두겠다고 말했다. 미진은 의사가 말려주길 바랐다. 조금만 더 노력하면 될지도 모른다고 말해주길 바랐다. 하지만 의사는 조용히 고개를 끄덕였다.

마음의 준비는 충분히 했다고 생각했다. 하지만 의자에서 일어나려는 순간 미진은 다시 자리에 주저앉았다. 온 세상이 허공의 어느 한 점을 중심으로 천천히 일그러지기 시작했다. 미진은 남편의 부축을 받아 겨우 계단을 내려왔다. 건물에서 나오자 여름의 더운 공기가 훅 끼쳐왔다.

다리 힘이 풀려버린 미진은 그대로 무너져 내렸다. 미진은 남편의 품에 매달려 하염없이 울었다.

지난달은 생리가 없었다. 이를 알아챈 것은 다름 아닌 남편이었다. 지지난달에는 생리가 있었던가? 곰곰이 생각해봤지만, 미진은 도통 기억이 나지 않았다. 아니, 알고 싶지도 않았다.

남편은 혹시 모르니 병원에 가보라 신신당부했다. 오늘은 한동안 미뤘던 검진을 위해 병원을 찾은 참이었다.

"축하드립니다. 임신 7주 차입니다."

의사는 미진의 두 손을 꼭 붙잡고 말했다. 그토록 안착하지 않던 수정란이 자궁에 제대로 자리를 잡았다고 했다. 믿을 수가 없었다.

남편은 언제나 미진을 격려해주었다.

"우리 부부한텐 아이가 찾아올 운명이 아니었던 거야. 나는 사실 아이는 필요 없어. 우리끼리 행복하게 지내면 돼."

미진은 남편의 마음 씀씀이가 고마웠다. 임신이 어려운 건 그녀의 건강이 좋지 않았기 때문이다. 일 년 전, 미진은 유방암 말기 진단을 받았다. 신혼이었던 남편과 미진은 더욱 힘든 나날을 보내야 했다.

남편은 정성을 다해 그녀를 간호했다. 직장도 관두고 종일 그녀 곁에 붙어 있었다. 금세 다시 건강해질 수 있으니 걱정하지 말라며 그녀 곁에서 늘 위로해주었다. 맞잡은 남편의 손은 차디찼다.

남편도 불안했을 것이다. 그래도 미진을 안심시키기 위해 희망찬 말들을 많이 해주었다.

"퇴원하면 우리 아이를 갖자."

무엇보다 그 말을 들을 때마다 미진은 가슴속에서 커다란 종이 울리는 듯한 느낌을 받았다. 우웅, 하는 은은한 여음이 아주 오랫동안 마음에 남아 있었다. 고통스러운 항암치료를 버틸 수 있었던 것도, 무사히 수술을 끝낼 수 있었던 것도 모두 그 말 덕분이었다.

하지만 미진도 결국 아이를 포기할 수밖에 없었다. 이런 내가 아이를 기대하는 건 사리에 맞지 않는 일인지도 모른다고, 어쩔 수 없는 일이라고, 현실을 받아들인 참이었다. 모든 걸 체념한 직후 설마 아이가 찾아오리라곤 상상도 하지 못했다. 그녀에겐 기적이었다.

구름 위를 걷는 듯한 기분이 이런 걸까. 집까지는 다섯 정거장이 넘지만, 미진은 충분히 걸어갈 수 있을 것만 같았다. 난 지금 혼자가 아니야. 그런 생각을 할수록 그녀의 몸속 어딘가에서 힘이 샘솟았다. 미진은 자꾸만 실실 웃게 되었다.

"찾아와줘서 고마워."

길거리를 어지러이 굴러다니는 빨간 단풍잎도, 경적을 울리며 요란하게 질주하는 자동차도, 이상하다는 듯 힐끔거리며 그녀의 곁을 지나치는 사람들도, 미진은 그 모든 것이 아름답게 느껴졌다.

온 세상이 자신을 축복해주는 것 같았다.

1-2

2012년 4월.

공원에 도착한 것은 열한 시 삼십 분 즈음이었다. 드문드문 늘어선 가로등을 따라 성은은 공원 안쪽으로 깊숙이 들어갔다. 곧 인근 주택가로 이어지는 하나뿐인 뒷길이 나왔다. 성은은 한태성이 자정 즈음 이곳을 지나쳐 집으로 돌아간다는 것을 알고 있었다. 김경석 기자에게 그의 주소를 전해 듣고 며칠이나 미행을 하면서 알아낸 것이었다.

심장이 쉬지 않고 뛰었다. 타들어가듯 목이 말랐고, 온몸이 땀으로 젖었다. 성은은 떨리는 손을 계속해서 주물렀다. 한태성을 죽여야 한다. 그런 생각을 하며 성은은 크로스백 안에서 둘둘 말린 수건뭉치를 꺼냈다. 수건을 조심스레 풀어헤치자 20센티미터 길이의 칼이 드러났다.

성은은 손잡이를 단단히 움켜잡았다. 가로등 아래에서 칼날은 귤빛으로 번뜩였다. 따뜻한 색감과 달리 등줄기를 타고 굉장히 서늘한 기분이 찾아왔다. 앞으로 자신이 저지를 일이 보육원 식구들에게 얼마나 큰 폐가 될지 가늠조차 할 수 없었다.

문득 누군가 헉하고 숨을 삼키며 멈춰 섰다. 성은은 재빨리 칼을 가방에 넣었다. 앞쪽에는 교복을 입은 여자아이가 있었다. 성은은 쓰고 있는 모자의 챙을 누르며 고개를 푹 수그렸다. 여자아이의 발걸음 소리가 등 뒤로 멀어져갔다.

'아빠, 엄마. 집에 오는데 위험해 보이는 아이가 있었어. 무서웠다고!'

그 아이는 집에 도착하자마자 말할 것이었다. 그럼 부모님은 진심으로 걱정해주겠지. 일찍 다니라며 혼내기도 할 것이었다. 성은은 꿈꿀 수 없는 일상이다. 모든 것은 한태성 때문이다.

한 달 전, 성은이 처음 그를 찾았을 때 그는 욕설을 내뱉으며 당장 꺼지라고 말했다. 자신에게 딸 같은 건 없다고, 그러니 다시는 찾아오지 말라고 윽박질렀다. 성은은 자기 귀를 의심했다.

그때까지만 해도 성은은 '만약 진심으로 뉘우치는 모습을 보인다면' 하고 작은 희망을 품었다. 그러나 한태성은 악마 같은 사람이었다. 그런 태도가 성은의 결심을 더욱 단단하게 했다.

'용서해선 안 되는 거야. 그렇지?'

성은은 스스로 암시하듯 되뇌었다.

'한태성을 죽이는 거야. 그리고 나도….'

얼마나 지났을까. 잠시 뒤, 눈앞에 한태성이 모습을 드러냈다. 그는 성은을 향해 똑바로 걸어왔다. 성은은 크로스백 안에 손을 넣어 칼 손잡이를 움켜잡았다. 하지만 한태성이 옆을 지나가는 순간까지 성은은 얼어붙듯 자리에서 굳어버렸다. 아무것도 할 수 없었다.

'움직여, 움직여! 왜 이러는 거야!'

그러나 마음과 달리 몸은 움직여지지 않았다.

'결심했잖아! 죽여버려, 제발, 제발!'

애원하는 목소리가 점점 더 커졌다. 심장 뛰는 소리가 쿵쿵 울렸다. 그 소리는 쨍쨍거리는 거대한 쇳소리로 변해갔다.

"저기요."

잠긴 목에서 갈라진 목소리가 흘러나왔다. 자신의 목소리가 아닌 것처럼 느껴졌다.

한태성이 우뚝 멈춰 섰다. 그가 뒤돌아보는 찰나, 성은은 온 힘을 다해 몸을 던졌다. 컥, 하고 작은 신음이 들렸다. 성은은 고개를 들어 한태성의 얼굴을 쳐다보았다. 한태성 역시 성은을 바라보았다. 아주 잠깐 시간이 멈춘 것 같은 착각이 들었다.

뺨이 불에 댄 듯 뜨거웠다. 성은은 어느새 자신이 울고 있다는 것을 깨달았다. 문득 한태성이 쓰러지듯 그녀 어깨 위에 얼굴을 떨구었다. 성은은 아무것도 할 수 없었다. 뜨뜻미지근한 숨결이 성은의 귓가에 느껴졌다. 이명이 너무 커서 한태성의 말이 잘 들리지 않았다. 다음 순간, 성은의 어깨를 밀친 한태성은 배를 움켜쥔 채로 어디론가 사라졌다.

정신을 차리고 보니 성은은 밤의 거리를 달리고, 또 달리고 있었다.

어디로 향하는지도 모른 채 그저 도망치듯 끊임없이 달렸다. 숨이 턱 밑까지 차올랐지만 멈출 수 없었다.

2

1996년 1월.

11일 오전 여덟 시, 서울경찰서에 서울 성선병원 암병동에서 살인사건이 일어났다는 신고가 접수되었다. 사건현장으로 향하며 정환은 작은 한숨을 내쉬었다. 머릿속 한구석을 차지하고 있던 의문이 또다시 풍선처럼 부풀기 시작했다.

"살인은 대체 왜 일어나는 걸까요?"

정환은 조수석에 앉은 임승수 형사에게 넌지시 물었다. 최근 들어 머릿속에는 그런 의문이 슬그머니 들어앉아 있었다. 아무리 뽑아내도 잡초처럼 계속 자라나는 생각 때문에 일에 집중할 수가 없었다. 정신 차리라며, 선배 형사들에게 핀잔을 듣기 일쑤였다.

업무가 없는 날은 더욱 마음이 싱숭생숭했다. 날씨가 맑은 날 시내에서 남산타워가 훤히 보이는 것과 같았다. 사람은 왜 사람을 죽이는 걸까. 머릿속이 깨끗할수록 그런 생각이 더욱 또렷이 떠올랐다.

"왜 그래? 요새 살인사건이 연달아 터지니까 지겹기라도 해?"

팔짱을 끼고 조수석에 파묻히듯 몸을 기댄 임승수 형사가 물었다. 거

뭇한 피부에 짧게 친 머리칼, 다부진 체격의 그는 누가 봐도 전형적인 형사처럼 보였다. 형사가 되지 않았다면 분명 어느 폭력단에 스카우트 됐을 거야. 정환은 선배 형사의 매서운 눈초리를 보며 씩 웃었다.

"정말 지겨운 건지도 모르겠어요."

형사과에 배속된 지 2년이다. 그동안 수많은 살인사건을 접했다. 몇 달간 장기전을 벌인 사건도 있었고, 용의자를 특정해 단 몇 시간 만에 해결한 사건도 있었다. 하지만 언제부터였을까? 정환은 사건을 해결해도 성취감을 느낄 수 없었다.

가끔 정환은 구멍 난 배에 올라타 있는 것 같은 느낌을 받곤 한다. 배에는 서서히 물이 차오른다. 할 수 있는 건 쉬지 않고 물을 퍼내는 것뿐이다. 사건을 해결하면 다음 사건이 일어난다. 끝없이 물을 퍼내듯 앞으로도 자신은 계속 범인을 쫓을 것이다. 그러나 배에 구멍이 났다는 사실은 앞으로도 변하지 않겠지. 그런 허무함이 가슴 한편에 벗겨지지 않는 물때처럼 남았다.

정환은 확신하고 싶었다. 왜 사람은 사람을 죽일 수밖에 없는가. 그 답을 알면 조금은 덤덤하게 앞으로의 끔찍한 사건들을 마주할 수 있을 것 같았다.

"왜 살인이 일어나는가. 어려운 질문이네. 일단 저기 사거리에서 우회전."

임승수 형사가 목소리를 높이며 허공에서 손가락을 까딱 움직였다. 정환은 신호를 확인하며 천천히 속도를 줄였다.

"나도 딱 잘라서 뭐라 말하진 못하겠다. 살인동기야 저마다 제각각이니까. 살인이 왜 일어나는지, 그걸 설명할 수 있으면 어깨 힘주고 어디 강단에 서는 선생 노릇이나 하고 있겠지."

정환은 피식 웃음을 흘렸다. 임승수 형사는 눈길조차 주지 않고 무심한 듯 앞만 바라보았다. 그러나 정환은 그가 진지하게 답변해줄 사람이라는 것을 알고 있었다.

"넌 어떻게 생각하는데? 지금까지 사건을 맡으면서 느낀 게 있었을 거 아니야?"

"글쎄요. 살인사건은 원한 문제 때문에 발생하죠. 원한에는 사람이 관련돼 있고, 돈이 관련돼 있어요. 오랫동안 계획한 살인보다 우발적인 충동으로 일어나는 경우가 더 많고요. 종종 생계형 범죄가 살인으로 이어지기도 했죠."

정환은 그동안 맡았던 사건들을 떠올렸다. 평범한 사람들도 언제든지 살인자가 되어버릴 수 있었다.

"맞아. 경제적인 어려움을 겪던 한 가장이 아내와 아이들을 모두 살해하고 자신도 목숨을 끊으려다 실패한 사건도 있었고. 살인범 중에는 막다른 골목에 몰린 사람들도 있지. 그런 사람들을 보면 나도 무작정 비난할 수는 없다는 생각이 들기도 해."

정환은 아무런 말도 할 수 없었다. 끔찍한 범죄현장에는 가슴 아픈 사연을 지닌 이들도 분명 있었다.

"하지만 살인은 분명 살인이야. 살다 보면 정말 미쳐버릴 정도로 남이 미울 때가 있지. 하지만 계획적이건 우발적이건 그 경계를 넘느냐 마느냐를 선택하는 건 결국 본인 몫이야. 본인 선택이지. 범죄자는 그 선택에 대한 대가를 치러야 해. 살인을 저지르는 이유 따위 저마다 있겠지. 개중에는 어쩔 수 없었다고, 선택의 여지가 없었다고 말하는 사람도 있어. 다만 우리 직업은 그걸 감안해줄 수 있는 입장이 아니잖아?"

정환은 임승수 형사의 말을 들으며 고개를 끄덕였다. 그는 '왜 살인을 할까.'라는 질문은 중요하지 않다고 말한다. 범죄자를 증오할 필요도, 동정할 필요도 없다. 냉정하게 일어난 범죄만 바라보라고 말하는 것이다. 그게 형사의 일이라고.

'죄는 미워하되 사람은 미워하지 말라.'인가. 생각해보면 형사과에 막 배속되었을 때 임승수 형사가 해준 조언이었다. 머리로는 그 말뜻을 이해하지만 역시 와닿지 않는 게 사실이었다.

"이런 고민을 하는 건 제가 수사관으로서 미숙하기 때문일까요?"

임승수 형사는 고개를 저었다.

"너무 기죽지 마. 완벽한 수사관이 되기 위해 인간을 버릴 필요는 없지. 살인이 평범해지는 것만 조심하면 돼. 그런 고민 한두 개쯤 가지고 있는 것도 나쁘지 않을 거야. 덕분에 나도 옛날 생각이 나고 좋은걸?"

그러나 정환은 속 편히 생각할 수 없었다. 마침 저 멀리 병원 간판이 눈에 들어왔다. 정환은 작게 한숨을 내쉬었다.

성선병원 암병동 3층은 먼저 도착한 인근 지구대 경찰관에 의해 통제되고 있었다. 정환과 임승수 형사는 그들의 안내를 받아 병실 안으로 들어섰다. 한발 앞서 출동한 감식수사관들도 분주히 움직이고 있었다. 병실 문에서 가장 가까운 오른쪽 침대에 피해자의 시신이 놓여 있었다.

왼쪽 침대를 사용하던 환자는 진즉 다른 병실로 옮겼다고 했다.

피해자 이덕기는 머리카락도 다 빠지고 피부도 거친 것이 영락없는 병자의 모습이었다. 67세의 노인이지만 자기 나이보다 더 늙고 쇠약해 보였다. 다만 천수를 누리고 죽은 사람처럼 부드러운 미소를 짓고 있었다.

"이것 봐요. 꼭 좋은 꿈이라도 꾸시는 것 같아요."

정환의 말에 임승수 형사가 이상하다는 듯 고개를 갸웃했다.

"묘하군. 피해자 목에 끈 자국 보이지? 교살당한 것치고는 지나치게 평온하지 않아?"

임승수 형사의 말은 일리가 있었다. 정환은 현장을 조사하던 감식수사관에게 시신의 상태를 물었다.

"글쎄요. 부검해서 피부 밑을 들춰봐야 알겠지만, 지금으로선 피해자가 아무런 저항도 하지 않은 것 같습니다. 보통은 입을 벌리고 두 눈을 부릅뜨고 죽는다든가, 고통스러운 반응이 얼굴에 드러나기 마련인데 그런 것도 없고요. 피해자의 손톱 밑에서 살점이나 피도 검출되지 않은 것으로 보아 상대를 긁은 것 같지도 않고요. 특별한 저항은 하지 않은 것 같습니다."

아무래도 범인은 병약한 노인을 상대로 아주 손쉽게 목적을 달성한 듯했다.

임승수 형사는 이덕기 담당의사를 찾아 자리를 떴다. 정환은 사건현장을 통제하고 있는 인근 지구대 경찰관 중 한 명을 만났다.

"정리하시느라 고생 많으셨습니다."

경찰관은 손사래를 쳤다.

“저희가 한 일은 없습니다. 여기 분위기 보이시죠? 관심 두는 사람도 없더군요. 굳이 현장을 통제할 필요도 없었네요.”

경찰관의 말은 충분히 수긍할 만했다. 정환은 복도를 걸으며 주변을 살펴보았다. 한 노인이 링거 거치대를 지팡이 삼아 한발 한발 힘겹게 내디디며 곁을 지나쳤다. 힐끗 들여다본 어느 병실에는 생기 없는 노인이 침대에 누워 죽은 듯 자고 있었다. 살인사건이라면 호기심 어린 눈으로 현장을 기웃거리는 사람들이 어김없이 있기 마련이다. 그런 사람들 때문에 때로 수사 진행이 느려지기도 한다. 하지만 이곳에서는 적어도 그런 걱정은 할 필요가 없는 것 같았다.

경찰관을 따라 도착한 곳은 간호사 휴게실이었다. 문을 두드리고 안으로 들어간 경찰관은 곧 간호사 한 명과 함께 밖으로 나왔다. 경찰관은 그녀가 죽은 피해자를 처음 발견한 사람이라고 말해주었다. 정환은 품 안쪽에서 수첩을 꺼내 펼쳤다.

간호사는 일곱 시 반경, 정기적인 채혈을 하기 위해 피해자가 알던 병실로 들어갔다고 한다.

“그 환자분 평소에는 고통스러운 숨소리를 내셨거든요. 그런데 침대 가까이 다가가도 숨소리가 들리지 않았어요. 커튼을 젖혀보기 전까진 오늘만큼은 편안하게 주무시는구나 하고 생각했죠.”

“그런데 죽어 있었다, 이거군요. 깜짝 놀라셨겠어요.”

“그렇게 놀라지는 않았어요. 이덕기 환자는 투병생활을 오래 했으니까요. 돌아가셔도 이상하지 않다고 생각했죠. 게다가 굉장히 평온한 얼굴이었으니까요. 괴로운 투병생활도 드디어 끝났다고 생각했어요. 이제 편히 쉬시라고요. 그런데 형사님도 보셨죠? 목에 그 선명한 자국. 저는 일단 선생님을 불렀어요. 환자를 살펴본 선생님은 얼른 경찰에 신고하라 지시했고요."

"평소 이덕기 환자의 상태는 어땠나요?"

"많이 안 좋았어요. 이런 말 하긴 뭐하지만 사실 반송장이나 다름없었어요. 늘 고통을 호소했어요. 저희가 해드릴 수 있는 건 진통제 투여하는 것뿐이었어요. 약의 힘으로 재워드리는 게 그나마 할 수 있는 일의 전부였어요."

"어젯밤 환자 상태는 어땠나요? 행동이나 언동에 달라진 점 혹시 기억나시는 거 있나요? 사소한 거라도 좋습니다."

간호사는 음, 하고 잠시 말을 끌었다. 무언가 마음에 걸리는 점이 있는 듯했다.

"사실 최근 진통제를 투여하는 양도 시간도 상당히 늘었거든요. 그래서 어젯밤엔 의사 선생님 지시대로 투여량을 조금 줄였어요. 아마도 이덕기 환자는 새벽 즈음에 잠에서 깼을 거예요. 고통에 못 이겨서요."

"이덕기 환자도 이 사실을 알고 있었나요?"

"그럼요. 그런데 평소라면 제발 더 놔달라고 부탁했을 텐데 어제만큼은 그런 고집을 부리지 않았어요. 딱히 이상할 게 없다지만, 이상하다면 그게 또 이상한 점이죠."

정환은 시신에 떠오른 미소를 떠올렸다. 누가 봐도 행복에 겨운 얼굴이었다. 새벽에 잠에서 깼다면 자신을 죽이려고 하는 괴한의 얼굴을 보지 않았을까. 그럼 왜 피해자는 아무런 저항도 하지 않은 걸까. 머릿속에 여러 가지 의문들이 피어났다.

"추후에도 협조 부탁드립니다."

정환의 말에 간호사는 고개를 끄덕이며 휴게실로 돌아갔다.

살날이 얼마 남지 않은 노인을 직접 죽일 정도의 강력한 원한이라. 짐작도 할 수 없을 정도의 커다란 악의다. 정환은 앞으로의 일정을 머릿속에 그려보았다. 곧 서에 수사본부가 설치될 것이고, 자신은 범인을 잡기 위해 밤낮으로 뛰어야 할 것이었다. 늘 그랬듯 사건 앞에서 머리가 지끈거리는 것은 어찌할 수 없었다.

암병동이라는 곳은 참으로 정적만 감도는 곳이라고 문철은 생각했다. 활기가 찾아오는 건 환자가 죽기 직전의 순간뿐이다. 의사와 간호사가 소란스레 복도를 뛰어다니고, 병원이 떠나갈 듯이 유족의 통곡 소리가 크게 들려온다. 그런 잠깐의 시간뿐이다. 환자가 한 명 사라진 자리에는 텅 빈 병실만이 남는다. 그렇게 또다시 조용한 일상이 시작되곤 했다. 그런 나날 속에서 아버지는 그에게 간절히 호소했다.

"문철아, 죽여줘. 제발 나를 죽여라."

아버지의 절규를 들을 때마다 문철은 가슴이 아팠다. 그 강직한 사람이 어쩌다 이렇게 약해졌을까. 아버지는 마치 장난감 앞에서 떼쓰는 어린아이 같았다.

"아버지, 제가 어떻게 아버지를…. 제발 그런 말씀 좀 하지 마세요."

"상관없다. 이젠 못 버티겠어."

아버지는 막무가내였다. 입을 뗄 힘조차 없는 노인이 그 부탁을 할 때만큼은 무서울 정도로 기력을 되찾았다.

"죽여줘. 부탁이다, 죽여줘."

아버지가 염불을 외듯 중얼거릴 때마다 문철은 가슴 안쪽이 조금씩 헐어 문드러지는 것 같았다. 문철은 그저 입을 다물 수밖에 없었다. 가습기 소리만이 공허하게 병실을 메웠다.

"사람은 자고로 어엿이 자기 구실을 할 줄 알아야 해."

어릴 적부터 아버지가 입버릇처럼 하신 말씀이었다. 그래서일까. 지금 아버지는 스스로를 아무짝에도 쓸모없는 사람이라고 생각하는 듯 보였다. 하긴, 조금이라도 몸이 성했다면 스스로 병원을 걸어 나갈 사람이었다. 소변줄을 연결해야 했지만, 골반까지 암세포가 꽉꽉 들어차 그마저도 어려웠다. 혼자서 똥오줌도 해결할 수 없게 된 아버지는 얼마나 자괴감이 들까. 문철은 저절로 한숨이 나왔다.

아버지가 오랫동안 건강하게 살아계시면 좋겠다, 그런 마음이 없는 것은 아니었다. 그러나 아버지의 병세는 더는 손을 쓸 수 없는 지경에 이르렀다. 하루하루 목숨을 연명하는 게 고작이었다.

'차라리 죽여드리는 게 낫지 않을까? 저렇게 고통스러워하는 모습, 이제는 보고 싶지가 않아.'

불쑥불쑥 이런 생각이 문철의 머릿속에 찾아오곤 했다. 그럴 때마다 문철은 작게 욕지거리를 내뱉으며 자신을 책망했다.

"아버지, 제가 아버지를 어떻게 죽일 수가 있어요. 그건 살인이잖아요."

"아니다, 문철아. 나는 괜찮아. 너의 손에 죽을 수 있다면, 나는 정말 괜찮아."

아버지는 언제나 고통에 가득찬 표정이었다. 문철은 아버지의 웃는 모습을 잊어버린 지 오래였다.

문철은 저도 모르게 입술을 깨물었다. 병실을 나서며 간호사를 불렀다. 오늘도 역시 아버지에게 강한 진통제를 놔달라고 부탁했다.

병원 건물을 나온 문철은 하얀 입김을 내뿜으며 밤하늘을 올려다보았다. 수많은 별이 반짝이고 있었다. 문철은 보름 전의 일을 회상했다.

크리스마스가 얼마 남지 않은 날이었다. 병동 로비의 트리를 보고 있던 참이었는데 누군가가 옆에서 알은체했다.

"문철아, 너 맞지? 혹시나 했는데 맞네. 여기서 만날 줄은 몰랐어."

고등학교 동창인 한태성이었다. 그는 아내의 진료를 위해 왔다고 말했다.

"태성아, 너 결혼했구나. 늦었지만 축하한다. 그런데 아내분, 혹시 몸이 안 좋은 거니?"

자신이 매일같이 드나드는 곳이 암병동이라는 걸 떠올린 문철은 조심스럽게 물었다. 태성은 고개를 끄덕였다.

"응. 실은… 전에도 큰 수술을 했었어. 이번에는 다행히 조기에 발견해서 암세포가 커지기 전에 치료만 하면 낫는다고 하더라."

그렇게 말하는 태성의 표정은 복잡했다. 분명 그리 쉽지 않을 것이었다.

문철은 아버지가 이곳에 입원해 있다는 사실을 말했다. 아버지라는 단어를 꺼내자 태성은 피식하고 웃었다.

"여전히 아버지랑 사이가 좋구나, 너란 녀석은."

태성의 웃음에 문철은 학창시절 자신의 고민을 털어놓을 정도로 그와 친했다는 것을 새삼 기억해냈다.

이후에도 문철은 태성과 종종 병동에서 마주쳤다. 문철은 자연스레 태성에게 자신이 안고 있는 고민을 토로했다. 아버지가 요새 많이 약해지셨다며, 자꾸만 죽여달라고 하셔서 걱정이라며, 문철은 굳이 하지 않아도 되는 이야기까지 술술 털어놓았다. 누군가에게 그저 하소연하고 싶었는지도 모른다.

정작 태성은 자신의 이야기를 많이 하지 않았다. 그런 조용한 점은 학창시절과 비교해 크게 변하지 않았다.

'녀석도 힘들 텐데, 오늘 만나면 그 녀석 이야기를 많이 들어줘야겠어.'

그렇게 생각하며 문철은 걸음을 재촉했다.

약속장소를 찾는 건 어렵지 않았다. 번화가 골목 뒤편으로 들어가면 가장 먼저 나오는 작은 호프집이었다. 주점 안은 시끌벅적했다. 가장 구석 자리에서 태성이 손을 흔들었다. 언제 왔냐고 묻자 태성은 방금, 이라고 짧게 답했다.

테이블 위에는 아무것도 없었다. 아직 주문은 하지 않은 것 같았다. 다른 테이블보다 조명이 어두운 자리였고, 주위가 지나치게 시끄러웠다. 문철은 종업원을 불러 적당히 맥주와 안주를 주문했다. 처음 시킨

맥주 한 잔이 두 잔이 되었고, 석 잔이 되었다. 테이블 위의 안주가 하나둘 늘어갔고, 마시던 술은 맥주에서 소주로 바뀌었다. 어느새 문철은 또다시 한태성 앞에서 아버지 이야기를 털어놓고 있었다.

"자식에게 죽여달라니. 세상에, 그게 말이 되는 일이냐?"

문철은 테이블 위에 올려놓은 두 주먹을 꽉 말아 쥐었다. 맞장구를 치며 잠자코 듣고만 있던 태성이 실은 말이야, 하고 목소리를 낮추었다.

"아까 널 만나러 병실에 찾아갔을 때 문밖에서 그 이야기 들었어. 엿듣게 된 꼴이지만. 너는 어떻게 하고 싶은데? 아버지를 죽여드리고 싶어?"

태성은 눈을 빛내며 테이블에 몸을 바짝 기댔다. 왠지 모를 박력이 느껴져 문철은 조금 뒤로 몸을 떼었다.

"그런데 문철아, 그거 알아? 내가 노크하고 문 열고 들어가니까 귀신같이 말을 멈추시더라. 자는 척을 하신 거야. 그런 부탁을 했다는 것 자체를 다른 사람에게 들키고 싶지 않은 거야. 물론 너도 아주 잘 알고 있지?"

아버지는 문철이 혼자 있을 때만 그런 부탁을 했다. 문철 역시 아주 잘 아는 사실이었다.

"그냥 고통에 차서 하시는 말이 아닐 거야. 아버지는 네가 정말로 이뤄주기를 바라시는 게 아닐까."

"그 정돈 알고 있어."

문철은 문득 눈앞이 흐려지는 것을 느꼈다. 그런 문철을 가만히 바라보던 태성은 천천히 입술을 떼었다.

"만약 다른 사람을 죽이는 걸로 네 아버지를 죽여드릴 수 있다면 어떻게 할래? 살인을 할 수 있을 것 같아?"

문철은 깜짝 놀라 그게 무슨 말이냐고 반문하려 했다. 그러나 태성의 눈빛이 너무도 진지했다. 문철은 가만히 생각해보았다. 아버지는 길면 앞으로도 몇 달간 목숨을 부지할 것이다. 하지만 문철이 느끼는 시간과 아버지가 느끼는 시간의 길이는 다를 것이다. 아버지는 끝없는 고통 속에서 문철에게 또다시 부탁할 것이다. 제발 자신을 죽여달라고.

'그리고 나 역시 너무나 고통스럽겠지.'

그런 생각을 하며 문철은 술잔을 비웠다.

"글쎄다. 아마 나는 괜찮다고 할지도 모르겠어. 고통을 빨리 끝내드릴 수 있다면…."

문철은 솔직히 대답했다.

"그럼 내가 너의 아버지를 죽여줄게. 어때?"

태성은 아까보다 목소리를 낮췄다. 그러나 문철의 귀에 똑똑히 들렸다. 문철은 순간 아무런 말도 할 수 없었다.

시간이 멈춘 것 같았다. 문철과 태성은 그렇게 한동안 서로를 바라보았다. 어딘가의 테이블에서 웃음소리가 터져 나왔다.

"그러니까 내가 너한테… 살인을 청부하라는 말이야? 어떻게…."

"어떻게 아버지를 죽일 수 있냐고? 방금 넌 아버지를 죽이고 싶다고 고민했어. 진심으로 그렇게 생각했어."

문철은 뭐라 반박하지 못했다.

"미안하지만, 돈을 원하는 거면 줄 수가 없어."

"돈이 아니야. 너도 똑같은 걸 해주면 돼."

"뭐? 똑같은 거라니?"

"내가 네 아버지를 죽여줄게. 대신 너도 죽여줄 사람이 있어."

또다시 옆 테이블에서 왁자지껄한 웃음소리가 들렸다. 문철은 눈동자를 굴려 슬쩍 주위를 둘러보았다.

"누구를?"

문철은 속삭이듯 물었다. 태성은 품에서 사진 한 장을 꺼냈다. 남녀가 함께 찍힌 사진이었다. 남자는 눈앞의 한태성이었다. 그렇다면 여자는….

"혹시 죽여달라는 게 네 아내니? 미진 씨?"

태성은 고개를 한 번 크게 끄덕였다.

"내가 병원에 있는 너의 아버지를 죽여. 그 시간, 넌 다른 곳에 떨어져 있으면 되는 거고. 그럼 알리바이라는 게 생기지. 그리고 너 역시 나한테 같은 걸 해주면 돼."

문철은 태성이 한 말을 가만히 곱씹었다. 죽일 상대를 교환하자는 말이었다.

"세상에. 태성아, 넌 미진 씨를 미워하니? 죽이고 싶을 정도로?"

문철은 떨리는 손으로 잔을 비웠다. 이상하게도 술을 마시면 마실수록 머릿속이 맑아지는 것 같았다.

"뭡냐고? 그래, 그렇지…. 맞아, 너무 미워. 그러니까 네가 해줄 일은…."

태성은 바짝 얼굴을 들이밀고 낮은 목소리로 속삭였다. 수많은 사람의 목소리가 어지럽게 뒤섞였지만, 신기하게도 그의 음성은 귓가에 쏙쏙 박혔다.

이야기를 마친 태성은 먼저 자리를 떴다. 문철은 한동안 자리를 떠나지 못했다. 태성이 제시한 방법에 조금 마음이 혹한 게 사실이었다. 서로서로 알리바이를 만들어주며 살인을 저지른다. 방법만 따지고 보면 경찰에 덜미를 잡힐 일은 없어 보였다. 하지만 자신 역시도 태성의 아내를 살해해야 했다. 그리고 그것은 실패할 수도 있는, 너무나 무식하다 싶을 정도로 무모한 방법이었다.

죽일 상대를 바꾸는 살인이라니….

문철은 사진 속에서 다정하게 웃고 있는 부부의 얼굴을 떠올렸다. 그리고 깊은 한숨을 내쉬었다.

새벽 내내 잠들 수 없었다. 겨우 잠이 들었나 싶었는데 전화벨이 울렸다. 오전 여덟 시가 조금 넘은 시각이었다. 예상대로 병원에서 걸려온 전화였다.

"이덕기 환자분이 돌아가셨습니다. 저기 그런데…."

간호사가 말끝을 흐렸다. 문철은 간호사가 생략한 말을 이미 잘 알고 있었다.

'아버지가 누군가에게 살해당했다는 내용일 테지.'

병원에 도착했을 때 아버지의 병실 앞에는 형사 드라마에서나 보던 노란색 띠가 둘러쳐져 있었다. 심장이 두근거렸다. 그제야 아버지의 죽음이 현실로 다가왔다. 복도에는 형사로 보이는 사람들이 북적거리며 오갔다. 그동안 수없이 병원을 드나들었지만, 오늘처럼 생기가 넘친 적은 없었다.

형사 한 명이 문철에게 다가왔다.

"참으로 유감입니다. 이야기를 듣고 싶은데 잠시 기다려주시겠습니까?"

온몸이 기우뚱 흔들려서 문철은 손바닥으로 벽을 짚으며 겨우 휴게실에 도착했다. 각오는 하고 있었지만, 아버지가 정말 죽었다는 소식을 들으니 발걸음에 힘이 들어가지 않았다.

저 멀리서 형사로 보이는 두 명의 남자가 문철을 향해 똑바로 걸어왔다.

'괜찮아. 난 죽이지 않았어. 어제 있던 일을 사실대로 얘기하기만 하면 돼.'

문철은 그렇게 자신을 다독였다.

"이문철 씨 맞으신가요?"

두 사람 중 한 명이 문철에게 알은체를 했다. 문철은 일어나 두 사람을 맞았다. 까무잡잡한 피부에 다소 거대한 체구의 남자는 자신을 임승수 형사라고 소개했다.

'참으로 위압감 있는 남자야.'

문철은 그의 날카로운 눈을 똑바로 바라보았다. 순간 남자의 눈이 날카롭게 빛났다. 험한 인상이 순식간에 더욱 강해졌다. 문철은 저도 모르게 침을 꼴깍 삼켰다. 수더분한 인상의 다른 사내는 같은 소속의 강정환 형사라고 했다. 문철은 두 사람과 마주 앉았다.

"들으셨겠지만, 이덕기 씨는 지난밤 누군가에게 목을 졸려 살해당했습니다."

임승수 형사는 눈을 조금 치켜떴다. 반응을 살피는 것 같았다.

"네, 병원에서 연락받고 저도 깜짝 놀랐습니다. 어떻게, 어떻게 그런 끔찍한 일이 일어났는지 모르겠어요."

문철은 고개를 숙였다. 다시는 아버지를 볼 수 없다는 사실을 누군가에게 확인받자 순간적으로 눈물이 났다. 문철은 손등으로 재빨리 눈물을 닦아냈다.

"생각보다 침착하시군요."

"아버지가 죽는다는 생각은 하루에도 수백 번씩 했습니다. 이미 전부터 각오하고 있던 겁니다. 저도 지쳐 있었습니다. 하지만 살해당하셨다니, 조금 당황스러울 뿐입니다."

"다른 가족분들은 안 계십니까?"

임승수 형사가 물었고, 옆에 있는 강정환 형사가 계속해서 수첩에 무언가를 받아 적었다. 문철은 어머니가 초등학교를 졸업하기 전에 이미 세상을 떠났다는 이야기를 했다.

"그렇군요. 저희는 이제 범인을 찾으려고 합니다. 몇 가지 묻고 싶은 게 있습니다. 아시는 대로, 생각나는 대로 답해주시면 감사하겠습니다."

임승수 형사는 정중하게 이야기를 꺼냈다. 올 것이 왔다고 생각했다. 문철은 가만히 손깍지를 꼈다. 손끝이 차가워서 내심 깜짝 놀랐다.

"이덕기 씨를 살해할 만한 사람으로 짐작 가는 이가 있습니까? 평소 이덕기 씨를 미워했다거나 원한을 샀다거나 하는 사람 말입니다."

"절대 없습니다. 남에게 폐 끼치지 말고 살자는 것이 아버지의 신조였으니까요. 그래서 더욱 주변에 사람이 없었는지도 모르겠습니다."

형사들은 아버지의 주변 인물과 대인관계에 대해 몇 가지 더 물었지만, 문철은 잘 모른다고만 대답했다. 임승수 형사는 그렇다면 혹시 입원한 아버지를 찾아온 사람이 있었냐고 물었다. 문철은 아버지가 모든 면회를 거부했다고 말했다. 약해진 모습을 보이기 싫은 까닭이었다. 임승수 형사는 곤란하다는 듯 머리를 긁적였다.

"혹시 최근에 달라진 언동이나 행동이 있었습니까? 사소한 거라도 좋습니다."

문철은 아버지의 모습을 떠올려봤다. 아버지는 자신을 죽여달라고 거듭 말했다. 이 사실을 말해야 할까. 한태성도 간호사들 사이에서 떠도는 소문을 듣고 문철을 눈여겨보게 됐다고 말했다. 눈앞의 형사들도 언젠가 알게 될 이야기였다.

"아버지는 몇 달 전부터 제발 죽여달라고 말씀하시곤 했습니다. 의사나 간호사들에게도 그런 말을 했습니다. 너무 힘든 탓이었겠죠."

"흠, 그래요?"

임승수 형사는 팔짱을 끼며 강정환 형사를 힐끔 쳐다보았다. 두 사람이 눈짓을 주고받는 게 느껴졌다.

마지막으로 임승수 형사는 문철에게 지난밤 병실을 나선 시각을 물었다.

"열두 시쯤에 병실을 나왔습니다. 집에 도착하니 새벽 한 시쯤 되더군요."

문철은 아버지의 사망추정시각을 대략 짐작하고 있었다. 문철은 태성에게 새벽 한 시에 한 번, 네 시에 한 번 당직 간호사가 혈압과 맥박을 잰다는 것, 일곱 시 반쯤 정기적으로 채혈을 한다는 것을 일러두었다. 그러니 태성은 오전 네 시부터 일곱 시 반 사이에 아버지를 살해했을 것이었다.

"그렇군요. 알겠습니다. 앞으로도 찾아뵐 일이 많을 것 같습니다. 추후 협조 부탁드립니다."

임승수 형사가 그렇게 말하곤 자리에서 일어났다.

"걱정하지 마세요. 저희가 꼭 범인을 잡아드리겠습니다."

떠나기 전 강정환 형사는 그렇게 말했다. 강직한 눈을 지닌 사내라 생각했다.

문철은 한껏 들이마신 숨을 천천히 내쉬고는 멀어져가는 두 사람의 뒷모습을 바라보며 생각했다. 태성은 약속대로 아버지를 죽여주었다. 이제는 자신이 움직일 차례였다.

3

서울 소재지의 한 암병동에서 살인사건이 일어났다는 이야기가 저녁 뉴스에 보도되었다. 기자는 60대의 노인이 목이 졸려 살해됐다는 이야기, 현장에서 이렇다 할 증거도 목격자도 확보되지 않았다는 이야기를 빠르게 쏟아냈다.

사건이 언론에 보도된 탓인지 서울경찰서에는 빠르게 수사본부가 설치되었다. 보도된 내용대로 현장에서는 범인의 지문이나 머리카락이 발견되지 않았다. 범인의 복장을 추정할 수 있는 섬유조각도 찾아내지 못했다. 피해자가 아무런 저항을 하지 않은 탓이었다. 병실 바닥에 범인의 것으로 보이는 발자국이 남았지만, 범인을 특정하기엔 역부족이었다. 수사본부는 수사의 갈피를 잡지 못하고 있었다.

부검결과가 나오기까지 며칠 더 기다려야 했으나 수사본부는 피해자 이덕기의 사망시각을 오전 네 시부터 네 시 반 사이로 추정했다. 야간에 당직근무를 서는 간호사는 새벽 네 시가 조금 지났을 무렵 이덕기의 혈압과 맥박을 재러 병실에 들렀다. 간호사는 그때 이덕기가 확실히 살아 있었다고 증언했다. 간호사들은 야간근무를 서는 오전 네 시부터 다섯 시 사이가 가장 힘든 시간이라고 말했다. 네 시 이후에는 잠시 스테이션을 비우고 휴게실에 모여 커피를 마신다고 했다. 수사본부에서는 범인도 이 사실을 알고 있었을 것이라 판단했다. 살인을 위해 미리 흉기를 준비해 온 사람이니 그 정도는 미리 조사했다 해도 이상할 게 없었다.

스테이션을 지나 들어선 병실 복도는 막다른 길이다. 누군가 병실 쪽 복도로 들어갔다면 다시 나올 때는 반드시 스테이션 앞을 지나야 했다. 당직 간호사들은 네 시 반 즈음부터 확실히 자리를 지켰다고 했다. 그 이후 스테이션 앞을 지나간 사람 중 수상한 사람은 없었다고 하니, 범행시간은 오전 네 시에서 네 시 반 사이가 틀림없어 보였다.

12일 아침, 서울경찰서 회의실에서 브리핑하는 동안 몇 가지 의견이

나왔다. 그중 하나는 범인이 병원 외부에서 침입한 사람이 아닐 가능성에 대한 것이었다. 어쩌면 현장을 마음대로 돌아다닐 수 있는 간호사, 환자 혹은 환자의 가족 중 한 명이 범행을 저지른 건 아닐까?

하지만 의견은 의견일 뿐, 결국 범행동기가 문제였다. 수사본부장을 맡은 경찰서장은 부검결과가 나오기를 기다리는 동안 이덕기의 인간관계에 대해 철저하게 파악하라고 지시했다. 사람은 왜 사람을 죽일까. 그런 의문이 또다시 정환의 머릿속을 쿡쿡 찌르기 시작했다.

정환은 오전 브리핑 이후 수사관들과 함께 성선병원으로 향했다. 수사본부의 지시대로 사망추정시각 전후로 수상한 사람을 본 적이 없는지 다시 한번 묻고 다녔다. 당직을 섰던 의사, 간호사에게 재차 확인하고 당시 근무를 하던 경비원들에게도 또다시 물어봤다. 암병동의 환자들에게도 물어봤다. 큰 수확은 없었다.

정오가 지난 후 정환은 일단 서로 돌아가기로 했다. 차를 운전해 병원을 나오던 정환은 차량통제봉 앞에 멈췄다. 차를 가지고 병원에서 나가려면 경비원에게 주차권을 건네줘야 했다. 발급받은 주차권을 경비원에게 내밀다가 문득 생각했다.

'어쩌면 범인이 차를 타고 현장을 떠났을 수도 있지 않을까? 주차하는 차들은 반드시 병원 데스크에서 발급권을 받아야 하니까….'

주차장 경비원은 새벽 네 시부터 다섯 시 사이에 병원을 나간 차량 넉 대에 대해서 정확히 기억하고 있었고, 정환은 병원 측에서 차량을 등록한 환자가족 명부를 받을 수 있었다. 암병동 201호 유승준 환자, 일반병동 503호 정유미 환자, 산부인과병동 304호 윤미진 환자, 정형

외과병동 301호 양경숙 환자였다. 다시 병원으로 차를 돌린 정환은 환자와 환자의 보호자들을 모두 만나봤다. 특별히 의심이 가는 사람은 없었다.

"이번 사건은 정말 모르겠네요."

오후에 서로 돌아온 정환은 옆 책상에서 파일을 들춰보고 있는 임승수 형사에게 말을 건넸다.

"그러게. 증거도 없고 목격자도 없어. 되레 지나치게 깔끔한 게 좀 마음에 걸린단 말이야. 그래도 이덕기와 조금이라도 접점이 있다면 파봐야지. 우리한텐 아무것도 없잖아. 목격자도, 현장에서 나온 증거도. 뭐, 밑져야 본전이고, 수사관은 모든 가능성을 열어둬야만 하니까."

정환은 모든 가능성을 열어둬야 한다는 임승수 형사의 말을 되짚어 보았다. 어쩌면 피해자는 단순히 운이 나빴던 건 아닐까?

"만약 동기가 없는 사람이 범인이라면 어쩌죠? 이덕기는 단순히 운이 나빴던 거예요. 범인이 단순히 심심풀이로 살인을 저지르는 사람이었을 수도 있고. 그래서 현장에 아무런 증거도 남지 않은 거죠."

임승수 형사는 어깨를 으쓱했다.

"그건 가장 안 좋은 상상이네. 하지만 살인을 위해서만 움직였다는 말은 정답이군. 범인은 이덕기의 병실에 들어가자마자 흉기인 끈을 꺼내 목을 졸랐을 거야. 이덕기가 죽은 걸 확인하곤 곧장 병실을 나왔겠지. 채 오 분도 걸리지 않았을 거야. 죽이기 위해 병실에 들어왔고, 성공적으로 죽였기 때문에 병실에서 사라졌어."

임승수 형사는 오른손으로 가만히 턱을 쓰다듬었다.

"정환아, 솔직히 나는 범인으로 의심 가는 사람이 있어."

"선배님, 범인으로 의심 가는 사람이 있는 건가요? 누군가요?"

"이문철."

임승수 형사는 다소 확고한 어조로 말했다.

"이문철이 범인이라고요? 그 아들이요?"

정환은 저도 모르게 목소리를 높였다.

"그래. 우리가 병원에서 이문철 처음 만났을 때 기억나? 피해자가 살해당했다고 말하니까 우리 둘 눈을 번갈아 살피곤 반응했어. 눈치를 본 거야."

"그런가요? 하지만 저희 앞에서 눈물을 보인 게 연기라고 생각되진 않았어요."

"뭐, 그것만 가지고 의심하는 건 조금 이상하지. 우리가 돌아가려고 할 때 이문철이 찾아와서 했던 말 기억나?"

"참, 이게 제 알리바이를 증명할지 모르겠습니다. 사실 지난밤 조금 미안한 일을 하고 말았습니다."

이문철은 그렇게 운을 뗐다.

새벽 네 시경, 이문철은 시끄러운 소리에 잠에서 깬다. 천장에서 낮게 윙윙거리는 소리가 들린다. 세탁기 돌아가는 소리라고 생각한 이문철은 윗집으로 올라가 초인종을 누른다. 문을 연 윗집 남성에게 지금이 몇 신데 세탁기를 돌리느냐며 따진다. 윗집 남성은 그런 일 없다고 버럭 신경질을 내고, 이문철도 지지 않고 목소리를 높인다. 그때가 새벽 네 시경이다.

"알고 보니 제 착각이었더군요. 요즘 스트레스받는 일이 많아서 환청이 들렸나봅니다."

이문철은 그렇게 자신의 알리바이를 증명했다. 이문철이 사는 아파트 윗집 남자에게 확인해본 결과 사실인 것으로 드러났다.

"그게 왜요?"

"네 시라는 시간도 너무 작위적인 느낌이 들어. 그리고 이문철은 우리 앞에서 막힘없이 줄줄 말했어. 마치 외운 듯이 말이야."

"범인이 아닌 건 확실하잖아요. 그래서 브리핑에서도 이문철을 수사 대상에서 제외했고요."

"뭐, 그렇지. 하지만 좀 꺼림칙하단 말이야."

이문철의 말대로 이덕기의 대인관계에서도 얻을 수 있는 것은 없었다. 이덕기의 인생을 한마디로 요약하면 자식이었다. 평생을 노동자로 살며 이문철을 위해서 한목숨을 바쳤다고 해도 과언이 아니었다. 담당 의사는 이덕기가 암세포 전이 속도를 조금은 늦출 수 있는 상황이었다고 말했다. 그러나 이덕기는 암세포를 억제하는 약을 먹지 않았다. 먹는 척 입안에 넣었다가 아무도 보지 않을 때 뱉어버렸다. 그렇게 버린 약만 수십 알이었다.

"자식에게 짐이 되기 싫었던 것 같아요. 그래서 그런 식으로 죽음을 앞당기려 한 거죠. 자신이 금방 죽을 줄 알았나봐요. 하지만 암세포가 아주 천천히 퍼졌다고 하더라고요. 그렇게 죽지도 살지도 못하는 상태로 몇 달을 버틴 거예요. 게다가 최후에는 누군가한테 살해당하다니, 안타깝기 그지없네요."

정환의 말을 들은 임승수 형사는 "오로지 자식밖에 없었다…."라고 들릴 듯 말 듯 혼잣말로 중얼거렸다. 아무래도 임승수 형사는 여전히 이문철을 범인으로 생각하는 것 같았다.

"이문철이 범인이라면 살인동기는 뭘까요?"

"왜? 이문철은 절대 범인이 될 수 없다는 게 네 입장 아니었어?"

"그렇긴 하지만, 선배의 생각도 궁금해서요."

임승수 형사는 의자에 몸을 비딱하게 기댔다.

"정환아, 사건이 일어난 날 아침에 너랑 출동하는 차 안에서 나눴던 얘기 기억나니? 실은 네 얘기를 듣고 나도 그날 온종일 사람이 사람을 왜 죽일까 고민해봤어. 그리고 덕분에 조금 새로운 시선이 생긴 것 같아. 후배들 앞에서야 모든 가능성을 열어둬야 한다고 멋진 척 말했지만, 사실 난 살인은 십중팔구 금전 문제 때문에 일어난다고 여기고 있었으니까. 그런데 금전 문제를 뛰어넘을 수 있을 만큼 무거운 게 있더라고. 바로 유대야. 이덕기가 자신을 죽여달라고 했기 때문에 아들로서 그 말을 들어준 게 아닐까? 아버지를 그만 편안하게 해드리기 위해서. 자식이 어떻게 부모를 죽일 수 있냐고 생각하는 거지? 하지만 사랑하기 때문에 죽일 수도 있어. 죽임을 당할 수도 있어. 내가 이문철을 의심하는 건 죽은 이덕기의 표정 때문이야. 목이 졸려 죽는 사람이 어떻게 그런 행복한 표정을 지을 수 있겠어? 억지로 웃은 거야. 자신을 살해하는 아들에게 그런 표정이라도 지어주려 한 거겠지."

정환은 아무런 말도 할 수 없었다. 뒷받침할 다른 증거가 없는 이상 임승수 형사의 의견은 그저 상상일 뿐이었다. 하지만 마음속 깊은 곳에 그 가능성을 인정하는 자신이 있었다.

새로운 정보가 없는 상태로 의미 없이 시간만 흘렀다. 1월 16일, 서울경찰서 회의실에서 임승수 형사와 함께 검시관의 소견서를 들여다보았다. 임승수 형사는 잰걸음으로 회의실을 배회했다. 두 사람밖에 남지 않은 회의실이 더욱 넓어 보였다.

어제 오전 인근 주택가에서 살인사건이 일어났다. 서울경찰서에는 또 다른 수사본부가 설치되었고 형사들은 주택가 살인사건 수사에 착수했다. 이덕기 살인사건 수사본부에 속한 형사들도 대부분 지원을 나갔다. 지난 며칠간 아무런 진척도 없는 탓이었다. 이덕기 살인사건 수사는 사실상 제자리걸음을 하고 있었다.

"어쩔 수 없는 일이지. 범죄는 늘 일어나는데 수사 인력은 한정적이니까. 해결할 수 있는 사건부터 빨리 풀어내는 건 당연해."

임승수 형사가 손에 든 종이에 시선을 고정한 채 말했다. 오랫동안 진척이 없는 사건은 결국 미제사건으로 분류되고 수사본부는 해산한다. 지금으로선 이덕기 살인사건도 그렇게 될 가능성이 컸다.

범인을 파악할 만한 결정적인 단서는 여전히 부족했다.

어제 정환은 선배 형사들과 함께 서울 시내의 등산용품점을 모두 돌아다녔다. 이덕기 목에서 나일론 소재의 섬유조직이 검출됐는데, 나일론 끈을 여러 가닥으로 꼬아서 만든 등산용 로프로 판명됐기 때문이다. 등산용품점은 보통 단골들이 많이 이용한다. 형사들은 그 점에 일말의 기대를 걸었다. 하지만 어느 등산용품점에서도 최근 보름 사이에 등산용 로프를 구입했다는 사람은 없었다. 흉기인 로프를 범인이 사건 일주일 전에 구입했는지, 일 년 전에 구입했는지는 알 수 없었다. 역시 흉기를 알아낸 것만으로는 용의자의 범위를 좁힐 수 없었다.

부검결과는 어제 늦은 오후 수사본부에 도착했다. 부검결과 사망추정시각은 11일 오전 네 시에서 다섯 시 사이며, 직접적인 사인은 산소결핍에 의한 질식사로 판명되었다. 전부 초동수사에서 가정한 것과 일치했다. 정환도 임승수 형사를 따라 다시 한번 소견서를 훑어보았다.

이덕기의 목에는 흉기인 로프 자국이 선명하게 남아 있다. 후두 위쪽에 남은 로프 자국이 정확히 수평인 것으로 보아 범인은 침대에 누워 있는 피해자의 목을 정면에서 똑바로 조른 것으로 판단된다. 목의 정면에 두 줄, 뒷면에 세 줄의 로프 자국이 있다. 범인은 최초에 피해자의 목 아래 왼쪽에서 오른쪽으로 로프를 집어넣어 목 위로 로프를 두 번 감은 것이다. 그때까지만 해도 피해자는 잠든 상태였을 것으로 판단된다. 범인이 굉장히 강한 힘으로 조른 듯 피해자의 목뼈에 금이 가 있었다. 설골의 손상된 모양이 다소 불규칙적인 것으로 보아 피해자가 목을 졸리는 도중에도 필사적으로 무슨 말인가를 하려고 했던 것으로 판단된다.

이상이 검시관의 소견이었다.

"이덕기는 목을 졸리는 순간 분명 의식이 있었어. 그런데도 저항한 흔적이 없단 말이야. 이거 너무 이상하지 않아? 피해자의 두 손은 충분히 자유로웠을 거야. 그런데도 뭔가를 움켜쥔 흔적이 없어. 범인을 공격하지도 않았고 목에 감긴 끈을 풀려는 시도도 하지 않았어. 두 손을 그냥 늘어뜨리고 있었던 거야."

임승수 형사는 소견서를 받은 어제부터 그것이 마음에 걸리는 듯했다. 확실히 부검결과 이덕기의 손톱 밑에선 어떠한 세포조각도 발견되지 않았다.

임승수 형사는 여전히 이문철을 범인으로 생각하고 있었다. 하지만 이문철은 사망추정시각에 명확한 알리바이가 있었다.

정환은 임승수 형사의 직감대로 차라리 이문철이 범인이면 좋겠다고 생각했다.

4

지난 16일, 경찰로부터 시신을 인도받은 문철은 곧장 장례식 준비를 했다. 장례는 성선병원의 장례식장에서 치러졌다. 문철은 아버지의 부고를 그 누구에게도 알리지 않았다. 솔직히 아버지의 죽음을 누군가에게 언급하고 싶지 않았다. 아버지의 죽음에는 자신의 책임도 있었기 때문이다.

발인을 마칠 때까지 찾아오는 이는 거의 없었다. 그래도 상관없었다. 문철은 텅 빈 장례식장에 앉아 아버지의 영정사진과 끊임없이 대화를 나눴다.

"아버지, 이제 편안하신가요?"

장례식장 안은 적막했다. 대답은 없었지만, 대답을 들은 기분이 들었다.

문철이 도저히 알 수 없는 것이 하나 있었다. 아버지가 살해당하기 전날 10일, 병실에서 문철은 아버지의 손을 꼭 붙들고 낮은 목소리로 말했다.

"아버지, 이따가 새벽에 찾아올게요. 그때 죽여드릴게요. 그러니까 안심하시고 푹 주무시고 계세요."

물론 한태성이라는 낯선 사내가 대신 올 것이란 말은 하지 않았다. 아무 말 없이 문철을 바라보던 아버지는 무언가 말하려는 듯 입을 벌리다가 급히 다물었다. 마침 병실 입구에서 간호사가 들어왔다.

'아버지는 그때 무슨 말을 하려고 했던 걸까.'

결과적으로 아버지는 한 줌의 재가 되었다. 이제는 고통스럽지 않을 것이다. 발인을 포함한 모든 장례식 절차를 마친 문철은 홀로 집으로 돌아왔다.

현관에서 구두를 벗자마자 무릎을 꿇고 바닥에 몸을 뉘었다. 머릿속이 몽롱했다. 지난 사흘간 몇 시간도 자지 못한 탓이었다. 그래도 문철은 몸을 억지로 일으켜 거실로 향했다. 불을 켜고 소파에 몸을 던지듯 앉았다.

문철은 가죽으로 된 칼집에서 칼을 빼 들었다. 10센티미터 정도 길이의 칼은 형광등 불빛을 받아 하얗게 번뜩였다.

태성이 교환살인을 제의한 날, 문철은 결국 그에게 감사할 수밖에 없었다. 아버지를 고통으로부터 구해드릴 수 있다면 무엇이든 할 수 있다고 생각했다. 그 누구도 이해할 수 없겠지. 문철은 그런 생각을 하며 자조적으로 웃었다.

태성은 정말로 아버지 이덕기를 살해해줬다. 문철은 칼을 거꾸로 쥔 손에 힘을 꽉 주었다. 이제 잠시 후, 윤미진의 배를 향해 내리꽂기만 하면 되었다.

몇 시간이라도 쉬자고 생각했지만, 좀처럼 마음이 놓이지 않았다. 어느덧 새벽 두 시가 되었다. 점퍼를 입고 모자를 푹 눌러쓴 문철은 집을 나섰다.

어둠 속에서 수많은 눈동자가 자신을 지켜보는 것 같은 느낌이 들었다. 문철은 발걸음을 서두르지 않았다. 집에서 나와 조금 멀리 떨어진 공중전화 부스에 도착했다. 안으로 들어간 문철은 부스 문을 닫고 잠시 숨을 죽였다. 유리 너머로 다시 한번 주위를 살폈다.

한 번, 두 번, 세 번 신호가 갔다. 상대방이 전화를 받았다. 그러나 수화기 너머에선 아무런 말이 없었다.

"태성아."

"응, 기다리고 있었어."

"미진 씨는 혼자 병원에 있겠구나. 알지? 더는 돌이킬 수 없어."

잠시 말이 없던 태성은 그래, 하고 짤막이 대답했다.

"태성아, 마지막으로 물어볼게. 다시 생각할 순 없는 거니? 네 아내가 너무 불쌍해서 그래."

수화기 너머에서 잠시 망설이는 태성의 기척이 전해졌다.

"아니, 계획대로 실행해줘."

문철은 더 이상 아무 말도 할 수 없었다. 앞으로의 계획에 관해서 이야기를 나누었다. 문철은 새벽 두 시에서 세 시 사이에 일을 치를 것이라 말했다. 그 즈음해서 태성은 어떻게든 자신의 알리바이를 만들어야 했다.

“한 병원에서 10일 간격으로 두 사람이 살해되는데, 경찰이 의심할 수도 있지 않을까?”

문철은 다시 한번 확인하듯 걱정되는 부분에 대해 물었다.

“의심은 할 수도 있어. 하지만 두 사건은 전혀 다른 별개의 사건으로 처리될 거야. 그리고 알지? 만약 한 사람이 체포되더라도 서로에 대해선 입 다물기로 한 거.”

“그건 걱정 안 해도 될 거라고 생각해. 나나, 너나 말이야.”

문철은 확신할 수 있었다. 그도, 자신도 죗값을 달게 받겠다는 생각으로 이 살인에 임한다는 사실을.

전화를 끊으려는데 태성이 잠깐만, 하고 문철을 불렀다. 그리고 태성은 문철에게 자신이 아버지를 죽일 때의 이야기를 해주었다. 돌연 문철은 눈시울이 뜨거워지는 것을 느꼈다.

“얘기해줘서 고맙다, 태성아. 덕분에 마지막에 결심이 섰어. 걱정하지 마. 어려운 일이긴 하지만… 내가 한번 잘해볼게.”

문철은 드디어 각오를 다질 수 있었다.

병원 근처까지 차를 몰고 온 문철은 조금 떨어진 곳의 주택가에 주차했다. 병원까지는 걸어서 이동했다. 새벽 거리는 고요함 그 자체였다.

태성은 미진의 병실을 산부인과병동에서 암병동으로 옮겼다고 했다.

문철은 차라리 다행이라고 생각했다. 암병동은 문철이 지난 8개월 동안 들락날락한 곳이었다. 간호사들의 동선을 충분히 꿰고 있었다. 암병동은 일반실과 중환자실이 나뉘어 있었다. 아버지가 입원했던 곳은 3층 중환자실이었고, 태성의 아내가 입원한 곳은 2층의 일반실이었다. 문철은 암병동의 현관으로 당당히 걸어 들어갔다. 이 시간에 1층에는 아무도 없다는 것을 문철은 잘 알고 있었다. 여기까지는 괜찮아. 문철은 스스로를 다독였다. 비상계단을 통해 2층으로 올라간 문철은 계단실에 숨어 복도 쪽을 바라보았다. 복도는 어두웠고, 간호사가 한 명 있는 스테이션에만 불이 켜져 있었다. 문철은 스테이션의 간호사가 사라질 때까지 한참을 기다려야 했다. 간호사가 잠시 자리를 비운 순간 문철은 잰걸음으로 복도를 가로질렀다. 병실로 들어가기 전 복도를 살폈지만, 다행히 이쪽을 보는 이는 아무도 없었다.

어두운 병실 안으로 들어온 문철은 잠시 입구에 멈춰 섰다. 새근거리는 숨소리가 들렸다. 심장이 두근거렸다. 온몸이 땀으로 젖은 것이 느껴졌다. 문철은 가슴이 꽉 차도록 숨을 들이쉬곤 최대한 소리가 나지 않도록 아주 천천히, 길게 내쉬었다.

태성의 말대로 2인실 병실에는 그녀 혼자뿐이었다. 문철은 윤미진이 있는 침대로 조심스레 다가갔다. 그녀는 정자세로 누워 곤히 자고 있었다. 문철은 점퍼 안에서 꺼낸 칼을 허공으로 높이 쳐들었다.

침착하게, 한 번에 끝내야 해. 너무 깊게 찔러도, 너무 얕게 찔러도 안 돼. 딱 죽일 정도로만 찔러야 하는 거야. 그렇게 생각하며 손아귀에 힘을 꽉 주었을 때였다.

갑자기 병실 문이 벌컥 열렸다.

"안 돼!"

"아악!"

그녀가 날카로운 비명을 질렀다. 제길, 문철은 거세게 혀를 찼다. 배의 정중앙을 노리지 못했다. 갑작스러운 소리에 화들짝 놀라 옆구리를 스치듯 찌르고 말았다.

문을 연 장본인이 문철에게 달려들어 등 뒤에서 꽉 붙들었다. 문철은 벗어나려 애썼다. 칼이 병실 바닥에 쨍그랑 소리를 내며 떨어졌다.

"진정해. 나야!"

어둠 속에서 속삭이듯 말을 건넨 인물은 태성이었다. 문철은 깜짝 놀라고 말았다.

"네가 대체 왜 여기에 있는 거야?

문철은 미진을 살폈다. 그녀는 무슨 일이 일어났는지도 모른 채 침대에서 몸을 웅크리고 벌벌 떨고 있었다. 필사적으로 배를 움켜쥔 채로.

"일단 도망가. 빨리! 여긴 내가 알아서 할 테니까!"

문철은 지금 같은 상황에서 뭘 어떻게 알아서 할 거냐고 묻고 싶었다. 하지만 목소리가 너무도 간절했다. 문철은 복도로 뛰쳐나갔다. 온 힘을 다해 뛰었다.

암병동을 뛰쳐나온 문철은 정신없이 달렸다. 누군가 따라오는 것 같아 연신 뒤를 돌아보며 주차해둔 차까지 전력으로 달렸다. 정신을 차리고 보니 자신의 아파트 주차장이었다.

문철은 태성도 자신도 이제는 전부 끝이라고 생각했다. 그러니까, 다

끝났으니까, 문철은 조금이라도 쉬고 싶었다. 문철은 침대에 쓰러져 정신을 잃듯 잠들고 말았다.

5

1996년 1월 22일, 공식적으로 이덕기 살인사건의 수사가 종결됐다. 지난 20일 새벽, 수사본부에 이덕기 살인사건의 범인이 자수했다는 소식이 들려왔다. 범인은 한태성이라는 서른한 살의 남자였다. 놀랍게도 한태성은 새벽 세 시경 암병동 204호에 입원한 자기 아내를 죽이려고 했다. 등산용 칼로 아내의 배를 찔렀는데, 그 자리에서 병원 경비원에게 제압당해 현행범으로 체포됐다. 경찰에 체포된 후 한태성은 1월 11일에 이덕기를 죽인 사람 역시 자신이라고 자백했다. 그렇게 돌파구가 보이지 않던 이덕기 살인사건은 싱겁게 끝이 났다.

정환은 임승수 형사와 시끌벅적한 선술집 카운터에 나란히 앉아 벌써 석 잔째 맥주를 주문했다.

"이거, 이거, 뒷맛이 영 씁쓸해."

이문철을 유력한 용의자로 생각했던 임승수 형사는 도통 믿을 수 없다는 눈치였다.

"자백만큼 확실한 게 어디 있어요. 증거도 나왔고요."

정환은 맥주를 홀짝이며 그렇게 말했지만 찜찜한 것이 사실이었다. 어찌 됐건 한태성이 이덕기를 죽인 것은 분명해 보였다.

"설마 자기 부인도 죽이려고 했을 줄은 몰랐어요. 그때 봤을 때는 사이가 좋아 보였는데요."

13일, 정환은 산부인과병동의 304호를 찾아갔다. 범행시각을 즈음으로 현장을 빠져나간 차주들을 만나보고 다닐 때였다. 병실 앞에서 문을 두드렸고, 한 남자를 만날 수 있었다.

"혹시 8463 차주인 한태성 씨 되십니까?"

"그런데요. 누구시죠?"

그는 한쪽 눈썹을 치켜세우며 경계하는 기색을 보였다. 정환은 서울경찰서 소속 형사라고 자신을 소개했다. 한태성은 고개를 돌렸다. 시선을 따라가니 침대 위에서 한 여자가 눈을 동그랗게 뜨고 이쪽을 보고 있었다.

"나가서 말씀드리겠습니다."

한태성은 정환을 복도로 밀어냈다. 정환 역시 굳이 한태성의 아내까지 만나볼 필요성은 느끼지 못했다. 복도로 나온 정환은 우선 안주머니에서 사진 한 장을 꺼냈다. 이덕기의 사진이었다.

"혹시 이 사람을 아시나요?"

한태성은 고개를 좌우로 흔들었다.

"아뇨, 처음 보는 사람입니다만."

부자연스러운 기색은 보이지 않았다.

"혹시 이 사람이 암병동에서 죽은 노인인가요?"

한태성은 사진을 빤히 쳐다보며 오히려 정환에게 질문했다.

"어떻게 아셨나요?"

"그냥. 요즘 떠들썩하지 않습니까. 경찰들도 왔다갔다하고요."

"맞습니다. 그래서 말입니다만, 이틀 전 11일 네 시에서 다섯 시 사이에 병원의 차량통제소를 지나간 사람들을 조사하고 있습니다. 그날 새벽, 병원을 다소 늦게 떠나셨더군요."

"이틀 전이면 확실히 그렇겠군요. 하지만 그날뿐만이 아닙니다. 저는 아내 곁에 있다가 보통 새벽에 집에 돌아가곤 해서요. 그런데 잠깐만요. 혹시 저를 범인으로 의심하시는 건가요?"

"절차상 확인해보는 것뿐입니다."

정환은 별일 아니라는 듯 웃어 보였다. 그러면서도 한태성의 안색을 계속해서 살폈다. 한태성은 어깨를 으쓱하며 말했다.

"형사님, 차를 타고 나갈 땐 경비원 얼굴을 보고 직접 주차권을 줘야 하잖아요. 설마 범인이 위험하게 차를 타고 도망갔을까요? 저라면 걸어서 도망쳤을 것 같은데…."

정환은 무어라 대답할까 하다가 쓴웃음을 지었다. 자신도 무엇하나 확신할 수 없다는 것을 굳이 말할 필요는 없었다.

"그나저나 간호사에게 아내분 이야기 들었습니다. 참 대단하신 것 같더군요."

정환의 말에 한태성은 씁쓸한 표정을 지었다.

산부인과병동에서 윤미진은 꽤 유명한 듯했다. 임신 중인 그녀는 몸 안에 암세포를 키우고 있었다. 그 때문에 몇몇 임산부들이 병원 측에 항의했다. 같은 병동에서 지내기에 기운이 좋지 않으니 304호의 윤미진 환자를 다른 곳으로 옮겨달라는 것이었다. 암을 전염병처럼 여기는 임부들도 있는 듯 보였다.

태성은 곧 암병동으로 병실을 옮길 거라고 말하곤 한숨을 내쉬었다. 사실상 쫓겨나는 것이라고 말했다. 정환은 그가 측은한 마음이 들었다.

"항암치료를 받기 시작하면 아이는 어쩔 수 없이 지워야 하는 건가요?"

"네. 하지만 아내는 그걸 원치 않아요. 지금은 우선 경과를 지켜보고 있습니다. 더 심각해지면 결단을 내려야죠."

"그렇군요. 힘내시길 바랍니다."

정환은 격려의 말을 건네곤 산부인과병동을 나왔다. 그를 만나며 별다른 소득은 얻을 수 없었다. 아니, 사실은 수사관으로서 커다란 실수를 하고 말았다. 조금 더 날카로운 눈으로 그의 행동을 살폈다면, 의심을 해봤다면 어땠을까? 마음속으로 그가 범인이 아니었으면 하고 바란 것이 사실이었다.

한태성이 경찰에 붙잡힌 이후, 경찰은 한태성의 집을 수색했고 흉기인 등산용 로프를 찾을 수 있었다. 로프의 섬유조직은 이덕기의 피부에서 발견된 것과 일치했다. 한태성의 집에서 찾은 신발의 족적 역시 이덕기의 병실에 남겨졌던 그것과 일치했다.

한태성은 11일 새벽 네 시 삼십 분쯤 이덕기의 병실에 침입해 미리 준비해 온 로프로 이덕기의 목을 졸랐다. 이덕기가 죽은 것을 확인한 후에는 곧장 병실을 떠났다. 한태성은 이덕기를 죽이는 데 채 5분도 걸리지 않았다고 털어놓았다.

임승수 형사는 손가락을 튕겨 카운터 위를 톡톡 두드렸다.

“사건 정황에 대해서도 아주 잘 알고 있어. 증거도 나왔고. 그런데 왜 자수를 한 건지는 여전히 의문이네. 게다가 역시 문제는 왜 죽였을까 하는 동기인데 말이야.”

“한태성 본인은 유전적으로 정신적인 문제가 있다고 주장하던데요. 그게 형량을 줄일 수 있는 요인이 된다고 생각했는지도 모르겠어요.”

정환은 맥주잔을 빙글빙글 돌리며 한태성의 취조 과정을 떠올렸다. 취조 중 한태성은 자신의 부모에 관한 이야기를 꺼냈다.

‘전 부모님 얼굴이 도통 생각나지 않습니다. 아마도 기억에서조차 마주하고 싶지 않은 거겠죠. 제 아버지는 굉장히 질투가 심한 사람이었습니다. 제가 다섯 살 무렵이었을 겁니다. 어머니와 외출한 저는 멀리 서 있는 아버지를 발견하곤 손을 흔들었습니다. 어머니는 경악하는 표정으로 아버지를 바라보았습니다. 아버지는 어머니를 미행하고 있었던 겁니다. 대부분 그런 나날의 연속이었습니다. 아버지는 어머니를 늘 감시하고, 조금이라도 의심스러운 일이 생기면 폭력을 휘두르고, 집 안에서 한 발짝도 밖으로 나가지 못하게 했습니다.

어머니는 도대체 왜 아버지와 결혼한 걸까. 저는 아버지가 원망스러웠습니다. 어머니가 바람을 피우는 사람이라니, 그럴 리 없다고 생각했습니다. 아버지는 도대체 왜 어머니를 의심하는지, 전 이해할 수 없었습니다.

어머니는 결국 버티지 못하셨죠. 제가 열두 살 무렵에 집을 나가셨습니다. 학교를 마치고 집으로 돌아온 제게 아버지가 다시는 어머니를 찾지 말라고 말했습니다. 너무도 일방적이었습니다. 아버지는 왜 이 시간에 회사에 있지 않고 집에 있는 걸까? 또 어머니가 영영 돌아오지 않을 걸 어떻게 알고 있는 걸까? 궁금증이 잇따라 떠올랐습니다.

전 어머니가 훗날 돌아올 것이라 믿어 의심치 않았습니다. 그러나 일주일이 지나고 보름이 지날 때까지 어머니에겐 연락이 오지 않았습니다.

돌이켜보면, 몇 가지 이상한 점이 있긴 했습니다. 아버지는 제가 학교에 다녀올 시간에도 늘 집에 있었습니다. 당시 우리 집은 작은 정원이 있는 2층 단독주택이었습니다. 어느 날 학교에서 돌아와 보니 아버지는 원래 있던 담벼락 위에 층층이 또 다른 담을 쌓고 있었습니다. 또 어느 날은 냄새가 굉장히 강해 역하기까지 한 소독약을 마당에 살포하고 있었습니다. 아버지가 이상하다고 직감한 것은 어머니가 집을 나가신 지 10일이 지났을 무렵입니다. 새벽 한 시가 지났을 무렵, 2층 제 방에 있던 저는 정원에서 움직이는 검은 그림자를 발견했습니다. 다름 아닌 아버지였습니다. 팍, 팍, 팍 하는 소리가 들렸습니다. 거친 숨소리가 반복됐습니다. 저는 이불을 뒤집어쓰고 억지로 잠을 청했습니다. 다음 날 아침 저는 지난밤에 관해 물어볼 수가 없었습니다. 너무도 무서웠습니다. 어쩌면 그때 스스로 어렴풋이 눈치를 챈 것인지도 모릅니다.

어머니가 집을 나간 지 보름이 지난 일요일 오전이었습니다. 건넛집에서 키우는 강아지의 먹이에 누군가 쥐약을 섞은 사건이 발생했습니다. 건넛집 사람은 경찰을 불렀고, 경찰은 간단한 탐문을 시작했습니다. 그때 집으로 경찰관 한 명이 찾아왔습니다. 아버지는 문을 열어주지 않았습니다. 오랜 실랑이가 있었고 무언가 수상함을 감지한 경찰관은 경찰서에 지원을 요청했습니다. 출동한 경찰관들이 정원에 묻힌 중년의 여자 시체 한 구를 발견하기까지 그리 오래 걸리지 않았습니다. 아버지는 건넛집의 강아지가 종종 자신을 보고 짖는 것에 두려움을 느꼈다고 말했습니다.

저는 커다란 충격을 받았습니다. 아버지가 원망스러워 견딜 수 없었습니다. 그런데 당시 사건을 조사하던 한 기자는 저희 어머니가 실제로 외도를 하고 있었다는 것을 밝혀냈습니다.

제가 어떤 기분이었는지 아시나요? 전 아버지가 어머니를 살해한 것보다 어머니가 바람을 피우고 있었다는 것에 더욱 큰 충격을 받았습니다. 아버지의 감이 맞았던 거죠. 전 아버지를 동정했습니다. 살인은 용서받을 수 없는 일이지만, 그래도 어머니는 죽어 마땅했다고 생각했습니다. 그리고 그런 생각을 한 저 자신에게 절망했습니다. 스스로를 저주했습니다. 전 아버지가 이해되기 시작했습니다. 아버지는 어머니가 미워서 죽인 게 아니었습니다. 더 의심이 커지기 전에, 미워하는 마음이 부풀기 전에 어머니를 죽여서 사랑이라는 감정을 온전히 남겨두고자 했던 것입니다.

저는 아내를 정말 사랑합니다. 그런 아내가 임신을 했고, 동시에 암이 재발하고 말았습니다. 아내는 치료를 거부했습니다. 독한 항암치료를 받으면 배 속의 아이는 죽을 수밖에 없으니까요. 아내는 자신이 죽더라도 아이를 꼭 낳겠다고 말했습니다.

저는 아내를 말릴 수 없었습니다. 전 30년 전 아버지가 택했던 방법을 똑같이 택할 수밖에 없었습니다. 사랑을 보전하기 위해, 아내를 최

대한 사랑하는 마음으로 죽이려 한 것입니다. 그렇게 한다면 사랑은 영원하니까요.'

임승수 형사는 잔을 들고 절반 정도의 맥주를 꿀꺽꿀꺽 들이켰다. 정환 역시 남은 맥주를 전부 마셔버렸다.

"그 증언만 보면 한태성은 정말 천하의 미친놈이지. 하지만…."

임승수 형사는 인상을 찌푸리곤 어깨를 으쓱했다.

"이상한 건 한태성이 왜 굳이 이덕기를 죽였느냐는 거야. 그리고 왜 자백을 한 걸까? 그 건에 대해서는 입을 닫고 있어도 됐을 텐데 말이야. 한태성은 아내를 죽이기 전에 미리 살인을 저질러볼 필요성을 느꼈다고 말했어. 그래서 암병동에서 가장 약한 사람을 물색했다고. 하지만 두 사건은 흉기 자체가 다르잖아. 시험 삼아 살인을 해본 거라고 할 수 있을까?"

임승수 형사는 계속해서 말을 이었다. 정환 역시 이해되지 않는 부분이 산더미였다.

"그래서 나는 한 번 더 생각해봤어. 지금부터는 그냥 내 헛소리니까 그냥 듣기만 해."

임승수 형사는 정환 쪽으로 몸을 기울이며 카운터 위에 한쪽 팔을 올려놓았다.

"한태성은 우연히 범행대상으로 이덕기를 골랐다고 했지. 한태성과 이덕기의 접점은 전혀 없었어. 하지만 한태성과 이문철은 어떨까?"

"한태성과 이문철의 접점이요?"

"그래. 한태성은 아내 때문에 암병동을 자주 드나들었어. 이문철이야 이덕기가 입원 중이니까 거의 살다시피 했고. 겨울 동안 두 사람은 얼마든지 마주칠 수 있었어. 두 사람 사이에 과거의 어떤 접점이 있었을지도 모르지. 수사가 아예 끝나버려서 지금으로선 조사도 할 수 없지만…."

거기까지 말한 임승수 형사는 깊은 한숨을 내쉬고 말을 이었다.

"한태성은 이덕기를 죽였어. 그리고 아내를 죽이려고 했어. 이덕기를 죽일 동기는 없었지만, 아내를 죽일 동기는 있었어. 이문철은 아무도 죽이지 않았지만, 아버지를 죽일 동기는 있었어. 그런데 기억나? 한태성이 범행을 저지르는 시간에 복도에서 모자를 눌러쓴 낯선 사내를 목격했다는 간호사의 증언이 나왔어. 한태성이 범죄를 자백하면서 그 사람은 사건과 무관한 사람이 됐지. 하지만 목격 정보에 따르면 키나 덩치가 이문철과 아주 흡사해. 만약 한태성이 아내를 죽이려고 한 게 아니었다면? 어쩌면 이렇게 된 게 아닐까?"

임승수 형사는 맥주잔에서 떨어진 물기를 이용해 테이블 위에 'X' 자를 그어 보였다.

"사람을 바꿔서 죽이려고 했다?"

임승수 형사는 그렇지, 하고 낮은 목소리로 대답했다. 정환은 재빠르게 머리를 굴려보았다.

"그런데 교환살인은 범인과 피해자 사이의 상관관계가 없다는 점, 그리고 알리바이가 확실하게 보장된다는 점이 이점이잖아요. 왜 지금 같은 결과가 나왔죠? 한태성이 일방적으로 희생한 게 되잖아요."

그 물음에 대해선 지금으로선 답할 수 없다고, 그리고 수사가 종결된 이상 앞으로도 답할 수 없을 거라고 임승수 형사는 씁쓸하게 웃었다.

6

2012년 4월.

'나는 왜 아직도 체포가 안 되는 거지? 왜 아무도 나를 찾아오지 않는 거지?'

성은이 이상하다는 것을 느끼기 시작한 것은 한태성을 찌른 지 나흘째 되는 날부터였다.

그날 밤 공원에서 성은은 뒤도 돌아보지 않고 도망쳤다. 성은은 달리고 또 달렸다. 어디로 가야 하는지도 모른 채 정신없이 달리다가 어느 좁은 골목에서 넘어지고 말았다. 벽에 등을 대고 거칠게 숨을 몰아쉬며 올려다본 밤하늘에는 수없이 많은 별이 반짝이고 있었다.

정신을 차려보니 성은은 어느새 번화가를 걷고 있었다. 더는 움직일 힘이 없었던 성은은 무릎을 감싸 안은 채로 지저분한 바닥에 앉았다. 마침 순찰을 하던 경찰이 성은을 발견하고 경찰서로 데려갔다.

자정이 넘은 시각이었고, 성은은 번화가를 배회하던 미성년자였다. 경찰은 성은이 원조교제를 하고 있던 것은 아닌지 추궁했다. 성은을 데리러 온 원장 선생님은 목소리를 높이며 경찰들에게 항의했다.

"성은이는 절대로 그럴 아이가 아닙니다. 말 함부로 하지 말아요. 당신들이 뭘 알아요?"

성은은 자수할 생각이었다. 하지만 원장 선생님이 분개한 모습을 보니 자신이 저지른 일을 털어놓을 수가 없었다.

"성은아, 괜찮니? 넌 그런 일만큼은 절대 안 하려 했잖아? 그 사람들은 너에 대해서 전혀 모르기 때문에 그런 말을 하는 거야. "

돌아오는 차 안에서 원장 선생님의 다정한 말에 성은은 왈칵 눈물이 났다. 동시에 한태성이 자신에게 속삭인 말을 떠올릴 수 있었다.

"괜찮아, 괜찮아."

성은에게 칼에 찔린 채로, 한태성은 분명 그렇게 말했다. 그 두 마디의 울림은 너무나도 다정하고 상냥했다.

괜찮다고? 도대체 무엇이?

일주일 후, 아무리 생각해도 이상했던 성은은 오전 중에 한태성을 찌른 공원을 다시 찾았다. 근처 사람들에게 공원에서 일어난 사건에 관해 넌지시 물어봤지만, 아는 사람은 없었다. 성은은 결국 한태성이 지내는 반지하 셋집까지 찾아갔다. 그리고 성은은 빌라 사람들에게 어느 세입자가 죽었다는 이야기를 듣게 됐다. 다름 아닌 자살이었다고 했다.

'자살이라고? 아니, 어떻게….'

그날 저녁, 성은은 보육원 근처 공중전화로 김경석 기자에게 전화를 걸었다. 성은에게 16년 전 일어났던 사건에 대해 알려준 사람이었다.

"경석 아저씨, 저예요. 좀 알아봐주셨으면 하는 게 있어서요."

"아아, 성은이구나. 이번에도 또 다짜고짜 부탁하는 거니?"

수화기 너머의 그는 익살스러운 투로 말했다.

보름 전, 성은은 그에게 한태성이 거주하는 주소를 알려달라고 부탁했다. 그는 처음에는 머뭇거렸다.

"지금 만나도 한태성은 너를 밀어낼 거야. 성은이 너는 분명 크게 상처 입을 거야."

"그냥 멀리서 보기만이라도 할게요. 얼굴만 보고 싶어서 그래요."

김경석은 성은의 간곡한 부탁을 끝내 거절하지 못했다. 두 사람은 언젠가 반드시 만나야만 하니 어쩌면 지금이 기회일지도 모른다고, 성은으로서는 알 수 없는 말도 해주었다.

성은은 그에게 너무나 미안한 마음이 들었다.

"참, 성은아. 요즘 하도 바빠서 물어보질 못했어. 혹시 내가 주소를 알려준 이후에 어떻게 됐어? 얼굴은 보고 왔어?"

성은은 한숨을 내쉬곤 말했다.

"만났어요. 보름 전에 한태성을 찾아갔어요. 그런데 저를 쫓아내면서 다시 찾아오면 가만두지 않겠다고 했어요. 그날은 그냥 그렇게 돌아갔어요. 그리고 일주일 전, 다시 찾아갔어요. 그리고 한태성을 죽였어요."

순간 수화기 너머에서 정적이 흘렀다.

"성은아, 죽였다니, 그게 무슨 말이야? 정말이니? 정말로?"

당황한 듯 목소리를 높이는 그에게 성은은 한태성의 자살에 관한 이야기를 했다. 헉하고 숨을 멈추는 소리가 들렸다.

"아저씨, 저는 어떻게 된 건지 알 수가 없어요. 이것 좀 알아봐주세요. 부탁드릴게요."

"알겠어, 성은아. 당장 알아볼게. 내일 만나는 거로 하자."

그의 목소리가 흐느끼는 듯 가늘게 떨렸다.

통화 후, 경석은 작업으로 되돌아갈 수 없었다. 심장이 두근거렸다. 머릿속이 새하얘져서 아무런 생각도 나지 않았다. 담당자에게 전화를 걸어 오늘 새벽까지 보낼 원고는 도저히 쓰지 못하겠다고 말했다. 무어라 볼멘소리가 들렸지만, 경석은 그냥 전화를 끊어버렸다. 경석은 곧장 한태성으로 추정되는 사람의 기사를 검색했다.

4월 11일 오전, 서울시 외곽의 어느 달동네에서 한 오십 대 남자의 시체가 발견되었다는 기사가 있었다. 남자는 부엌에 있는 칼로 복부와 목을 차례로 찔러 자살했다. 현장은 완벽한 밀실 상태였고, 짧은 유서가 남아 있었다. 1996년에 자신이 저지른 살인에 죄책감을 느끼며 죽음으로 속죄하겠다는 내용이었다.

경석은 가슴이 요동치는 것을 느꼈다.

작년 초부터 경석은 범죄에 노출된 피해자의 가족에 관한 기사를 기획하고 있었다. 그들이 얼마나 큰 정신적 고통 속에서 살아가고 있는지 생생하게 담아내고 싶었다. 그러던 와중 1996년의 이덕기 살인사건에 대해서 알게 되었다. 경석은 당시 일어났던 모든 일을 최대한 정리해보고자 노력했다.

사건을 따라 시간을 더듬어가던 중 한태성의 딸 한성은에게까지 닿게 되었다. 열다섯 살인 성은은 사건에 대해서, 자신의 부모에 대해서 아무것도 모르고 있었다.

성은은 자신의 삶을 상당히 비관하고 있던 아이였다. 출생의 비밀에 대해 알려준다고 하자 성은은 금세 경석을 따라왔다. 경석은 성은에게 자신이 조사한 기록 일부를 넘겨주었다. 자신의 과거를 알고, 마주 보고, 조금이라도 이겨내기를 바랐다.

1965년 6월 3일, 한태성은 경기도 K시의 한 2층 양옥집에서 외동아들로 태어난다. 한없이 평범해 보이는 이 가정에는 불행의 씨앗이 숨어 있었다. 의처증이 심했던 아버지와 바람기가 다분했던 어머니는 서로 섞일 수 없는 물과 기름 같은 존재였다. 1976년 5월 1일, 한태성의 아버지는 어머니를 살해해 양옥집 정원에 묻는다. 하지만 보름 후 우연히 한태성의 집을 찾은 경찰에게 덜미를 잡혀 범행은 너무도 쉽게 드러난다. 한태성의 아버지는 교도소에 수감되었고, 그로부터 반년 후 교도소에서 목을 매고 자살한다. 당시 한태성의 나이는 고작 열두 살이었다. 살인자의 자식이라는 이유로 일가친척들은 한태성을 맡지 않으려 했다. 이후 한태성은 보육시설을 전전하며 생활하게 된다.

학창시절을 함께 보낸 동급생들은 한태성을 어둡고 음침하고 기분 나쁜 아이로 기억했다. 그것이 한태성의 과거를 알아서였는지, 아니면 한태성 성격이 실제로 그러했는지는 알 수 없다. 친한 친구도 거의 없었던 듯하고, 아무래도 주변 사람들과 거리를 두며 살았던 것 같다. 한태성은 이십 대 초반은 공사판에서, 이십 대 중반은 창고업에 종사하며 보냈다. 그가 거쳐 간 일터에서는 모두 그의 성실함을 높이 평가했다. 틈틈이 인쇄기술과 디자인을 공부한 그는 이십 대 후반 K디자인인쇄회사의 지사에 입사했고, 성실함과 실적을 인정받아 서울 본사로 전근을 가게 된다. 당시 직장 동료들은 한태성에 대해서 능력은 있지만 뭔가 벽이 있어서 다가가기 힘든 사람이라고 평가했다. 그런 한태성은 1993년, 회사에서 자신보다 두 살 아래인 윤미진을 만나게 된다. 당시 인사부에서 윤미진과 함께 일했던 직장 동료들은 윤미진을 배려심이 깊고 따스한 성품을 지닌 사람으로 기억했다.

윤미진은 태어날 때부터 보육시설에서 자랐다. 어쩌면 두 사람은 서로의 비슷한 환경에 끌린 것인지도 몰랐다. 윤미진은 한태성이 지닌 상처를 감싸주고 치유해주려 노력한 것으로 보인다. 두 사람은 자연스럽게 그해 말 결혼에 골인한다.

그러나 두 사람의 행복은 그리 오래 가지 않았다. 1994년 봄, 윤미진은 유방암 진단을 받는다. 한태성은 회사를 그만두고 전심전력으로 윤미진을 간병한다. 일 년여간 힘든 시간을 보냈고, 윤미진은 암을 이겨낼 수 있었다. 아니, 이겨낸 듯 보였다. 1995년 12월, 윤미진은 유방암이 재발했다는 선고를 받는다. 하지만 그즈음 불임치료를 받던 윤미진은 기적적으로 임신에 성공한 상태였다. 윤미진은 아이를 낳기 위해 항암치료를 거부한다. 치료하지 않으면 몸 안의 암세포가 점점 커지는 상황이었다. 한태성은 그런 윤미진을 이해할 수 없었다.

1996년 1월 20일, 한태성은 아내 윤미진에게 10센티미터 길이의 등산용 칼로 상해를 입힌다. 한태성은 현장에서 붙잡혔고 그대로 구속됐다. 범행동기에 대해서 한태성은 사랑하기 때문에 죽이려 했다는, 이해되지 않는 발언을 한다. 그런데 한태성은 1월 11일에 암병동에 입원한 환자 이덕기를 죽인 범인 역시 자신이라고 밝힌다. 살인에 대한 예행연습이 필요했다는 것이다. 이덕기에 대한 살인, 윤미진에 대한 살인미수로 한태성은 징역 16년형을 선고받는다. 이후 아내 윤미진은 고통스러운 나날을 보내야 했다. 매스컴의 관심이 윤미진을 집요하게 괴롭혔지만, 그녀는 남편 한태성에 대해 어떠한 말도 하지 않았다. 윤미진은 그해 7월 아이를 출산하고, 이듬해 1월 세상을 뜬다. 이후 한성은은 보육시설에 맡겨진다.

경석이 성은을 처음 만났을 때, 성은은 다른 사람을 자신의 아빠로 알고 있었다. 경석은 휴대폰으로 성은에게 사진 한 장을 보여줬다. 성은은 목소리를 높이며 바로 이 사람이라고 했다.

'역시나. 무언가 퍼즐이 맞춰지는 느낌이야.'

사진 속 주인공은 다름 아닌 이문철이었다.

"어렸을 때 종종 절 찾아왔어요. 제가 네다섯 살이 될 때까지였을 거예요. 엄마의 친구라던 그 아저씨는 보육원에 찾아올 때마다 저한테 사탕을 줬어요. 저는 그 아저씨가 제 아빠라고 생각했어요."

경석이 왜 그렇게 생각했는지 묻자 성은은 이렇게 대답했다.

"아니라면 그렇게 자주 찾아오지 않았을 테니까요. 그리고 늘 제가 사랑받아 마땅한 사람이라고 말해줬으니까요. 세상에서 저를 가장 사랑하는 두 사람이 있었다고요. 하지만 그 아저씨 말은 거짓이었군요. 설마 아빠가 엄마를 죽이려고 한 살인자였을 줄이야."

이문철은 성은을 어느 정도 돌봐주고 있었던 것으로 보인다. 그러나 어느 시점을 마지막으로 이문철은 더 이상 성은을 찾아오지 않는다. 2001년, 이문철은 자정 즈음 일을 마치고 돌아오던 길에 음주운전 차량에 치여 허망하게 사망한다. 이문철은 그때까지 결혼도 하지 않고 사회봉사를 하며 혼자 살았다고 한다.

2005년, 줄곧 보육원에서 지내던 성은은 어느 가정에 입양이 된다. 아홉 살 때였다. 성은을 입양한 부부는 얼마 지나지 않아 끔찍한 본색을 드러낸다. 당연하다시피 가사노동을 시켰고 때때로 폭력을 휘둘렀다. 그런데도 성은은 사랑을 받고 싶어서 부부의 말을 따르려 애썼던 것 같다. 아이를 학대하는 것 같다는 주민의 신고로 인해서 성은의 새로운 가족생활은 일여 년 만에 막을 내린다. 성은은 다시 시설로 돌아온다. 이후 성은은 그때의 상처 때문인지 또래 아이들과 벽을 쌓고 지낸다.

초등학교 때부터 당한 따돌림은 중학교로도 이어진다. 줄곧 등교 거부를 하던 성은은 보육원을 나가 가출한 아이들끼리 모여 지내는 가출팸에 들어간다.

성은보다 두세 살 많았던 언니 오빠들은 처음에는 성은을 친절하게 대해주었다. 하지만 얼마 후, 돈을 벌 방법이 그것뿐이라며 성은에게 조건만남을 강요하기 시작했다. 그들은 이미 인근의 가출팸끼리 연락망을 두고 여자애들을 사고파는 짓을 하고 있었다.

그들은 성은을 속옷만 입힌 채 모텔 화장실에 가두고 문을 잠가버렸다. 앞으로 몇 명이나 되는 남자가 모텔을 찾을지 성은은 알 수 없었다.

그것은 죽기보다 싫었다. 성은은 화장실 창문을 통해 건물 밖으로 뛰어내렸다. 그리고 속옷 차림으로 거리를 달려 경찰서를 찾는다.

작년, 경석이 처음 만났을 때 성은은 극심한 우울증에 시달리고 있었다. 듣기로는 칼로 손목을 긋는 자해를 한 적도 있다고 했다. 막다른 골목에 몰려 있는 것이 눈에 보일 정도였다.

"그러니까 제 아빠인 한태성은 엄마를 죽이려고 했다는 거네요. 한태성은 엄마를 그때 죽였어야 했어요. 그럼 제가 태어나지도 않았을 테니까요. 제가 이렇게 고통받는 일도 없었겠죠. 자식을 이렇게 힘들게 만들다니, 두 사람은 부모로서 실격이에요."

성은은 자신의 인생을 저주하고 또 저주했다.

취재를 계속하며 경석은 당시 이덕기 살인사건 수사본부에 참여했던 형사 한 명을 만났다. 강정환은 경찰을 그만두고 일반 회사에 재직하고 있었다. 경찰을 그만둔 이유에 대해 그는 사람의 악의를 마주하는 것이 고통스러웠다고 말했다. 스스로가 약한 사람이었다고 말하며 자조적으로 웃었다.

찜찜한 구석이 많이 남는 사건이었다고 강정환은 당시 상황을 회상했다. 경석 역시 사건에 대해 한 가지 의문을 가지고 있었다. 한태성이 윤미진을 죽이기 전 시험 삼아 암병동의 누군가를 살해해볼 요량이었다고 자백한 부분이다. 그 대상이 우연히 이덕기였다는 것이다. 그러나 이덕기를 죽였을 때와 윤미진을 죽이려고 했을 때의 방법은 완전히 달랐다. 한태성은 로프를 사용하지 않고 굳이 칼을 사용해 복부를 찌르려고 했다. 그 이유는 무엇일까?

이야기를 나누던 중 강정환은 선배 형사의 추리였다며 묘한 의견을 내놓았다. 교환살인의 가능성이었다. 경석은 고개를 갸웃했다. 교환살인이라면, 한태성이 이덕기를 죽이고, 이문철이 윤미진을 죽여야 했다. 하지만 결과는 전혀 달랐다. 그 부분에 있어서 강정환은 자신도 잘 모르겠다고 웃으며 답했다. 그러나 눈빛만큼은 진지했다.

순간 무언가가 경석의 머리를 때렸다. 경석은 직관적으로 하나의 가설을 도출했다.

아아, 그래. 어쩌면 한태성이 진짜 죽이고 싶었던 것은 윤미진이 아닌 그녀가 임신한 아이였을지도 모른다. 아이가 없어지면 윤미진은 암 치료를 받을 수 있었을 테니까.

한태성은 이문철의 아버지 이덕기를 죽여준다. 이문철은 한태성의 아내 윤미진의 배 속에 있는 아기를 죽여준다. 머지않아 죽을 노인과 아직 태어나지도 않은 아이. 한태성과 이문철은 각각 그런 식으로 살인 대상을 바꾼 게 아니었을까?

이문철이 죽은 시점에서 답을 아는 이는 한 사람뿐이었다. 경석은 한태성 본인에게 직접 확인하기로 했다.

처음에 한태성은 경석의 면회를 거절했다. 하지만을 교도관을 통해 진실을 모두 알고 있다는 메시지를 전하자 그제야 면회를 승낙했다.

경석의 생각대로였다. 교환살인의 대상은 배 속의 아이, 성은이었다.

한태성은 자신과 성은을 절대 연결하지 말아달라고 경석에게 머리를 숙이며 부탁했다. 그러나 경석은 대답을 보류했다. 두 사람이 서로 만

나서 화해하게 된다면 아주 감동적인 기삿거리가 될 것이라는 확신이 들었기 때문이다.

보름 전 성은이 한태성의 거주지를 알려달라고 했을 때 끝끝내 거절하지 않은 것은 그 때문이었다. 경석은 가슴속에 휑하니 구멍이 뚫린 듯한 느낌을 받았다.

7

고요한 밤의 공원이었다. 무심결에 뒤돌아본 곳에서 누군가 태성의 품으로 깊숙이 파고들었다. 얇고 서늘하고 아주 기분 나쁜 무언가가 배 안으로 쑥 들어왔다.

태성은 괴한과 눈이 마주쳤다. 유리처럼 맑고 투명한 눈동자, 긴 속눈썹, 작은 콧방울, 아내를 닮은 가느다란 입술. 그곳에는 다시 한번 만나고 싶다고 그토록 바란 딸이, 두 번 다시 만나선 안 된다고 생각한 딸이 있었다.

태성은 찔린 자신보다 눈앞의 아이가 더 아플 것이란 생각이 들었다.

'놀랐구나. 무서웠구나.'

태성은 그런 성은을 꼭 안아주었다. 그리고 말해주었다. 괜찮다고, 그저 괜찮다고.

태성은 성은을 밀쳐냈다. 그리고 서둘러 자리를 떴다.

복역하는 동안 태성은 딸아이의 생사조차 알지 못했다. 그저 어딘가에서 잘살고 있겠거니 믿는 수밖에 없었다. 보름 전, 성은은 태성의 눈앞에 느닷없이 나타났다. 누구라고 말하지 않아도 멀리서 본 순간 한눈에 알아봤다.

성은이 행복해지려면 자신은 성은의 삶에서 없는 사람이어야만 했다. 태성은 죽고 싶지 않으면 꺼지라는 말로 성은을 쫓아냈다. 제발 다시는 자신을 찾아오지 말기를 바랐다.

설마 이런 식으로 재회할 줄은 태성도 짐작하지 못했다.

'남의 말 안 듣고 강단 있게 자기 고집대로 일을 처리하는 건 그 사람을 닮았을지도 몰라.'

태성은 배를 움켜쥐고 그렇게 생각하며 쓴웃음을 지었다.

태성은 배에 꽂힌 칼을 뽑아내지 않았다. 피 한 방울이라도 떨어지지 않도록 해야 했다. 태성은 통증을 참아내며 한 발짝 한 발짝 걸음을 옮겼다. 잠시 컴컴한 골목에 멈춰 서서 올려다본 하늘에는 많은 별이 반짝이고 있었다.

별인가….

태성은 고통으로 얼굴을 일그러뜨리면서도 문득 피식 웃어버렸다. 그래, 생각해보면 성은의 태명은 '별이'였다. 미진이 꼭 그렇게 부르고 싶다고 말했다.

1995년 12월, 정기검진을 위해 병원을 찾은 날 미진은 암이 재발했다는 판정을 받았다.

한시가 급했다. 태성은 의사와 협의해 당장 중절수술 날짜부터 잡으려 했다. 그러나 미진은 수술을 거부했다.

"여보, 저는 임신 소식을 들었을 때 제가 세상의 중심이 된 것 같았어요. 아니, 배 속의 아이가 세상의 중심이 된 거예요. 세상은 이 아이를 중심으로 돌고 있어요. 전 낳을 거예요."

태성은 당장 그 말이 잘 이해되지 않았다.

"미진아, 그게 무슨 말이야…. 그럼 네가 큰일나잖아. 네가 죽어! 죽는다고!"

마지막 순간, 태성은 저도 모르게 고함을 지르고 말았다. 하지만 미진은 천천히 고개를 저었다.

"죽어도 좋아요. 무사히 낳을 수만 있다면…."

태성은 순간 눈앞의 여자가 너무나도 낯설게 느껴졌다.

한 해가 넘어갈 때까지 화도 내보고 설득도 해보았다. 미진의 결심은 흔들리지 않았다. 태성은 더더욱 절망에 빠졌다.

모든 사람이 미진 같지는 않을 것이었다. 태성의 부모 같은 사람도 있었다. 부모란 대체 어떤 존재인지, 어떤 존재여야만 하는 건지 태성은 알 수 없었다. 아니, 생각할 필요도 없었다.

'미진이를 살려야만 해.'

태성에게는 오직 그 생각뿐이었다. 그래서 계획을 세우고 이덕기를 죽였다.

"여보, 들었어요? 글쎄 얼마 전에 여기 암병동에서 살인사건이 일어났대요."

암병동으로 병실을 옮긴 날, 미진은 문득 그렇게 태성에게 말했다.

태성은 순간 심장이 철렁했다. 돌연 11일 새벽 손에 로프를 동여맨 감촉이 되살아났다. 태성은 양손에 로프를 단단히 감아쥐었다. 노인의 목에 로프를 감은 후 있는 힘껏 양쪽으로 잡아당겼다. 노인은 무어라 중얼거렸다. 발음이 뭉개져 알아듣긴 어려웠지만, 아주 또렷이 귓가로 파고들었다. 그 말을 듣지 않기 위해 태성은 더욱 세게 힘을 주었다. 끅, 하는 신음을 마지막으로 무언가 끊어지는 소리가 났다.

"산부인과 병동에 있을 때 들었어요. 임산부 몇 명이 퇴원 신청을 했대요. 이런 병원에는 못 있겠다면서요."

"당신은 어때? 다른 곳으로 옮기고 싶어?"

태성은 미진의 손을 꽉 잡았다.

"이렇게 좋은 병실을 두고 어디로 가요? 그렇지, 별아?"

미진은 배를 쓰다듬으며 배시시 웃었다. 태성은 얼굴이 싸늘하게 굳는 것을 느꼈다.

태성은 배 속의 아이를 별이라고 단 한 번도 부르지 않았다. 그 생명은 어차피 죽어야 했으니까. 그런 태성을 가만히 지켜보던 미진은 문득 부드럽게 미소지었다.

"여보, 지금 우리가 보는 북극성의 빛은 400년 전 빛이래요. 신기하죠? 저 빛은 가늠할 수도 없는 먼 곳에서 날아온 거예요. 그걸 우리가 지금 보고 있는 거래요. 그러니까, 하고 싶은 말이 뭐냐면요, 전 죽을지도 몰라요. 이 세상에서 사라지겠죠. 하지만 괜찮아요. 여긴 별이가 남으니까요. 설령 사라지더라도 이 순간 있는 힘껏 빛나면, 우리가 있는 힘껏 열심히 살면 우리 별이도 먼 미래에 그렇게 빛날 수 있을 거예요.

부모는 그런 역할을 해야 하는 거라고 생각해요."

태성은 아무런 말도 할 수 없었다. 그러니까 돌아가신 아버님이랑 어머님을 너무 미워하지 말아달라고, 미진은 태성에게 부탁하듯 말했다.

복부에서 시작된 통증이 기어이 온몸으로 퍼졌다. 하지만 태성은 참아내야 했다. 다행히 집까지 오는 동안 아무도 만나지 않았다. 현관 비밀번호를 누르는 손이 떨렸다. 가까스로 현관문을 열고 비틀대며 안으로 들어갔다.

현관문을 닫고 잠그자마자 무릎이 꺾였다. 그러나 태성은 다시 힘을 내서 몸을 일으켰다. 자살로 보여야 했다. 우선은 유서였다.

'내가 저지른 살인에 대해서 죄책감을 느낀다. 나는 이만 삶을 끝내려 한다.'

덜덜 떨리는 손으로 글을 쓴 태성은 쓴웃음을 지었다. 살고 싶지 않다니, 그럴 리가 없다. 태성은 살고 싶었다. 방금 성은의 얼굴을 본 순간부터 그 감정은 요동치듯 태성의 가슴속에서 휘몰아쳤다. 성은에게 아빠라는 소리를 단 한 번이라도 들을 수 있다면 소원이 없을 것 같았다. 하지만 이미 늦었다. 그저 마지막으로 할 수 있는 일을 해야만 했다.

1996년 1월 19일 저녁, 문철에게서 전화가 걸려왔다. 집에서 기다리고 있던 태성은 수화기를 들었다. 문철은 몇 시간 뒤인 20일 새벽에 움직이겠다고 말했다.

아내의 생명에 지장 없도록 배 속 아이의 생명만 뺏어달라는, 몹시 어려운 부탁이었다.

잠시 뒤 문철은 어두운 병실에 몰래 침입할 것이다. 잠든 미진의 배를 칼로 찌를 것이다. 미진은 상처를 입겠지만 금방 조치를 받을 수 있을 것이다. 미진은 살 수 있을 것이다. 그리고 아이는 죽을 것이다.

돌연 태성의 머릿속에 이덕기를 죽일 때의 광경이 다시 한번 떠올랐다. 태성은 있는 힘껏 이덕기의 목을 졸랐다. 이덕기는 별다른 저항을 하지 않았다. 그때 이덕기는 나오지 않는 목소리를 필사적으로 짜내서 무언가를 말했다.

그것은 사랑한다는 말이었다.

분명 목뼈가 부러지는 소리가 들렸다. 그런데도 이덕기는 필사적으로 그 말을 전하려 했다. 자신의 목을 조르는 태성을 문철로 착각하고는 사랑한다고 말했다. 분명 그 어느 때보다 행복한 얼굴로.

태성은 문철에게 그 이야기를 해주었다. 문철은 고맙다고 말했다.

새벽 한 시가 넘어 두 시가 가까웠다. 태성은 어둠 속에서 가만히 웅크린 채 몸을 벌벌 떨고 있었다. 알리바이를 만들러 나가야 하는데. 멍하니 그런 생각을 했다. 생각만 할 뿐 몸이 움직여지지 않았다.

자꾸만 이덕기의 목소리가 머릿속에서 맴돌았다. 사랑한다, 사랑한다.

태성은 몸을 벌떡 일으켜 집을 뛰쳐나갔다. 성선병원을 향해 거칠게 차를 몰았다. 자신이 왜 움직이고 있는 것인지도 알 수 없었다.

'제발, 제발, 제발, 제발, 제발.'

교통신호를 무시하고 액셀을 거칠게 밟았다. 계기판은 보지 않았다. 눈앞에 아른거리는 것은 아내의 얼굴뿐이었다. 병원에 도착한 태성은 로비를 가로질러 2층까지 단박에 뛰어올라갔다. 심장이 폭발할 듯이 뛰었다. 빨리, 빨리, 제발 늦지 않았기를.

병실 문을 거칠게 열어젖혔을 때 문철은 팔을 들어 칼을 내리꽂으려 하고 있었다.

"안 돼!"

문철의 칼은 빗나갔다. 미진의 비명소리가 들렸다. 태성은 문철에게 달려들었다. 칼이 병실 바닥으로 떨어졌다. 그제야 태성은 안심할 수 있었다. 문철은 상황을 이해하지 못하는 것 같았다. 사실 태성도 마찬가지였다.

"일단 도망가. 빨리! 여긴 내가 알아서 할 테니까!"

문철이 복도로 뛰쳐나간 후, 간호사가 병실로 달려오기 전까지 잠시 시간이 멈춘 듯했다.

어둠 속에서 아내가 태성을 바라보았다. 태성 역시 아내를 바라보았다. 발소리가 점점 가까워졌고, 병실 안에는 정적이 흘렀다. 병실로 달려온 경비원이 태성을 바닥으로 거칠게 꿇어 앉혔다. 그들은 태성의 얼굴을 바닥에 짓눌렀다. 불이 켜졌고, 여자 간호사의 비명이 울려 퍼졌다. 아내의 병원복과 침대 시트가 붉은 피로 물들어 있었다.

"제가 했습니다. 제가 이 사람을 죽이려 했습니다."

태성은 낮은 목소리로 그렇게 말했다.

태성은 배에 꽂힌 칼을 뽑아냈다. 칼의 손잡이를 닦아낸 뒤 다시 손아귀에 쥐었다. 몸 안의 뜨거운 무언가가 빠져나가는 것이 느껴졌다.

태성은 바닥에 쓰러지듯 누웠다. 칼날을 그대로 목에 가져다 댔다.

'자, 이렇게 하면 나는 내 의지로 죽는 거야. 그러니까 성은아, 네가 상처받을 필요는 없는 거야.'

희미해지는 의식 속에서 태성은 생각했다. 눈앞에 미진의 얼굴이 보였다. 오랜만이라고 인사를 하고 싶은 기분이 들었다.

태성은 마지막으로 성은의 얼굴을 그려보았다. 성은이, 성은….

문득 태성은 미진이 아이의 이름을 왜 성은이라 지었는지 깨달았다. 한자로 별 성 자에 은혜 은 자를 쓴 게 아닐까? 어쩌면 그녀가 나에게 남긴 메시지가 아닐까?

그런 생각이 마지막 등을 밀어주었다.

태성은 마지막 남은 기력을 짜내 손아귀에 힘을 꽉 주었다. 그 아이를 살인자로 만들 수는 없었다.

'사랑하는 나의 딸. 너의 미래가 별처럼 빛나기를.'

8-1

1996년 11월.

하늘을 올려다보니 구름 한 점 없는 가을 하늘이 펼쳐져 있었다. 겨울의 문턱에 와 있는데도 날씨는 그리 춥지 않았다. 오히려 상쾌했다. 천천히 유모차를 끌며 공원을 걷던 미진은 "오늘 참 산책하기 좋은 날이네요."라며 옆에 선 사람에게 동의를 구했다. 문철은 무표정하게 아무런 말도 하지 않았다.

"삼촌이 또 이렇게 심각한 표정을 짓고 있네요. 좀 웃어보세요, 삼촌."

유모차 곁에 쪼그려 앉은 미진은 성은이의 앙증맞은 손을 잡고 흔들며 그렇게 말했다. 문철은 그제야 조금 웃어 보였다.

"그만 가보겠습니다. 몸조리 잘하세요."

"네. 삼촌한테 안녕해야지, 성은아."

미진은 다시 한번 성은이의 손을 잡고 문철에게 흔들었다. 성은이는 불편한 듯 손을 빼며 칭얼거렸다. 미진에게 남은 시간은 고작 두어 달이었다. 미진은 그것을 느낄 수 있었다.

사건이 일어난 직후 얼마 뒤, 미진은 문철에게서 모든 이야기를 들을 수 있었다. 남편이 배 속의 아이를 죽이려 했다는 것도, 그리고 최후의 순간 그러지 못했다는 것도.

"미진 씨, 정말 죄송합니다. 태성이에게는 큰 죄를 지었어요."

미진은 고개를 저었다. 태성은 이덕기를 살해했고 미진을 죽이려 했다는 점을 인정했다. 그것은 문철을 용의선상에서 완전히 벗어나게 해주기 위함이었다. 미진도 어렴풋이 눈치채고 있었다.

구치소로 면회를 가도 태성은 절대로 미진을 만나주지 않았다. 이대로 자신과 인연을 끊어버리려는 의도가 보여서 미진은 가슴이 아팠다.

'하지만 여보, 그렇게는 안 돼요. 우리의 인연은 이 아이로 이어지니까요.'

두 사람 모두 이미 용서했다고, 미진은 문철의 손을 꼭 잡으며 말했다.

"제가 죽은 다음에는 성은이를 부탁할게요. 가끔 만나러 가주세요."

자신이 죽은 후에 성은이는 보육시설에 맡겨질 것이었다. 낯선 누군가의 손에 가는 것보단 차라리 그편이 마음 편했다. 문철은 괴로운 듯 인상을 찌푸렸다.

'아아, 이 사람도 나를 보기 괴로울 거야. 나를 만나는 게 이 사람에게 벌이 되는구나.'

그런 생각을 하자 미진은 가슴 깊은 곳이 아려왔다.

"성은이는 행복할 거예요. 앞으로도 쭉 그럴 거예요. 이렇게 건강하게 태어나줬으니까요. 성은이의 좋은 친구가 되어주세요. 그리고 이 아이가 성인이 됐을 때 진실을 알려주세요."

"태성이가 한 일을 알려주라고요? 사람을 죽이고, 미진 씨까지 해치려고 했다는 사실을요? 배 속의 성은이를 죽이려고 했다는 사실을요?"

문철은 말도 안 된다는 듯 입을 벌렸다.

"괜찮아요. 이 아이라면 괜찮을 거예요. 그치, 성은아?"

성은이는 마치 알아듣기라도 했다는 듯 배시시 웃었다. 가슴속에서 따뜻한 무언가가 확 번지는 느낌이 들었다.

사실 미진도 불안했다. 자신은 죽을 수밖에 없는 운명이었다. 이 어린아이를 홀로 남겨두고 떠나려니 가슴이 답답했다. 성인이 되고 진실을 안 성은이가 받을 충격은 또 얼마나 클까. 이 아이는 앞으로 얼마나 눈물을 많이 흘리게 될까.

그때마다 미진은 성은이가 태어났을 때를 생각해보았다. 병실의 조명 아래에서 성은이는 반짝반짝 빛났다. 마치 무언가 성스러운 존재처럼 보였다. 성은이를 품에 안으니 가슴 가득 따뜻한 기분이 번졌다.

'이 아이는 앞으로도 괜찮을 거야.'

그런 확고한 믿음이 생겼다. 성은이가 자신을 향해 웃어준다. 그때마다 미진은 괜찮다고 위로를 받는 듯했다.

'내가 죽어도 너는 앞으로도 쭉 살 거야. 쭉 빛날 거야. 그래, 그러면 된 거야.'

미진은 뒤돌아 떠나는 문철을 바라보았다. "다음에 봬요."라고 말했지만, 그와 만나는 건 이게 마지막일 거라는 생각이 들었다. 미진은 다시 유모차 앞에 앉으면서 성은이에게 말을 붙였다.

"11월 날씨는 조금 쌀쌀하지? 근데 엄마가 너를 처음 가졌을 때도 이런 날씨였어. 그때는 너와 함께 있다는 것만으로도 정말 온몸이 따뜻해졌어. 지금도 그래."

그때 성은이가 푸른 하늘을 향해 손을 뻗으며 옹알이를 했다. 마치 저 하늘의 무언가를 잡으려는 듯이.

이 아이는 앞으로도 괜찮을 것이라는 희망이 천천히 부풀었다. 지금은 보이지 않지만 저 하늘 위에는 늘 수많은 별이 떠 있다. 그 반짝이는 별들이 언제나 성은이의 앞길을 밝혀주기를.

"언젠가 진실을 알게 돼도 아빠를 너무 미워하지는 말아줘, 성은아. 그럴 수 있지?"

성은이는 알겠다는 듯이 미진의 눈을 바라보며 활짝 웃었다.

8-2

2018년 4월.

벤치에 앉은 성은은 눈을 감은 채로 따스한 봄 햇살을 느끼고 있었다. 주위에 아무도 없다고 생각했는데 문득 시야 한쪽이 툭 불거져 나온 듯 도드라졌다. 성은은 저도 모르게 눈길이 가는 것을 느꼈다.

나이는 서른 정도일까? 배가 불룩 나온 젊은 여자가 성은의 옆 벤치에 앉았다. 성은은 그녀를 보며 임부일 것으로 추측했다. 무엇보다 그녀는 아주 소중한 것을 감싸듯이 배에 손을 대고 있었다. 그녀는 고개를 들고 벚나무들을 올려다보았다. 성은도 그녀의 시선을 따라 벚나무를 바라보았다. 지난 6년간, 성은은 이 공원의 벚꽃을 잊을 수 없었다.

앗, 하는 소리가 들려 쳐다보니 땅에 손수건을 흘린 여자가 쩔쩔매고 있었다. 허리를 굽히기 불편한 것 같아서 성은은 재빨리 그녀에게 다가갔다. 그리고 손수건을 주워주었다.

"여기 있어요."

"어머, 고마워요. 학생이에요?"

그녀가 웃으며 물었다. 그러고 보니 이 공원에서 멀지 않은 곳에 대학교가 있다는 것이 떠올랐다. 성은은 고개를 저었다. 그녀는 당황한 웃음을 지었다.

"어머, 제가 주책맞았나요? 그냥 참 좋을 때라고 생각을 해서요."

그녀는 그렇게 말하고는 호호호, 웃었다.

그녀는 매년 이 공원에서 꽃 구경을 하고 있으며, 내년에 올 때는 아이와 함께 올 것이라고 말했다. 성은은 유모차를 끌고 공원으로 봄나들이를 나오는 그녀의 모습을 상상해보았다.

'좋을 때라는 게 뭘까?'

성은은 돌아가는 그녀에게 손을 흔들면서 생각했다.

'나에게 인생에서 참 좋은 시기라고 느낀 적이 있었을까? 그런 시기가 과연 올까?'

자신에게 손을 흔들어주는 그녀도 성은이 6년 전 이곳에서 한 남자를 칼로 찌른 사람이라는 것을 알게 된다면 성은에 대한 인식이 달라질 것이었다. 소년원에 들어가서 성인이 될 때까지 형기를 마치고 나온 사람이라는 것을 알면, 그리고 출소한 지 이제 고작 한 달도 채 되지 않았다는 것을 알면 자신을 경멸할지도 몰랐다.

6년 전, 김경석 기자를 만난 성은은 모든 자초지종을 듣게 되었다. 16년 전, 한태성과 이문철이 꾸몄던 교환살인에서 살인대상이 자신이었다는 것도, 마지막 순간 한태성이 마음을 바꾸고 자신을 구하려고 했다는 것도, 그리고 한태성이 자신을 위해서 자살이라는 형태로 삶을 마무리했다는 것도 들었다.

"거짓말이에요! 거짓말!"

이야기를 들은 성은은 자리를 박차고 뛰쳐나갔다. 울부짖으면서 달리고 또 달렸다.

"성은아, 멈춰! 성은아!"

김경석 기자가 필사적으로 성은을 뒤쫓았지만, 성은의 귀에는 그의 목소리가 닿지 않았다.

'괜찮아, 괜찮아.'

만약 그 목소리가 들리지 않았더라면 성은은 그대로 차가 다니는 도로로 뛰어들었을지도 몰랐다. 성은은 그 자리에 멈춰 서서 미아처럼 엉엉 울었다.

이후 성은은 자신이 한태성을 죽인 범인이라고 경찰에 자수했다. 보육원에서 칼을 훔쳐 한태성을 찔렀다고 모든 걸 상세히 털어놓았다.

"성은아, 네가 자수하기 싫다면… 한태성의 죽음을 그냥 자살로 두겠다고 한다면 나는 밝히지 않을게. 그게 한태성의 마지막 뜻이니까."

김경석 기자는 마지막 순간 성은에게 그렇게 말했다. 하지만 성은은 고개를 가로저었다. 자신이 저지른 죄의 값을 치르고 싶었다. 성은은 재판을 받을 때도 김경석 기자에게 솔직하게 증언해달라고 부탁했다. 성은은 법정에서 어느 정도의 감형을 받았다. 숨통을 끊는 마지막 일격이 한태성 스스로 내린 결단이었기 때문이다. 그 부분만큼은 한태성의 뜻대로 되어버리고 말았다. 성은은 최종적으로 징역 6년의 형을 선고받았다.

괜찮아, 괜찮아.

그 목소리는 지난 6년간 언제나 성은을 찾아와주었다.

'나는 행복해질 수 있는 걸까?'

'앞으로 좋은 친구를 만들 수 있는 걸까?'

'아니야. 아무도 모르는 곳으로 떠나고 싶고, 아무도 만나고 싶지 않은데, 그래도 되는 걸까?'

‘아빠와 엄마, 그 두 사람처럼 나도 누군가와 그렇게 사랑을 할 수 있을까?’

현기증이 날 정도로 절망감에 빠지더라도, 도저히 내일을 살아갈 힘이 나지 않더라도, 한태성의 목소리는 괜찮다고, 언제 어떤 순간에서든 성은의 등을 부드럽게 떠밀어주었다.

성은은 분명히 깨달았다. 지금 자신이 여기에 있는 것은 그 사람 덕분이라는 것을.

성은은 또다시 눈시울이 붉어져서 하늘을 올려다보았다. 그 어느 때보다 화창한 봄 하늘이 펼쳐져 있었다.

“저를 태어나게 해줘서 고마워요. 아빠, 엄마.”

성은은 저 먼 곳 어딘가에 있을 두 사람에게 소리 내어 말해보았다.

장우석

2014년 〈대결〉로 '계간 미스터리' 신인상을 받으며 등단한 후 〈안경〉, 〈파트너〉 등 단편들을 지속적으로 발표하였다. 〈대결〉은 2017년에 영화화되어 제19회 국제여성영화제 본선에 진출하기도 하였다. 2020년 여름에 단편집 《주관식 문제》를 발표하였다. 대중을 위한 교양수학서 《수학멘토》, 《수학철학에 미치다》, 《수학의 힘》, 《내게 다가온 수학의 시간들》을 발표한 바 있다.

특별 할인

뚜뚜뚜.

나는 폰을 닫으면서 욕을 내뱉었다. 중고거래를 꽤 해봤지만 이런 경우는 처음이다.

〔직거래는 판매자 쪽으로 오시는 거 아시죠?〕

물론 알고 있다.

〔어디로 갈까요?〕

〔지금 계신 데가 어디신가요?〕

〔광화문역 근처입니다.〕

조금 틈을 두고 문자가 다시 날아왔다.

〔지하철 6호선 독바위역 근처인데… 혹시 승용차로 오실 건가요?〕

마음속으로 환호성을 질렀다. 우리 동네에서 멀지 않은 곳이다.

〔지하철로 가겠습니다. 시간은 몇 시로 할까요?〕

〔제가 오늘 야근이라서요. 괜찮으시면 저녁 아홉 시쯤 어떠세요? 1번 출구로 나와 오른쪽에 보면 조그만 쉼터가 있습니다. 거기서 만나죠.〕

정중한 것 같지만 상당히 일방적이다. 저녁 아홉 시에 자기 동네로 오라니. 하지만 이 물건은 다르다. 가격이 조금 부담되긴 하지만 물건의 희소성에 비한다면야. 나는 판매자의 모든 요구를 들어줄 준비가 돼 있었다.

〔눌림이나 찍힌 곳은 없나요?〕

〔돋보기로 본다면 모를까 육안으로는 보이지 않습니다.〕

〔필기할 때, 유격은요?〕

판매자가 유격이 뭔지 모를까봐 다시 문자를 작성하고 있는데 답문이 왔다.

〔말씀드렸다시피 NOS(미사용 중고물품) 상태의 몽블랑입니다. 직거래 때 직접 확인하시면 되지 않을까요? 종이 가져가겠습니다.〕

종이를 가져오겠다니, 유격이 필기할 때 펜심이 흔들거리는 정도를 말한다는 것 정도는 확실히 아는군. 이 정도면 됐다. 왜 문자로 질문을 보내느냐고? 혹시 있을지 모를 환불에 대한 대비다. 직거래 현장에서 꼼꼼히 살펴보더라도 놓치는 것이 있을 수 있다. 나중에 문제가 발견되더라도 판매자가 모르쇠를 하지 못하게 문자로 근거를 남겨놓는 것이다.

하루 중 지하철이 가장 한산한 저녁 여덟 시에서 아홉 시 사이. 나는 텅 빈 객실의 긴 좌석 끄트머리에 여유 있게 앉았다. 나는 어릴 때부터 펜을 좋아했다. 시작은 연필이었다. 초등학교 2학년 때였다. 친구가 가진 버건디색 일제 연필 한 자루와 교환하기 위해 나는 아버지 우표책에서 희귀우표 한 장을 몰래 꺼냈다. 4학년 때는 샤프를 만났다. 위쪽에 달린 금속 버튼을 누르면 심이 일정하게 나오는 신세계. 한참 후에 알게 된 바에 따르면 샤프는 특정 브랜드 이름이었으며 메카니컬 펜슬이 정식 명칭이었다. 뭐 아무려면 어떤가. 39년 전 처음 샀던 검은색 일제 샤프를 난 지금도 가지고 있다. 초등학교를 졸업하는 날, 학교 보이스카우트 지도 선생님은 단원들에게 만년필을 한 자루씩 선물했다. 나에게 또 다른 세계가 펼쳐진 것이다. "한 번 기록한 것에는 책임이 따른다. 이제부터 여러분은 지우개를 쓸 수 없다. 어른들의 세계로 들어가는 것이다."라는 건 거짓말이고, 중학교에서도 노트에 필기할 때를 제외하곤 샤프를 주로 썼다. 졸업선물 만년필은 성능이 형편없었다. 잉크를 먹기만 하고 종이 위에 풀어내지 못했다. 난 허구한 날 방구석에서 나오지 않는 만년필을 분해하고 닦고 조립했다. 보다 못한 어머니는 어느 날 저녁 내 손을 잡아끌고 동네 문구점으로 갔다. 나는 금장 중결링에 아래쪽이 짧은 검은색 플라스틱 배럴(몸통) 펜을 골랐다. 아기자기한 디자인에 혹해서 고른 만년필이었다. 손에 쏙 들어오는 크기와 독특한 펜촉에서 오는 부드러운 필기감. 검은색 국산 만년필은 이후에 만난 어떤 펜보다도 우수했다. 어머니가 사주신 그 만년필은 내 보물 목록 1호였다. 고등학교 3학년 때 학교에서 도난당하기 전까지 말이다. 지금도 나는 당시 대학입학에 실패한 이유를 시험 직전에 펜을 도난당한 스트레스 때문이라고 생각한다. 천신만고 끝에 대학에 입학한 후, 내 관심은 볼펜으로 옮겨갔다.

나는 명품에 그다지 관심을 두지 않는 사람이다. 하지만 몽블랑 볼펜은 필기구가 나에게 주던 즐거움[樂]을 기쁨[悅]의 차원으로 끌어올렸다. 검은색 배럴, 하얀색 로고, 그리고 은은한 금장의 조화. 이런 펜을 디자인하고 만드는 사람들은 어떤 사람들일까? 펜이 주던 정서적 안정감은 예술품 감상의 영역으로 진화했다. 인터넷이 일상화되는 2000년대로 접어들자 나는 온라인 펜 동호회에 가입했다. 펜에 대해 더 잘 알고 싶었고 더 많이 수집하기 위해서였다. 이 세상에는 알려지지 않은 전문가들이 많았다. 펜의 원리와 고유한 특징, 역사에 관해 올라온 글들을 읽으며 나는 감탄을 금할 수 없었다. 이름 있는 펜들에 대한 관심과 애착은 그 과정에서 자연스럽게 형성됐다. 나는 독일 통일 이전인 서독 시절의 펜에 관심이 있었다. 1980년대의 실용적이면서도 고풍스러운 디자인과 희소성 때문이었다. 하지만 서독 시절의 몽블랑은 구하기 힘들었다. 동호회 사람들도 어지간해서는 분양하지 않았다. 나는 중고거래 사이트를 뒤졌다. 많은 볼펜들을 수집하고 되팔고를 반복했다. 그 과정에서 드림펜은 계속 늘어갔다. 펜 수집에는 돈이 꽤 들어갔다. 그래도 수집에 큰 지장은 없었다. 난 술과 담배를 전혀 하지 않기 때문이다. 가끔은 중고로 구매한 펜의 실물이 사진에서 봤던 것과 격차가 큰 경우도 있었다. 실망스러웠지만 방법은 있었다. 펜을 예쁘게 포장해서 생일을 맞거나 퇴직하는 동료에게 선물하는 것이다. 돈이 들었지만 호의를 주고받았으니 손해는 아니었다. 가끔은 쓸데없는 낭비를 하고 있다는 생각도 들었다. 하지만 새로운 펜을 기다리는 기쁨은 다른 그 무엇보다 컸다. 누구에게나 취미생활은 있는 거 아닌가. 다만 한 가지, 몽블랑 볼펜이 가진 치명적 약점이 있었다. 아름다운 자태가 필기하는데 지장을 준다는 것. 혹여 스크래치 생길까봐 조심해서 다루어야 하고, 만에 하나 떨어뜨렸을 때는 가슴이 콩알만 해졌다. 펜이 나의 주인인 셈이다. 몽블랑의 이 모든 단점은 장점 때문에 생기는, 장점의 뒷면이었다.

꼭 가지고 싶은 펜이 있었다. 짙은 녹색이 가미된 올블랙 컬러. 자그마한 사이즈에 짧은 배럴. 무게가 뒤로 쏠리지 않는 균형. 동호회 오프 모임에서 우연히 본 이후, 나는 알고 있는 모든 사이트를 뒤졌다. 하지만 오래전에 단종된 물건이라 구하는 건 난망이었다. 구하기 어려울수록 그리움은 커졌다. 일 년 전 중고거래 사이트에 매물이 한 번 올라온 적이 있었다. 하지만 내가 확인했을 때는 이미 68명이 조회한 후였다. 물론 거래도 이루어진 상태였다. 그 일로 나는 중고거래 사이트에 알람을 걸어놓을 수 있다는 사실을 알게 됐다. 무척 기대하며 기다렸지만 알람은 울리지 않았다. 기다림이 길어질수록 나는 지쳐갔다. 이 모든 것들은 무엇을 위한 것이었나. 펜에 들인 시간만큼 공부를 했더라면 박사학위를 두서너 개는 받았을 것이다. 서랍 한가득 들어 있는 펜들이 갑자기 미워졌다. 나는 가지고 있는 펜들을 하나둘 되팔기 시작했다. 잘 안 나가는 펜들은 헐값에 넘겼다. 몇 주 후, 내 서랍은 텅 비었다. 긴 시간 쌓아온 죄악의 증거가 모두 사라지자 말할 수 없이 개운했다. 하지만 마지막 과업이 남아 있었다. 의미 있는 유일한 펜, 드림펜 한 자루는 아직 내 손에 들어오지 않았다. 필기구이자 예술품이자 내 삶의 동반자. 언젠가 정모에서 펜 동호회 회장은 이렇게 말했다. "펜의 세계는 생각보다 넓고 깊어요. 끈기를 갖고 기다리면 반드시 만나게 됩니다. 포기하지 마세요." 역시 경험자의 말은 진리였다. 그날 아침 출근길 지하철에서 난 언제나처럼 폰 화면을 열었다. 못 보던 작은 아이콘이 위쪽 구석에 떠 있었다. 활짝 웃는 꼬마의 얼굴. 마침내 알람이 울린 것이다. 설정한 지 11개월 만이었다.

〔이제 불광역입니다. 한 번 갈아타고 가야 해서요. 아마 10분 후쯤 도착할 거 같습니다.〕

〔예. 5분 후에 나갈게요.〕

출구는 하나밖에 없었다. 나는 여유 있는 걸음으로 지상으로 올라왔다. 입구에서 오른쪽으로 돌자 쉼터가 보였다. 조그만 공간에 장의자 두 개가 마주 보고 있었다. 나는 좀 더 낡아 보이는 의자에 앉았다.

5분이 지났지만 쉼터 쪽으로 다가오는 사람은 아무도 없었다. 잠시 고민하다가 폰을 열었다.

〔쉼터에 와 있습니다. 언제 오시나요?〕

답은 없었다. 나는 이전에 판매자가 보낸 문자들을 훑어보았다. 즉문즉답. 답문은 항상 1분 내로 도착했다. 5분이 지났다. 불쾌감이 몰려왔다. 나는 다시 폰을 열어 버튼을 터치했다.

뚜뚜뚜.

나는 폰을 닫으면서 욕을 내뱉었다. 알 것 같았다. 판매자는 어떤 사정으로 아끼던 펜을 매물로 내놓았을 것이다. 중고거래 사이트에 내놓자마자 구매자가 나섰다. 일사천리로 진행되면서 아쉬운 마음은 커져갔을 것이다. 나도 갖고 있던 펜들을 판 경험이 있다. 막상 판매가 확정되는 순간 취소하고픈 마음이 불끈거릴 때가 종종 있다. 하물며 펜에 대해 조금이라도 지식이 있는 사람이라면 누구라도 혹할 수준의 펜이었으니…. 판매자는 거래가 이뤄진 이후에도 계속 고민했을 것이다. 그리고 약속장소에 도착했다는 내 문자를 보고 마음을 바꿨을 것이다. 엄한 사람을 멀리까지 오게 했으니 미안해서 일방적으로 연락을 끊은 것이다. 지금의 상황은 그렇게밖에 해석할 수 없다.

시간은 15분을 넘어가고 있었다. 주변은 고요했다. 도로 쪽은 환했지만, 쉼터 뒤쪽은 어둠에 싸여 있었다.

그래, 이해한다. 이해해. 나라도 그런 마음은 들었겠다. 한 줄기 바람이 내 앞머리를 날렸다. 드림펜을 날려버린 바람이 미웠다.

이건 예의가 아니다. 있는 그대로 솔직히 말하면 된다. 펜을 아끼는 사람이라면 그 정도는 이해할 수 있다. 근처에서 차라도 마시며 펜 이야기로 아쉬움을 달래줄 수도 있었을 텐데. 소심한 놈 같으니. 드림펜을 놓친 아쉬움과 상대방의 무례에 대한 분노. 굳이 고르라면 전자가 더 컸다.

앉아 있을 때부터 눈에 걸렸던 그 무엇이 있었다. 그것은 잡초 속에 숨어서 은근한 빛을 발하고 있었다. 어떤 생각으로 그 물건을 집었는지는 기억나지 않는다. 마음에 와닿는 물건이 있으면 땅바닥에 있건, 동료 책상 위에 있건 일단 만져보는 내 성격 때문일 것이다. 나는 물건 애호가다. 야호.

낡은 장의자 옆 땅바닥에서 주운 누런색의 조그만 동전. 그것은 기념주화였다.

나는 폰을 꺼내 온라인 중고거래 사이트에 다시 접속했다. 판매자가 올린 글과 펜 사진이 액정화면에 나타났다. 케이스에 담긴 펜 옆에 기념주화가 놓여 있었다. 이런 물건은 중고거래 시 판매 물품이 진품임을 증명하는 것을 넘어 그 가치를 높인다. 내가 방금 주운 기념주화는 오늘 내가 구매하려고 했던 펜에 딸린 기념품이었다. 나는 판매자에게 전화를 걸었다. 네 번째 전화였다. 전화기가 아예 꺼져 있었다. 이건 뭐지?

50년 된 골동품 펜의 부속품이 하필 이 자리에 우연히 떨어져 있을 확률은? 0에 가깝다. 아니 그냥 0이다.

의심의 여지 없이 판매자는 여기 왔었다. 거래를 하기 위해 약속장소에 왔다가 생각이 바뀌어 돌아가면서 기념주화를 흘리고 갔다? 그리고 연락을 끊는다? 말이 안 된다. 팔려는 마음을 접을 만큼 소중한 펜의 부속품을 흘리고 갈 리가 없기 때문이다. 나는 다시 장의자에 앉았다. 생각을 정리할 시간이 필요하다.

1. 판매자는 조금 전까지 이곳에 있었다.
2. 그런데 기념주화는 왜 잡초 덤불에 떨어져 있을까?
3. 그리고 판매자의 전화기는 왜 꺼져 있을까?

뭔가가 더 있는 것 같은데…. 길 건너편에서 노인 한 사람이 자동판매기에 동전을 넣고 있는 게 보였다. 2차선 도로를 사이에 두고 두 공간의 밝기 차이가 현저하다. 건너편은 화려한 대단지 아파트인 데 반해 이쪽은 낡은 주택과 골목길이 미로처럼 들어차 있는 어둠의 숲이다. 가끔 지나다닌 적이 있지만, 여긴 정말 묘한 장소 같다.

어떤 생각이 떠올랐다. 나는 다시 폰을 열어 판매자가 올린 글을 클릭했다. 이번에는 펜이 아니었다. 나는 펜 케이스를 잡고 있는 판매자의 손에 주목했다. 손 모양으로 성별을 알 수 있을까? 사진을 확대해 봐도 손톱에 매니큐어 같은 것은 보이지 않았다. 나는 폰을 닫고 일어나서 길을 건너갔다. 건너편 편의점에서 알바생이 나오고 있었다.

"안녕하세요. 저… 뭐 좀 물어봐도 될까요?"

여학생인 줄 알았는데 가까이서 보니 이십 대 후반 정도였다. 여자는 입술을 오므려 담배연기를 천천히 내뱉었다.

"뭘요?"

"조금 전에 저 길 건너편 쉼터에 어떤 사람이 있다가 간 거 같은데 혹시 보셨나 해서요."

"조금 전 언제요?"

"어… 한 10분에서 15분 정도 전이요."

한 사람이 무심코 편의점 문을 밀다가 유리에 머리를 부딪쳤다. 그는 잠긴 와이어 자물쇠를 보고는 욕설을 내뱉으며 아파트 쪽으로 갔다. 여자는 웃으며 그 모습을 바라보고 있었다.

"글쎄, 누가 거기 있었나? 잘 모르겠는데요."

그럼 그렇지. 고개를 저으며 돌아서는데 여자의 목소리가 들렸다.

"거긴 낮에 동네 노인들이 앉아서 노는 곳이에요. 밤에는 사람 없어요."

나는 쉼터로 돌아왔다. 현재 판매자에 대한 정보는 전화번호와 사이트에 올린 글이 유일하다. 다시 폰을 열었다.

어이가 없었다. 이렇게 명백한 것을 아까는 왜 보지 못했을까. 판매자의 손에 집중하느라 분명한 힌트를 놓친 것이다. 펜을 잡고 있는 손 전체를 아우르는 그림자, 그것은 단발머리 여자의 실루엣이었다. 판매자는 분명히 여자였다. 그녀는 여기 이 자리에서 나를 기다리고 있었다. 직거래할 펜과 기념주화를 가지고 말이다.

판매자는 기념주화를 바닥에 흘렸다. 만약 의도된 행동이라면, 그건 주화를 알아볼 수 있는 사람에게 보낸 신호이다. 다른 사람이 아닌 나에게 말이다. 머릿속이 환해지며 가슴이 벅차올랐다. 나는 쉼터 뒤쪽 골목으로 걸어가며 길바닥을 훑었다. 첫 번째 골목길이 갈라지는 경계 지점 바닥에서 반짝이는 것이 눈에 들어왔다. 오른쪽 골목길 담벼락 근처였다. 나는 몸을 숙여 물건을 주웠다. 올블랙에 은장 중결링. 내가 그토록 갖고 싶었던 펜의 캡이었다. 99퍼센트가 100퍼센트가 되는 순간.

경찰을 부를까 하는 생각이 들었다. 하지만 내게 판매자는 가족도 아니고 심지어 지인도 아니다. 경찰을 부르고 근거를 제시해서 움직이도록 설득하기는 쉽지 않다. 그들이 내 말을 믿고 움직여줄지 확실치 않다. 설사 그래 준다고 해도 이미 20분가량 흐른 이 마당에 절대적으로 시간이 부족하다. 난 주운 캡을 다시 한번 폰 라이트에 비춰보았다. 기대 이상의 좋은 상태다. 끝내준다. 이제 배럴만 찾으면 된다.

1. 납치범은 밤에는 쉼터에 사람이 없다는 사실을 알고 있다. 그리고 판매자를 남의 눈에 띄지 않게 끌고 갔다. 두 가지를 조합하면 납치범은 근처에 사는 사람, 특히 쉼터에서 아주 가까운 곳에 사는 사람이라는 결론이 나온다.

2. 판매자는 위험을 무릅쓰고 펜의 캡을 배럴과 분리해서 떨어뜨렸다. 마지막까지 남겨둔 펜의 배럴이 있는 장소가 바로 판매자가 끌려간 장소의 입구일 것이다.

시간이 없다. 배럴을 찾아야 한다. 분명히 내가 찾을 수 있는 장소에 떨어져 있을 것이다. 나는 캡을 발견한 지점에서 가장 가까운 곳에 있는 집부터 수색에 나섰다.

다 무너져가는 슬릿 형태의 집을 나무판자가 에워싸고 있었다. 입구 근처 바닥을 살폈으나 아무것도 보이지 않았다. 잠시 고민하다가 폰을 열어 라이트를 켰다. 바닥에 배럴은 없었다. 폰을 한 손에 든 채 입구의 문을 살짝 열었다. 바람소리 외에 다른 아무 소리도 들리지 않았다. 사람이 있는 흔적은 전혀 없어 보였다. 주변 몇몇 집들을 더 관찰했다. 하지만 어디에서도 펜의 흔적은 보이지 않았다. 나는 골목을 돌아서 캡을 발견한 장소로 되돌아왔다. 방금 돌아 나온 골목 옆에 사선으로 뻗은 다른 골목이 보였다. 나는 폰을 한 손에 든 채 그 골목으로 들어섰다.

막다른 길인 줄 알았던 골목이 끄트머리에서 오른쪽으로 연결되었다. 길이 꺾이는 지점에는 삼백 년 정도 돼 보이는 나트륨등이 하나 서 있었다. 길 여기저기에 오물과 흙과 쓰레기가 쌓여 있었다. 위쪽에 있는 아파트단지 사람들이 지하철역으로 다니는 지름길로 만든 것 같았다. 내가 아파트 주민이라면 절대로 다니지 않을 길이었다. 골목길을 꺾기 직전, 그러니까 나트륨등 바로 옆집의 철문이 열려 있었다. 입구 바닥을 눈으로 훑었지만 아무것도 보이지 않았다. 손으로 철문을 천천히 밀면서 고개를 숙였다. 폰 라이트를 비추자 바닥이 환하게 보였다. 열린 철문 아래쪽 흙더미를 봤지만 흙 말고는 아무것도 없었다. 서서 잠시 고민하는데 어떤 소리가 들렸다. 여자 목소리였다. 다른 목소리가 짧게 이어진 후, 다시 여자 목소리가 들렸다. “아저씨. 왜 이러세요.”

나는 몸을 돌려 조용히 밖으로 나왔다.

폰을 꺼내 112번으로 문자 신고를 보냈다.

〔여성이 납치, 강간당하는 현장을 목격하고 있습니다. 도와주세요. 이곳은….〕

쓰레기 더미 속에 나무막대기가 보였다. 끄트머리에 못이 몇 개 박혀 있었다. 나는 막대기를 들고 집 안으로 들어갔다. 소리가 들린 쪽은 왼쪽이었다. "아가리 닥쳐." 골목길을 지나는 사람이 들을 수 있을 정도로 크고 탁한 목소리였다. 하긴 그 길을 지나는 사람이 워낙 적은 데다 혹여 듣더라도 부부싸움으로 여길지도 몰랐다. 납치범의 목소리는 반지하방의 창문 쪽에서 나오고 있었다. 방의 불은 꺼져 있었다. 건물 전체가 몸을 웅크린 거대한 검은 동물로 보였다.

〔계좌번호 주시면 입금하고 주소 보내드리겠습니다.〕

난 직거래를 원칙으로 한다. 하지만 이 물건만큼은 다른 놈이 인터셉트하기 전에 온라인으로 거래를 확정하고 싶었다. 일단 돈을 보내버리면 상황 종료. 문자를 주고받으면 증거가 남기 때문에 위험 부담도 없다.

〔직거래가… 어떠신지?〕

의외였다. 통계적으로 판매자는 온라인 거래를 선호한다. 돈이 통장으로 몇 분 안에 들어오기 때문이다. 직거래를 원하는 판매자들은 대개 택배 보내는 걸 귀찮아하는 사람들이다. 구매자를 본인의 주거지로 오게 한 다음, 물건을 돈과 교환하면 끝. 조금 더 편하려고 직거래를 고집한 판매자는 스스로를 얼마나 원망하고 있을까. 난 어두운 창문 앞에 서서 시계를 봤다. 불광역 8번출구 맞은편에 있는 지구대가 생각났다. 여기까지 5분이면 올 거다. 아니, 경찰이니까 3분이면 충분하지 않을까. 난 실내로 들어가는 입구를 찾았다. 입구 유리문은 굳게 잠겨 있었다. 막대기를 쥔 손에 힘이 들어갔다. 이 앞에서 도망 못 가게 지키고 서 있다가 경찰에 인계하자. 침착하자. 난 폭력을 싫어한다. 난 선을 지키는 사람이다.

키득거리는 소리가 들렸다. 칼을 든 납치범이 웃으며 이름 모를 여자에게 다가가는 모습이 그려졌다. 쿵쿵거리는 소리가 들렸다. 내 심장이 뛰는 소리였다. 난 어두운 창문 앞에서 한 차례 심호흡을 했다. 그리고 막대기를 들어 창문을 때렸다.

와장창.

"으헉!"

나이 든 남자 목소리였다. 방 안에서 옥신각신하는 소리가 들렸다. 난 입구 유리문 쪽으로 돌아갔다. 문 앞에서 다시 한번 심호흡을 했다. 그때 문이 열리며 여자가 뛰쳐나왔다. 새하얗게 질린 얼굴. 약속시간보다 25분 늦게 나타난 판매자였다.

늦은 시간이었지만 카페는 사람들로 북적였다.

"그러니까 배럴을 찾아서 그 집까지 왔다는 거죠?"

"예. 그… 저… 제게 보낸 신호라고 생각해서… 요."

판매자는 어이없음과 감탄이 뒤섞인 표정으로 내 얼굴을 쳐다봤다.

납치범은 오른쪽 허벅지에 볼펜이 꽂힌 채로 병원에 실려 갔다. 50년 된 골동품 볼펜을 호신용으로 사용한 세계 최초의 사례일 것이다.

약 두 시간 전, 판매자는 약속대로 쉼터에 나왔다. 펜과 기념품을 한 손에 든 채로 말이다.

"구매자분을 기다리고 있는데 등 뒤쪽이 서늘하더라고요."

등에 닿은 단단한 칼끝, 보지 않아도 느낄 수 있었을 것이다. 그녀는 찍소리도 하지 못한 채 납치범에게 조용히 끌려갔다.

"기념주화를 흘린 건 알지도 못했네요."

철학자 스피노자는 말했다. 우연은 아직 이해되지 못한 필연이다.

"걷기 시작할 때, 칼이 옆구리로 옮겨왔어요."

한 걸음 뗄 때마다 두려움은 극에 달했을 것이다. 어디로 끌려가는 걸까. 이대로 살해당하는 건 아닐까. 두려움의 극한에서 판매자는 손아귀에 쥐고 있는 펜을 생각했다. 그녀가 가진 유일한 무기.

"골목길을 돌면서 칼이 몸에서 살짝 떨어졌어요. 그때 한 손으로 펜 캡을 분리해 바닥에 떨어뜨렸죠."

펜 캡은 나에게 보내는 신호가 아니었다. 판매자는 뾰족한 무기를 손아귀에 움켜쥐었다. 칼날은 어느 순간 옆구리에서 목으로 옮겨왔다.

"숨이 막혔어요."

판매자는 어두운 반지하방으로 끌려갔다. 하지만 마지막 순간까지 정신을 놓지 않았다. 그녀는 캡이 벗겨진 펜을 옷섶 아래에 숨긴 채 기회를 기다렸다. 내가 막대기로 유리를 박살내는 순간, 놀란 납치범이 창문 쪽으로 고개를 돌렸다. 그 짧은 순간, 그녀는 그의 허벅지에 정확히 펜을 꽂았다. 우리 둘의, 아니 우리 셋(나, 판매자, 그리고 볼펜)의 팀워크가 거둔 승리였다.

문제가 있었다. 펜의 배럴이 증거물로 경찰서에 가 있다는 사실이다.

"구매자분이 아니었다면 오늘 큰일날 뻔했어요. 정말 감사합니다."

나 아니었으면 그냥 야근하고 있었겠지. 난 어색한 표정으로 머리를 긁었다. 그녀는 웃으며 말을 이었다.

"그래서 적절한 보상을 해드릴 생각입니다."

허허. 다른 보상은 필요 없다. 지금 내 관심은 오로지….

"제 기념주화와 펜 캡 돌려주시겠어요?"

난 가방에서 주화와 캡을 꺼내 탁자 위에 올려놓았다.

"배럴을 돌려받으면 어쩌실 건가요?"

'평생 부적으로 간직하려고요.' 따위의 말은 제발 하지 말지어다. 그녀는 다이어리에서 메모지 한 장을 꺼내 내게 내밀었다.

<거래명세서>

품목: 몽블랑 ****

가격: 0(zero)원(특별 할인가)

판매일: 2020년 *월 **일

판매자: 한○○ (서명)

“배럴을 돌려받으면 연락드릴게요. 그때 거래명세서를 가져오시면 됩니다.”

배려일까, 아니면 의지일까. 난 메모지를 접지 않은 그대로 지갑에 넣었다. 웃음이 벌레처럼 얼굴을 타고 올라왔다.

“다음번에는 쉼터는 피하도록 하죠.”

그녀는 미소 띤 얼굴로 고개를 숙인 후 입구 쪽으로 갔다. 난 지갑을 열어 메모지를 다시 꺼냈다. 판매자: 한○○. 우윳빛 얼굴에 어울리는 이름이다. 그런데 이름을 왜 써줬지? 굳이 쓸 이유는 없는데…. 기분 좋은 위화감. 혹시… 내게 관심을? 아서라 아서. 쓸데없는 상상은 한 번으로 족하다. 아니 쓸데없는 상상 덕분에 그녀를 구한 거잖아. 문학가 아나톨 프랑스도 말하지 않았나. 우연은 신이 서명할 때 사용하는 가명이라고.

홍성호

2011년 〈위험한 호기심〉으로 '계간 미스터리' 신인상을 수상하며 등단했다. 2014년 〈각인〉으로 한국추리문학상 황금펜상을 수상했다. 이후 여러 편의 단편소설을 발표했으며, 2016년 셜록 홈즈 패스티시 앤솔러지 《셜록 홈즈의 증명》에 참여하였다. 2019년 장편소설 《악의의 질량》을 출간하였다. 현재 법원에서 양형조사관으로 일하고 있다.

"수연이는 미국으로 떠났어."

"어? 정말? 왜?"

"으응… 어학연수 갔대. 영어 배워서 다시 한국으로 돌아올 거래."

"아, 그랬구나. 보고 싶은데…."

"밥은 먹었니?"

"응, 불닭볶음면이랑 삼각김밥 먹었어."

"또 편의점 음식 먹었어? 엄마가 점심 챙겨놓고 나갔잖아. 또 엄마한테 혼나겠다. 맨날 혼나면서도 왜 그렇게 편의점 음식을 먹니."

"난 불닭볶음면이랑 삼각김밥이 제일 맛있어. 그리고 엄마는 모를 거야. 다 먹고 불닭볶음면 그릇이랑 삼각김밥 껍질을 몰래 버렸거든."

"엄마가 집에 돌아와서 밥하고 반찬이 그대로 있는 거 보면 차려놓은 점심을 네가 안 먹었다는 걸 금세 알 텐데."

"몰라, 몰라!"

"그래, 일단 알았다. 오늘 아빠는 조금 늦을 거야. 급한 일이 생겼어."

"응. 어… 근데, 수연이는 언제 온대?"

"글쎄, 그것까진 아빠도 잘 모르겠어."

"수연이 보고 싶은데…."

나는 딸에게 전화로 수연이의 마지막 소식을 전해주고 서둘러 사건 현장으로 향했다.

차창 너머로 무심코 하늘을 보니 곧 비가 내릴 것처럼 먹색 구름이 잔뜩 몰려들고 있었다. 조금 열어놓은 창 사이로 바람이 비명 같은 소리를 내며 비집고 들어왔다.

서울 동북 끄트머리. 버스로 두 정거장만 더 나가면 바로 의정부였다. 대로에서 빠져나와 이면도로로 들어서자 전봇대에 거미줄처럼 얽히고설킨 케이블들이 눈에 들어왔다. 몇 가닥 잘린 케이블은 사람 키보다 조금 높은 곳에서 늘어진 채로 나뭇가지처럼 바람을 타며 춤추고 있었다. 정비가 안 된 케이블은 예나 지금이나 똑같았다. 느낌상 예전보다 얽힌 케이블 타래가 더욱 커진 것 같았다. 이면도로를 천천히 달렸다. 한때 근무했던 곳이라 익숙한 도로였지만, 새로 올라간 건물들이 제법 있고, 들고나는 상가 간판이 교체되었는지 주변 풍경은 많이 바뀌어 있었다.

소리 없이 번쩍거리는 경광등을 머리에 이고 있는 순찰차가 눈에 들어왔다. 수연이가 있는 곳에 도착했다. 차를 순찰차 뒤에 바짝 붙여 세워놓고 골목으로 들어섰다. 아까부터 불던 바람이 목덜미를 거칠게 핥고 지나갔다. 골목 끝에는 곧 수연이를 데리고 갈 구급차가 저승사자처럼 서 있었다. 주변은 아무 일도 없는 것처럼 조용했다.

수연이가 있는 건물을 바라봤다. 적벽돌 외벽의 허름한 다가구주택은 지은 지 거의 30년은 돼 보였다. B01호. 수연이가 마지막으로 머물던 방.

아직 증거수집이 한창이라 방까지는 들어갈 수 없었다. 현관에서 목을 빼고 수사관들 어깨너머로 천장을 보며 똑바로 누워 있는 수연이의 모습을 확인했다. 자세히 보니 하의는 반쯤 벗겨졌고, 가슴께가 검붉게 물들어 있었다. 손바닥에도 피가 엉겨 붙어 있었다.

수연이의 죽음을 내 눈으로 직접 확인하자 눈시울이 뜨거워졌다. 더는 볼 수 없었다.

몸을 돌려 밖으로 나가려다가 반지하방을 꽉 채운 수사관들 사이에서 이질적으로 보이는 한 사람이 창을 등지고 서 있는 것을 발견했다.

나는 소스라치게 놀랐다.

남자의 얼굴에는 영혼의 흔적이 없었다.

그는 빨랫줄에 목을 맨 채 죽어 있었다. 빨랫줄은 지상으로 난 창문의 방범창살에 묶여 있었다. 그 높이가 얼마 되지 않아 남자의 발은 지면에서 불과 3, 4센티미터밖에 떠 있지 않았다. 그래서 마치 서 있는 것처럼 보였던 것이다.

수연이가 이곳에서 죽음을 맞이한 이유는 무엇일까. 그리고 정체불명의 남자는 왜 수연의 곁에서 기묘한 자세로 목을 매고 있는 걸까.

갑자기 머릿속이 하얘지고 욕지기가 치받쳐 올라왔다. 착 가라앉은 공기가 방 안을 부유하는 비릿한 피비린내를 잡아놓고 있었던 탓에 그 냄새를 들이마셨다.

숨을 참으며 건물 현관 밖으로 나온 후 크게 퉤 소리를 냈다. 폐에 스며들었을 피비린내를 빼내려고 심호흡을 크게 했다. 어느 정도 숨을 토해내자 곧이어 죄책감이 찾아왔다.

수연이의 피 냄새를 맡고 구역질을 하다니.

"왜 갑자기 나왔어요?"

등 뒤에서 익숙한 목소리가 들렸다. 영민이었다.

"대충 다 확인했어. 살인이군."

"네, 살인사건입니다. 그런데 어디 안 좋으세요? 선배님 얼굴이 하얗게 질렸는데요."

"점심 먹은 게 좀 얹힌 거 같아."

"바쁘실 텐데 직접 현장까지 오신 걸 보니 피해자와 잘 아는 사이였나봐요."

"응, 딸의 친한 친구야. 초등학교 때부터."

"여기에 직접 안 오셔도 제가 수사 상황을 그때그때 알려드릴 텐데요."

"마지막 길을 배웅하려고 왔어. 얼굴도 보고 말이야."

"아, 배웅…."

영민은 이해했다는 듯이 고개를 끄덕였다.

"그런데, 선배님."

"왜."

"혹시 방 안에서 남자 보셨나요?"

“응.”

“저 남자도 선배님 아는 사람인가요?”

“아니, 나도 지금 그 남자가 누군지 정 팀장한테 물으려고 했는데. 현장에서 뭐 알아낸 거 있나?”

“글쎄요. 섣부른 판단이지만, 지금 현장 상황만 놓고 봤을 땐 남자가 여자를 성폭행하려다가 여자가 심하게 반항하자 집에 있던 과도로 살해하고, 본인도 스스로 목을 매 죽은 거 같아요.”

“남자가 우발적 살인에 놀라 자포자기 심정으로 자살을 했다는 건가?”

“대략 그려볼 수 있는 상황이 그렇다는 거죠. 아직 감식도 안 끝났고, 증거분석도 남았으니 속단할 수는 없겠죠.”

“그렇겠지.”

“선배님 아까 현장을 잠깐 보다가 나오신 것 같은데, 다시 들어가서 자세히 보시겠습니까?”

“아니야. 정 팀장이 나중에 수사 진척 상황이나 알려줘. 난 이 정도만 봐도 될 거 같아. 괜히 일하는 사람들한테 방해나 될 거야. 그럼, 난 이만 들어가볼게.”

“네, 사건 윤곽이 드러나면 바로 연락드리겠습니다. 제가 보기엔 증거분석이 끝나고 대략 하루 이틀이면 이 사건의 밑그림이 그려질 것 같습니다.”

나는 영민에게 손을 들어 보이고, 차 있는 곳으로 천천히 걸었다. 곧 비가 올 것 같은 날씨라 그런지 좁은 이면도로로는 지나다니는 사람 하나

없이 고요했다.

정수연. 이제는 피해자라는 명칭을 달고 사건 기록에 등장하게 될 이름이었다.

수연이는 내 작은딸과 이름이 같다. 둘은 이름이 같아서 친밀감을 느꼈는지 초등학교 3학년 때 처음 만났을 적부터 사이가 좋았다. 수연이는 감수성이 풍부하고 남을 배려할 줄 아는 아이였다. 수연의 얼굴에는 항상 미소가 떠나지 않았다. 매사 긍정적이었고, 내 딸 수연이와는 다르게 리더십도 있었다.

내 딸은 수연이를 무척 좋아했다. 아니, 엄밀히 말하자면 잘 따랐다고 하는 게 정확한 표현이었다. 나와 아내도 수연이를 좋아했다. 우리는 두 명의 수연이를 데리고 수영장, 놀이공원, 심지어는 해외여행까지 갔을 정도였다.

우리에게 정수연은 그런 아이였다. 그런데 수연이가 연고도 없는 동네의 다가구주택 반지하방에서 정체 모를 남자와 시체로 발견되다니…. 역시 한 치 앞도 예측할 수 없는 게 세상일이다.

집으로 향하며 수연이를 떠올리자 이내 걱정이 밀려왔다. 이 사실을 수연이 부모님께 어떻게 알려야 할까.

이번 사건을 맡은 수사팀에서 공식적으로 알려줄 때까지 모른 척하고 기다릴지, 아니면 지금 내가 알려줄지 고민하면서 차에서 내렸다. 나는 아파트 출입구 앞에서 비밀번호를 입력하기 전 옆 화단을 확인했다. 눈살이 저절로 찌푸려졌다. 불닭볶음면 용기와 삼각김밥 포장비닐이 떨어져 있었다. 아무것도 못 본 것처럼 고개를 돌리고 비밀번호를 입력했다.

엘리베이터 안 게시판에서 불닭볶음면 용기와 삼각김밥 포장비닐을 다시 확인할 수 있었다. '화단 내 쓰레기 투기 금지'라는 큼지막한 제목의 공고문에 방금 본 불닭볶음면 용기와 삼각김밥 포장비닐 사진이 실려 있었다. 공고문에는 여러 차례 안내에도 불구하고 쓰레기 투기 행위가 반복되므로 앞으로는 CCTV를 달아 범인을 색출하겠다는 내용이 적혀 있었다. 얼굴이 화끈거리고 가슴속이 뜨거워졌다.

"야! 김수연. 이 계집애. 이게 아빠 말을 더럽게 안 들어 처먹네! 앞으로 불닭볶음면이랑 삼각김밥 먹으면 혼날 줄 알아!"

도저히 참을 수 없었다. 나는 집으로 들어가자마자 아무런 여과 없이 막말을 쏟아냈다.

방문이 스르륵 열리고 수연이의 얼굴이 나타났다. "으응, 알았어." 하고 짧게 대답하는가 싶더니 이내 얼굴이 사라지고 탁 소리를 내며 방문이 닫혔다.

"어? 무슨 말이야? 그럼 게시판에 붙은 것처럼 여태 우리 라인 화단에 컵라면 용기 같은 쓰레기를 버린 게 수연이였단 말이야?"

"그래, 저 계집애가 범인이었다고!"

"그래서 종종 배가 안 고파서 점심을 걸렀다고 한 거구나. 그래도 그렇지, 딸한테 계집애는 뭐고 범인은 또 뭐야. 당신, 오늘 입이 너무 거칠어."

헐렁한 회색 트레이닝복을 입고 설거지하던 아내가 미간을 찌푸리며 말했다.

"정수연이 죽은 채로 발견됐어."

나는 아내 곁으로 다가가 목소리를 낮춰 말했다.

"아니, 왜!"

"살해된 거 같아. 아직 자세한 내막은 몰라. 수사 중이야."

"가출하더니… 결국 이렇게 됐구나."

"수연이 부모님은 어떻게 하지?"

"뭘 어떻게 해. 빨리 알려드려야지."

"수연이가 무사히 돌아오길 바라는 부모에게 죽었다는 이야기를 어떻게 꺼내야 할지 망설여져."

"흠… 그래도 빨리 알려주는 게 낫지 않을까. 언젠가는 알게 될 거 아니야."

"그래, 알았어. 지금 수연이네 다녀올게."

나는 같은 아파트단지에 있는 수연이네 집으로 향했다.

106동. 수연이네가 사는 동이다. 같은 아파트단지라고는 하지만, 101동부터 105동까지는 하나의 울타리로 묶여 있고, 106동은 별개의 구역으로 담장이 둘러쳐 있다. 물론 출입구도 다르다. 같은 단지지만, 개별 아파트나 마찬가지인 임대아파트였다.

연락도 없이 불쑥 찾아가자 수연이 엄마는 뭔가 직감했는지 잔뜩 긴장한 얼굴로 나를 주시했고, 불편한 다리를 이끌고 나온 수연이 아빠는 어색한 웃음을 섞어 내게 인사를 건넸다.

"수연이를 찾았습니다."

"어… 디에 있나요?"

수연이 아빠가 물었다.

"수연이는… 오늘… 사망한 채 발견됐어요."

"왜… 왜요?"

"아직 그 이유는 모릅니다."

이때 쿵 하는 소리와 함께 수연이 엄마가 자리에 주저앉아 울기 시작했다. 나의 입 모양을 읽은 것 같았다.

죽은 수연이는 중2가 된 후에 예전과는 전혀 다른 아이로 바뀌었다. 미소가 가득했던 얼굴은 차츰 냉소적인 표정으로 바뀌었고, 리더십은 다른 아이들을 향한 공격성으로 변해갔다.

다행스럽게도 우리 수연이와 같은 중학교로 배정받았지만, 초등학교 때처럼 단짝친구로 붙어 다니지는 않았다. 가끔 만나서 패스트푸드점이나 편의점에 가는 정도였다.

수연이는 똑똑한 아이였다. 수연이의 변화는 어떻게 보면 당연한 거였다.

중학교에 입학하고 나서 수연이는 자신의 환경이 다른 아이들과는 사뭇 다르다는 걸 깨달은 것 같았다. 좁은 집과 지저분한 복도 그리고 같은 아파트단지인데도 불구하고 다른 출입구를 이용해야 하는 것에 대한 진정한 의미를 알아차린 듯했다. 더 중요한 건, 이런 환경을 몸이 불편한 부모님이나 자신의 노력으로 바꿀 수 없다는 점도 깨달은 것 같았다.

사실 수연이가 가출한 건 이번이 처음이 아니다. 중2 때부터 한 학기에 한 번꼴로 가출을 했다.

처음에는 PC방을 전전하며 며칠간 사라졌다가 제 발로 돌아오곤 했는데, 횟수를 거듭할수록 가출 기간이 길어졌다. 고등학교에 입학하고 잠시 마음을 다잡은 것 같았지만, 결국 3개월간의 마지막 가출을 끝으로 주검이 되어 집에 돌아오게 됐다.

수연이 부모님은 수연이를 천진난만하고 정의감이 가득했던 예전 딸로 되돌리려고 온갖 정성을 쏟았다. 하지만 수연이가 원하는 건 그런 정성이 아니었다. 다른 친구들이 지겹다는 소리를 하며 다니는 학원에 다니고 싶었고, 비싼 스마트폰과 블루투스 이어폰도 사고 싶었다. 마음뿐인 부모의 사랑은 수연이의 마음에 와닿지 않았다.

아이들 덕에 나와 친구처럼 허물없이 지내던 수연이 아빠는 이런 수연이의 변화를 내게 상의하며 해결책을 찾으려고 함께 고민했다. 나도 수연이를 위해 청소년상담가와 상담도 주선해보고, 때론 달래기도 하고 엄포도 놓고 했지만 소용없었다.

"정말 싫어. 난 우리 집이 싫단 말이야. 내가 뭘 크게 바라는 게 아니잖아. 난 다른 애들처럼만 그냥 평범하게 살고 싶다고! 제대로 키우지 못할 거면 아예 낳지를 말았어야지!"

수연이가 집에서 마지막으로 남기고 간 말이다. 수연이는 완전한 절연을 다짐한 것처럼 자신의 낡은 휴대폰을 집에 두고 나갔다. 이렇게 부모님 가슴에 대못을 박고 떠난 수연이는 결국 차가운 주검이 되어 또다시 부모님 가슴을 후벼 파고 있다.

잠시 수연이 생각을 하는 동안 다시 쿵 하는 소리가 들렸다. 수연이 아빠가 무거운 절망을 불편한 다리로 버티지 못하고 털썩 주저앉는 소리였다. 나는 수연이 아빠 앞에 무릎을 꿇고 그의 두 손을 꼭 잡았다.

"제가 반드시 범인을 잡겠습니다."

나의 다짐에 수연이 아빠는 흐느끼며 고개를 끄덕였다.

"선배님! 그 남자의 정체를 알아냈어요."

출근하자마자 수연이 사건을 맡은 영민에게 전화가 왔다.

"뭐 하는 사람이지?"

"사기 혐의로 체포영장이 발부된 사람이었어요."

"사기?"

"네, 보이스피싱이요. 그 남자는 보이스피싱에 속은 피해자들이 입금한 돈을 인출해 조직이 지정한 계좌에 송금하는 일을 하고 있었어요. 은행에 자주 들러 현금인출기에서 현금을 잔뜩 뽑아 다시 송금하는 걸 수상히 여기고 신고한 은행 청원경찰 덕분에 덜미가 잡혔어요. 물론 조직 말단 수거책이라서 그 윗선까지는 잡지 못했는데, 1차로 조사하면서 남자의 범행에 대한 자백을 받아냈습니다. 이후 추가조사를 하려고 출석요구를 했는데, 계속 불응하고 잠적해서 체포영장이 발부된 겁니다."

"흠, 이걸 어떻게 해석해야 하지?"

"난감합니다. 정수연 학생도 보이스피싱과 관련이 있는지 조사가 필요할 것 같기는 한데…. 뭔가 아귀가 안 맞는 느낌이 있어요. 둘 다 휴대폰을 소지하고 있지 않은 것도 이상하고.”

“수연이는 가출할 때 휴대폰을 집에 두고 나갔어. 그래서 수연이 휴대폰은 없을 거야.”

“아, 그랬군요.”

“혹시 수연이도 보이스피싱 관련해서 조사받은 적이 있나?”

“그건 아닙니다. 아, 부검결과 아주 중요한 사실을 알아냈어요.”

“뭐지?”

“남자는 자살이 아닌 거 같아요. 목의 삭흔을 분석한 결과, 누군가 방범창살에 묶어둔 빨랫줄을 남자 목에 걸어놓고는 두 다리를 잡아당겨 교살했을 가능성이 큽니다.”

“그럼, 누군가 살해하고 자살로 보이게 위장한 거군.”

“네, 그렇게 봐야 합리적이죠. 남자는 범인에게 제대로 저항도 하지 못한 거 같아요.”

“희한하군. 남자는 성인 아니던가? 위급한 상황이 닥치면 본능적으로 거칠게 자신을 방어했을 텐데.”

“그 남자는 지적장애와 지체장애가 있는 장애인이었어요. 자신을 방어할 능력이 부족했을 겁니다.”

“아….”

“그렇다면 정수연 학생도 그 남자가 죽인 게 아니라는 결론에 다다르죠. 제삼의 인물이 둘 다 살해한 거예요.”

“그렇다고 해서 보이스피싱 조직 애들이 그런 일을 저질렀을 것 같지는 않은데."

"그렇죠. 중국에 있는 조직 애들이 입국해서 말단 수거책을 죽일 만큼 한가하지는 않을 거고. 어차피 경찰이 말단 수거책을 조사해봤자 철저히 신분 속이고 숨어서 지령만 내리는 우두머리의 정체를 밝혀낼 수도 없는 노릇인데, 윗선에서 그들을 살해할 가능성은 전혀 없다고 봐도 무방하겠죠."

"그럼, 이제 어쩔 거야?"

"주변 사람들을 훑어야죠. 선배님, 혹시 오늘 시간 괜찮으세요? 오후에 그 남자의 어머니를 만나보려고 하는데, 같이 가실래요?"

영민과는 작년에 관내에서 일어난 세 건의 연쇄살인사건을 같이 해결했고, 영민 덕분에 내가 특진하면서 형 동생 하는 사이로 바뀌었다. 아직 삼십 대인 영민은 프로파일러 출신으로 뛰어난 분석력과 타의 추종을 불허하는 직관력의 소유자였다. 그에 비해 나는 옛날 경찰의 전형이었다. 사건을 머리보다는 발로 해결하는 스타일이었다.

연쇄살인사건 해결 이후 영민은 노원경찰서로 발령받아 옮겼고, 지금은 이 사건의 담당팀장으로 나와 인연을 이어가고 있었다.

"예전에 가출한 학생을 찾는다는 글을 인트라넷 게시판에 올리셨을 때, 저는 선배님 따님 일인데 창피해서 딸의 친한 친구를 찾는 것처럼 올린 줄 알았어요. 그래서 그 글을 보고도 선배님께 전화 한 통 못 드렸네요. 괜히 부담 느끼실까봐요. 그런데 진짜 따님의 친구군요."

영민이 말했다.

"그래, 주변에서 그런 이야기 많이 들었어. 내 딸이 가출한 거 아니냐고 말이야. 그런데 우리 인연이 이만저만 아닌 거 같아. 수연이를 정 팀장이 찾다니 말이야."

"저도 피해자 소지품을 확인하면서 학생증 겸용 체크카드로 신분을 확인하고는 깜짝 놀랐습니다. 선배님이 애타게 찾던 학생이 주검으로 발견돼서 말입니다."

"우리 수연이가 살아 돌아오지 못해서 안타깝지만, 이렇게 정 팀장이 사건을 맡아서 참 다행이야. 정 팀장이야말로 대한민국 최고의 형사 아닌가. 반드시 범인을 잡아줘."

"그런데 어떤 사연이 있어서 따님 친구를 이렇게까지 챙기시는 건가요? 뭔가 특별한 이유가 있을 거 같긴 한데…."

영민이 슬쩍 나를 쳐다보며 말했다.

"흠… 정 팀장한테 우리 집 얘길 한 번도 한 적 없지? 우리 딸 얘기 말이야…. 딸은 지적장애가 있어."

"아…."

"우리도 어렸을 때 그랬잖아. 같은 반에 체구가 조그맣거나 지능이 좀 떨어지는 친구가 있으면 챙겨주기는커녕 오히려 놀리거나 따돌리고, 심하면 괴롭히거나 때리기도 했잖아. 어린 나이니까 특별한 악의가 있지는 않았을 텐데, 본능적으로 그렇게 행동했던 거 같아. 동물 세계에서 약한 놈이 도태되고 강한 놈의 먹잇감이 되는 것처럼 말이야."

영민이 운전대를 잡은 채 말없이 고개를 끄덕였다.

"한데, 나한테 그런 일이 생길 줄은 몰랐어. 우리 딸이 지적장애가 있다는 걸 알고는 절망에 빠졌지. 학교에 보내면서 매일 불안했어. 누가 우리 딸을 놀리지 않을까, 괴롭히지 않을까 하고 말이야. 그런 걱정이 기우가 아니라는 것을 확인한 건 초등학교 3학년 때였어. 우리 딸은 특수학급에서 교육을 받으면서 방과후 활동도 했어. 문제는 방과후반에서 일어났지. 우리 딸이 지적능력이 떨어진다는 걸 확인한 몇몇 남자 녀석들이 놀려대고 괴롭히기 시작했어. 그때 수호천사처럼 수연이가 나타난 거야. 집요하게 따라붙으며 놀려대던 남자 녀석들에게 맞서서 같이 놀려주거나 때려주기도 했어. 당찬 아이였거든. 당차기만 한 게 아니었어. 영리한 아이였지. 자기 힘으로 감당하지 못할 아이가 나타나면 바로 선생님에게 알렸어. 부모도 하지 못하는 일을 조그마한 아이가 대신했던 거야. 우리 딸은 그런 수연이를 부모보다 더 믿고 따랐지."

"선배님 마음 이해할 수 있을 거 같습니다."

"우리 딸이 제일 좋아했던 건 방과 후에 수연이와 편의점에서 같이 먹는 불닭볶음면이랑 삼각김밥이었어. 하… 그게 뭐가 그리 좋은지 아직도 그걸 먹고 있으니."

"선배님, 다 왔습니다."

영민이 우측으로 운전대를 꺾으며 말했다.

우리가 간 곳은 동두천의 한 장례식장이었다.

장례식장의 구석진 곳에 차려진 빈소는 협소했다. 조문객은 고사하고 일을 도와주는 도우미도 없었다. 빈소 귀퉁이에 상복을 입은 오십대 초반의 여자가 초췌한 얼굴로 등을 둥글게 말고 앉아 있었다. 그녀의 시선은 영정사진에 닿아 있었다. 영정사진 속 남자는 어색한 미소를 지으며 그녀를 바라보고 있었다.

"우리 민식이는 나쁜 놈들의 꼬임에 빠진 거예요. 걔가 지능이 좀 떨어질 뿐이지 나쁜 짓 할 애는 절대 아니라고요."

남자의 엄마는 확신에 찬 어조로 말했다.

"네, 어머님 말씀대로 아드님은 남에게 이용당한 것 같습니다."

"그렇지요? 그렇지요? 형사님도 그렇게 생각하시지요?"

여자는 충혈된 눈을 크게 뜨고는 같은 말을 반복하며 영민의 동의를 구했다.

"혹시 아드님이 집을 나가기 전후로 평소와 다른 말이나 행동을 한 적은 없나요?"

영민이 여자에게 물었다.

"글쎄요. 고등학교 졸업 후 내내 집에만 있던 아이였는데, 무슨 특별한 일이 있었겠어요. 어렸을 적부터 친구 하나 없어서 방에 틀어박혀 휴대폰을 만지작거리며 놀거나, 영화 보면서 시간을 보내던 애였어요. 근데 무슨 바람이 들었는지 생각지도 못한 보이스피싱에 가담을 했다니, 이해가 되지 않아요."

"교우 관계가 전혀 없었나요?"

"네, 친구를 사귈 수가 없었어요. 애가 좀 모자라 보이니 주변에 있는 애들이 놀리고 때리기나 했지 친구로 받아주지 않았어요. 오죽하면 그런 애들로부터 민식이를 보호하기 위해 제가 고등학교 때까지 항상 곁에 붙어서 등하교를 시켰겠어요. 남들이 보기에는 덜떨어진 못난 아이처럼 보였겠지만, 저한텐 둘도 없는 소중한 아이였거든요. 우리 민식이는 원래 지적장애만 있었는데, 중학교 때 자신을 때리는 패거리를 피해 달아나다가 달려오는 차에 치여 다리를 절게 된 거예요. 그때 일만 생각하면 지금도 속에서 열불이 나요! 그 개놈의 새끼들! 우리 민식이… 그때 얼마나 무섭고 아팠을까…."

여자가 자신의 가슴을 주먹으로 쾅쾅 치며 울분을 토해냈다. 나는 여자의 이야기를 들으며 온몸이 뜨거워지는 것을 느꼈다.

"말씀을 들으니 엄청 힘드셨을 거 같다는 생각이 듭니다. 어머니… 그간 고생 많으셨어요."

영민은 차분하고 진중한 목소리로 여자에게 위로를 건넸다.

"지금 남편분은 어디에 계신가요?"

"남편이요? 진작에 죽었어요. 민식이가 애들을 피하다가 교통사고가 난 후 가해자 애들이 제대로 처벌받지도 않는 걸 보고는 화병이 났어요. 그 애들은 아무 일 없다는 듯 학교에 잘 다니고, 오히려 우리 민식이가 그 애들을 피해 전학을 갔으니. 그 꼴 보고 화병이 안 나는 것도 이상하지요. 남편은 그 일이 있은 뒤로 허구한 날 술만 마시다가 간암으로 세상을 떴어요. 우리 민식이가 이렇게 갈 줄 알았으면 미리 내가 가슴에 품고 같이 갔어야 했는데…. 이게 무슨 날벼락인 줄 모르겠네요."

여자의 충혈된 눈에서 어느새 눈물이 쏟아졌다.

"시청에서 미화원으로 일하다가 얼마 전에 공무직으로 전환돼서 이제 따박따박 월급 받으며 안정적으로 사는가 싶었는데, 이게 웬일이야. 아이고, 정말 하늘도 무심하네! 형사님, 우리 민식이 죽인 놈 좀 잡아주세요. 제발, 부탁드립니다."

여자는 영민의 손을 부여잡고는 연신 머리를 조아렸다. 영민도 여자의 손을 힘주어 잡았다.

"반드시 범인을 잡겠습니다."

"고맙습니다. 멀리서 오셨는데, 제 넋두리만 한 것 같아 죄송하네요. 넋두리 들어주셔서 감사합니다. 형사님이 말씀하신 민식이 휴대폰을 집에서 챙겨 왔어요."

여자는 텅 비어 있는 조의금 접수대 서랍에서 휴대폰을 꺼내 영민에게 건넸다.

"참, 형사님. 우리 애가 두어 달 전 누구한테 맞은 것처럼 얼굴이 부어가지고 왔어요. 집에 와선 휴대폰을 두고 자기 예금통장을 챙겨선 도망치듯 다시 나갔고요. 그때 무슨 이상한 말을 했어요. 그땐 대수롭지 않게 생각했는데, 지금 와서 생각해보니 이번 사건과 관련이 있는 거 같아서요."

"무슨 말을?"

"민식이가 들뜬 표정으로 자기한테 정말 착한 여자친구가 생길 것 같다고 했어요. 앞으로 계속 같이 있을 거라면서요. 그때 전 평생 친구 하나 없던 네가 무슨 여자친구냐고 타박을 주고 말았죠."

"죽은 남자 인생이 우울했네요."

영민이 차에 시동을 걸며 말했다.

"그러게."

나는 여자의 이야기를 되새기다가 가슴이 답답해져 영민의 물음에 짧게 대답하고 말았다.

"그런데 오늘 보니 민식이란 친구도 수연이처럼 휴대폰을 집에 두고 나간 모양이군."

"네. 어제 시체를 인수할 때 혹시나 해서 물어봤더니 집에 있다고 하더군요. 그래서 어떤 단서라도 찾을 수 있을까 해서 휴대폰 받으러 들른 겁니다."

"둘 다 최근까지 사용하던 휴대폰을 갖고 있지 않았다니 참 답답한 노릇이네. 수사의 시작은 휴대폰 통화내역 조회부터인데 그걸 못 하고 있으니."

"그러게요."

"아!"

순간, 내 머릿속에 스치는 것이 있었다.

"지금 사건현장으로 가자고."

우리는 사건현장 주변에 있는 몇몇 부동산을 방문한 후 어렵지 않게 계약서를 작성한 부동산을 찾을 수 있었다.

"자, 이게 그 집 임대차계약서입니다."

부동산 사장이 부동산 보관용 임대차계약서를 내놨다.

나는 계약서에 적힌 임차인을 확인했다. 계약자는 민식이였다. 이름

옆에는 계약자의 휴대폰 번호가 적혀 있었다. 연락처를 영민에게 보여줬다.

"집에 놔두고 간 휴대폰 번호네요."

영민이 고개를 저으며 대답했다.

"이런 일이 일어날 줄은 꿈에도 생각 못 했어요. 고등학생 정도 돼 보이는 여학생이 몸이 불편한 오빠와 살 만한 저렴한 집을 구한다고 찾아온 게 바로 엊그제 같은데 오빠랑 같이 죽다니 말이에요. 강도가 든 거죠?"

부동산 사장이 말했다.

"아직 정확히 모릅니다."

나는 계약서를 사장에게 건네며 말했다.

"그 학생, 나이는 어려도 상당히 야무져 보이더라고요. 오빠는 다리도 불편해 보이고 말투도 어눌하던데, 그 학생 말을 잘 따르더라고요. 나이는 어리지만 그 학생이 오히려 누나처럼 보였어요. 학생이 사정이 생겨서 당분간 부모님과 떨어져 산다고 하더라고요. 학업도 잠시 접었고, 근처 편의점 알바로 돈 벌면서 오빠랑 살 거라고 얘기했어요. 그날도 편의점 비닐봉지에 컵라면과 삼각김밥을 잔뜩 담아 가던데. 무슨 일인지 몰라도 빨리 범인을 잡았으면 좋겠네요."

사장이 안타깝다는 표정을 지었다.

"혹시, 그 여학생 휴대폰 번호 모르세요?"

"지금 보신 계약서에 기재된 휴대폰 번호가 전부예요. 아무리 모자란 사람이라도 오빠가 성인이라서 오빠 이름으로 계약을 한 거고요. 따로 그 학생 전화번호는 받아놓은 게 없어요."

"네에…."

나는 옆에 앉아 있던 영민에게 일어나자는 눈빛을 보냈다. 계약서에 기재된 민식의 전화번호는 집에 두고 온 휴대폰 번호였다. 혹시 둘이 새롭게 만들어 쓰고 있는 실제 휴대폰 번호를 알 수 있을까 해서 들렀는데, 아무것도 건질 수 없어서 힘이 빠졌다.

"잠깐만요."

사장이 밖으로 나가려던 우리를 불러 세웠다.

"지금 그 집에 주인이 와 있을 거예요. 사건이 일어난 방을 청소하겠다고 왔는데, 집주인에게 여학생 전화번호를 한번 물어보세요. 혹시 또 모르잖아요."

"아, 고맙습니다."

우리는 서둘러 사건이 일어난 반지하방으로 갔다.

다가구주택 현관에서 두 명의 남녀가 짐을 들고 나왔다. 손에 들고 있는 걸 보니 도배와 장판 시공을 하는 사람들이었다. 그들은 장비를 스타렉스에 싣고 바로 떠났다.

문이 열려 있는 B01호 현관 앞에는 한 남자가 뒷짐을 지고 뭔가 확인하듯이 안을 이리저리 살피고 있었다.

"이 집 주인이신가요?"

영민이 남자에게 물었다.

"네, 누구시죠?"

영민은 남자에게 신분증을 보여줬다.

"여기에서 사망한 두 사람을 직접 만난 적 있죠?"

"그럼요. 계약할 때 봤죠."

집주인은 생각보다 젊었다. 이런 건물의 집주인이라면 으레 머리가 허연 아저씨들을 떠올리지만, 남자는 삼십 대 후반 정도의 나이였다.

"계약할 때만 보신 건가요?"

"아뇨, 이사 오는 날도 봤어요. 이게 정말 무슨 일인가 모르겠네요. 월세 좀 받아보겠다고 어렵게 경매로 이 집을 매수했는데, 등기치고 얼마 안 돼서 이런 일이 생겨 정말 골치 아파요. 살인사건 났다고 소문나면 이 집에 들어오려는 사람이 없을 텐데. 방이 공실로 있으면 대출이자 낼 돈도 못 건진다고요. 아주 속상해 죽겠어요. 임차인에게 이런 일이 생겨서 집 청소를 하거나 도배, 장판을 하게 되면 뭐 국가에서 지원해주는 건 없나요? 제가 직접적 피해자는 아니지만, 엄밀히 말하면 이번 사건으로 인해 피해를 본 건 맞으니까요. 듣자 하니 범죄피해자를 지원하는 제도가 있다고 하는 거 같던데…."

"전화번호 있어요?"

나는 불평 섞인 말이 길어질 것 같아 남자의 말을 끊었다.

"누구 전화번호요?"

"수연이… 아니, 이 집에 들어온 여학생 전화번호요."

"아, 있어요. 월세 때문에 몇 번 통화했지요. 오빠란 사람이 장애가 있어서 그런지 어린 여학생이 일 처리를 하더라고요. 몸이 불편한 오빠와 사느라 형편이 좋지 않다고 어찌나 사정하던지 결국 학생 얼굴 봐서 월세 2만 원과 매달 받는 청소비 만 원을 깎아줬어요."

"빨리 전화번호 좀 주세요."

"네? 그 학생은 죽었잖아요."

"어서요!"

내가 언성을 높이자 집주인은 황당하다는 표정을 지으며 휴대폰에 저장된 수연이의 전화번호를 찾아 보여주었다. 나는 휴대폰을 그의 손에서 낚아채 통화버튼을 눌렀다.

"저, 저기요. 그거 내 휴대폰이잖아요."

나는 집주인 말에 아랑곳하지 않고, 신호음이 울리기만 기다렸다.

드디어 신호가 울렸다.

휴대폰이 켜져 있었다.

몇 번의 신호가 울렸을까.

〔누구?〕

휴대폰에서 낯선 여자의 목소리가 들려왔다.

"카이저 소제."

영민이 모니터를 손가락으로 가리켰다.

"휴대폰에 깔린 데이트 앱 채팅 내용을 캡처한 겁니다. 카이저 소제라는 닉네임이 민식입니다."

퇴근 후 영민이 근무하는 노원경찰서로 다시 출근했다. 민식이 집에 두고 간 휴대폰에서 단서를 찾아냈다는 소식을 들었기 때문이다.

"그럼, 레몬 젤리가 수연인가?"

"네, 어제 알아낸 전화번호로 생성된 닉네임입니다."

카이저 소제 : 난 여자 사귀어본 적 없음. 그래도 가능해?

레몬 젤리 : 나이가 몇 살인데. 거짓말하지 마.

카이저 소제 : 진짜야.

레몬 젤리 : 어쨌든 상관없음.

카이저 소제 : 20만 원?

레몬 젤리 : ㅇㅇ

카이저 소제 : 한 시간이야? 더는 안 돼?

레몬 젤리 : 네고 안 함. 나 바빠.

카이저 소제 : 한 번 만나고, 나중에 또 만날 수 있는 거야?

레몬 젤리 : 그건 한 번 만나보고 나중에 생각해. 시간 없어. 오늘 만날 거야, 말 거야?

카이저 소제 : 미안, 미안. 갈게, 갈게.

레몬 젤리 : 그럼 3시까지 ××역 4번출구로 와. 난 야구모자, 검은 마스크야. 거기에서 만나서 다른 곳으로 갈 거야.

카이저 소제 : 알았어.

레몬 젤리 : 늦지 마. 5분 이상 늦으면 그냥 갈 거야.

카이저 소제 : 그래, 이따 봐.

"흐음…."
예상치 못한 대화 내용이었다.
"다른 건 없어?"

"있어요. 어제 찾아낸 수연 학생의 전화번호는 예상대로 대포폰이었습니다. 휴대폰은 현재 켜져 있어요. 패턴을 보니 오전에는 꺼져 있고, 오후부터 밤까지 켜져 있습니다. 최대 사용 지역은 ××역 부근 기지국이고요. 지금도 누군가 사용하고 있습니다."

"그렇다면 범인이 휴대폰을 사건현장에서 회수해 사용하고 있다고 볼 수 있군."

"네, 그렇게 봐야겠죠. 그런데 어제 전화를 받은 사람은 여자였잖아요. 그건 좀 의아하네요. 여자가 두 명을 단시간에 제압하고 살해했다고 보는 건 무리가 있어요. 혹시 어제 너무 당황해서 착각한 거 아닌가요?"

"어제 내가 너무 놀라는 바람에 잘못 걸었다고 하고 바로 끊기는 했지만, 상대방은 여자가 확실했어."

"섣불리 전화를 다시 걸었다가는 낌새를 눈치채고 휴대폰을 영영 꺼 놓을 수도 있으니 이제 어쩌죠?"

"혹시, 그 레몬 젤리 말이야."

"데이트 앱에서 수연 학생 닉네임 말이죠?"

"응, 그거 지금 활동 중인지 확인됐나?"

"그건 확인 안 했는데요."

"지금 확인할 수 있어?"

"네, 잠시만요."

영민은 자신의 휴대폰에 데이트 앱을 다운받은 후 회원가입을 했다. 그러고는 ××역이 있는 ××구 게시판에 들어갔다.

"아! 있어요."

영민의 휴대폰 화면에는 '레몬 젤리'라는 닉네임으로 '20대 초, ××역, 쿨만남, 연락 바람'이라고 간단히 자신을 소개하고 있는 글이 있었다.

"대화 신청해봐."

영민이 쿨가이라는 닉네임으로 레몬 젤리에게 대화 신청을 한 지 20여 분 후 대화창이 떴다. 영민이 바로 답변을 달았다.

레몬 젤리: 우리 아찌 몇짤?

쿨가이: 38

레몬 젤리: 완전 아재. ㅎㅎ 어쨌든 오키. 20만, 8시, ××역 4번출구. 난 야구모자, 검은색 마스크. 거기서 만나 이동할 거야.

쿨가이: 알았어. 예쁘면 돈 더 줄 수도 있어.

레몬 젤리: ㅋㅋ 돈 더 가지고 와야겠네.

쿨가이: 그래 돈 많이 줄게. 이따 봐.

대화가 끝나자마자 나와 영민은 벽시계를 바라봤다. 일곱 시. 한 시간밖에 남지 않았다. 서둘러야 했다.

영민이 방금 만난 여자와 나란히 모텔 골목을 걷고 있다. 그 뒤에는 약속이나 한 듯 똑같이 야구모자를 눌러쓴 남자 세 명이 적당한 거리를 두고 영민과 여자의 뒤를 밟고 있다. 우리도 눈치채지 못하게 그 남자들을 따라붙었다.

여자가 어느 모텔 앞에 이르러서는 영민의 소매를 잡아끌더니 안으로 함께 사라졌다. 야구모자를 쓴 남자들은 모텔 입구에서 담배를 입에 물었다. 그들은 연이어 두 대의 담배를 피우더니 손목시계를 확인하고는 어깨를 으쓱이며 모텔 안으로 들어갔다.

우리는 조금 걱정됐으나 영민을 믿고 모텔 입구 맞은편 주차장에 몸을 숨기고 있었다. 패거리들이 들어간 지 5분도 채 되지 않아 다시 모습을 드러냈다. 패거리 중 제일 덩치 큰 놈이 성난 얼굴로 영민이 멱살을 잡고 모텔 밖으로 나왔고, 뒤에 두 놈이 영민의 뒤에 바짝 붙어 걷고 있었다. 그들이 모텔 옆 골목으로 들어가자 영민과 들어갔던 여자가 모텔에서 나오더니 빠른 걸음으로 지하철역 쪽으로 사라졌다.

우리 일행 중 한 명은 여자를 쫓았고, 나머지는 영민이 끌려간 어두운 골목으로 향했다.

"아저씨, 한 번은 봐줄 테니 합의금으로 백만 원만 뽑아 와. 싸게 해주는 거야. 미성년자랑 성매매하면 어떻게 되는지 잘 알지? 아재는 결혼도 한 거 같은데 집에서 와이프가 이 사실 알면 엄청나게 좋아하겠네. 그러니 빨리 돈 뽑아 와. 요 앞 편의점에 ATM 있으니까 금방 뽑을 수 있을 거야."

영민에게 뻔한 레퍼토리를 읊고 있는 놈들을 우리가 에워쌌다.

"아저씨들은 뭐야?"

나는 덩치의 울대를 향해 손날을 날렸다. 덩치가 캑캑거리며 자리에 주저앉았다.

"경찰이다."

"아직 소년법 적용받을 나이네. 근데, 석 달만 있으면 만 19세가 넘는군."

녀석들은 분리되어 조사대기 중이었다. 나는 내 관할사건이 아니므로 참관인처럼 옆에서 구경 정도만 할 수 있었다. 하지만 정식 조사를 하기 전 피의자들과 몇 마디 나누는 건 문제될 게 없으니 녀석 중 제일 머리회전이 빨라 보이는 놈 옆에 가서 말을 붙였다.

녀석은 내가 무슨 의도로 말을 붙인 건지 가늠하느라 아무런 대답 없이 눈알만 굴리고 있었다.

"성인교도소는 네가 여태 들락거렸던 소년교도소랑은 환경이 매우 다를 거야. 단단히 각오해야 할 거다. 공동으로 폭행, 협박, 공갈을 했고, 어쩌면 얼마 전에 일어난 살인사건과도 관련이 있을 것 같고 말이야. 게다가 가출청소년을 이용해서 아저씨들 삥뜯은 전과도 있으니 그것도 참고해야 할 거 같고."

녀석은 고개를 푹 숙였다. 아마 귀를 쫑긋 열고 계속 눈알을 굴리고 있으리라.

"잘 생각해봐. 모든 걸 사실대로 말해서 19세 넘기 전에 판결 선고받고, 소년교도소로 가는 게 좋지 않을까? 소년법 적용받을 때 형을 선고받으면 성인범이 받는 형보다 훨씬 나을 거야. 잘하면 일 년 안에도 출소할 수 있을 거 같은데. 하지만 하나라도 속이려고 한다면, 우리도 최대한 늦게 조사를 마치고 검찰로 송치할 거야. 그렇게 되면 아마 검찰에서 다시 조사하고 공소제기하면 판결 선고하기 전에 너는 벌써 19세가 넘을 거다. 성인으로 이 정도 사건의 판결을 받는다면 아마 5년 이상은 감방에서 썩어야 할걸. 살인사건과는 전혀 관련이 없다는 전제를 하고도 말이다."

나는 고개를 숙이고 있는 녀석의 목덜미를 쓰다듬었다. 녀석의 목덜미가 축축했다.

곧이어 정식 신문이 시작됐다. 평소 같았으면 영민의 후배 수사관이 조서를 받았을 텐데, 오늘은 특별히 영민이 직접 신문을 하기로 했다. 나는 녀석에게 캔커피를 건네고는 뒤편에 앉았다.

"긴말 안 할게. 내가 직접 목격했으니 말이야. 혐의 인정하지?"

"네."

"불과 2년 전에도 동일한 수법으로 돈을 갈취해서 처벌을 받았던데. 왜 자꾸 이런 일을 반복하는 거지?"

"돈이 좀 필요했어요. 선배랑 가출팸을 운영하고 있거든요. 그거 운영하려면 운영비가 필요해서요."

"너희가 무슨 사회복지단체인 줄 알아? 운영비는 무슨 운영비야. 가출한 애들 부려먹고 갈취하는 거지. 안 그래?"

"뭐… 모여서 살려면 월세도 나가고, 밥값도 나가고…."

"너희 중 제일 덩치 큰 놈이 선배지?"

"네."

"그놈은 차를 뭘 타고 다니지?"

"BMW요."

"부모가 부자냐?"

"부모가 부자인데 이러고 있겠어요? 선배도 집 나온 지 오래됐어요."

"그럼, 그 차는 무슨 돈으로 샀냐?"

"…."

"수연이란 학생하고, 장애가 있는 민식이란 사람 알지?"

"네…."

"수연이는 너희 가출팸이었나?"

"네. 근데 들어온 지 얼마 안 돼서 나가버렸어요."

"수연이도 오늘 나온 여자아이처럼 이런 일을 했지?"

"우리 가출팸에 있는 여자들은 다 그런 일을 해요. 선배 애인만 빼놓고요. 근데 수연이라는 애도 미끼 일을 하긴 했는데, 한 번 하고는 더 안 하겠다고 나자빠졌어요."

"왜?"

"그 장애인 새끼, 아니, 장애인 때문에요."

"그 남자가 뭘 어쨌길래?"

"남자가 뭘 한 게 아니고요. 수연이가 장애인처럼 약한 사람을 이용해 먹으면 안 된다나 어쨌다나 뭐 그랬어요. 그렇게 개념 없이 입을 놀려서 선배한테 뒈지게 얻어터졌지요."

"좀 더 자세히 이야기해봐."

"우리는 휴대폰 하나로 영업을 하고, 그날그날 랜덤으로 여자애들이 나가는 시스템으로 일했어요. 그날은 수연이가 처음으로 그 일을 하는 날이었는데, 나가보니 남자가 장애인이었어요. 우리는 좀 맥이 빠졌죠. 그냥 약속한 20만 원만 받고 돌려보낼까 했는데, 선배가 그냥 돌려보내기는 아깝다며 신고하겠다고 겁을 주고는 막 두들겨 팼어요. 좀 모자란 애들은 두들겨 맞으면 겁을 잔뜩 먹고 말을 잘 듣거든요. 그러고는 알바 사이트에 들어가서 냄새나는 알바 자리를 찾았어요."

"냄새 나는 알바?"

"알바 사이트를 잘 찾아보면, 현금 입출금 알바가 있어요. 그런 건 보나마나 보이스피싱 인출이거든요. 선배는 그걸 생각해낸 거였어요. 오늘처럼 한 번 일 나가면 백만 원 정도는 벌어야 하는데, 그 남자한텐 그렇게 못 빼냈으니까 대신 그 일을 시키려고 한 거예요. 보이스피싱한 돈을 인출해서 송금해주면 조직으로부터 수수료를 받거든요. 그래서 남자에게 그 일을 시키고 수수료는 우리가 챙기려고 했던 거죠. 남자가 좀 모자라 보이긴 했어도 돈을 출금하고 입금하는 건 어려운 일이 아니니까요. 실제로도 남자가 제법 일을 열심히 해서 수수료를 우리에게 줬어요."

"얼마나 받았지?"

"한 삼사백만 원 정도 될 거예요."

"아무리 때리고 협박했다고 하더라도 그 남자가 그렇게 고분고분 말을 잘 들었다는 게 선뜻 이해되지 않는데? 괜히 거짓말하느라 힘 빼지 마라. 시간 낭비다."

"진짜예요. 선배는 머리가 꽤 좋아요. 남자가 중간에 연락을 끊을 수도 있고 신고할 위험도 있으니깐 며칠 데리고 있으면서 살살 꼬셨어요.

수수료를 잘 가져오면 정말로 수연이를 사귈 수 있게 해주겠다고 했죠. 남자가 머리가 좀 모자라서 그런지 그 말을 곧이곧대로 믿더라고요. 그래서 선배는 남자에게 집에 가서 돈도 가져오고, 엄마가 당분간 찾지 못하게 휴대폰도 두고 오라고 시켰어요. 우린 선배한테 남자가 아예 도망쳐버릴 거라고 집에 돌려보내지 말자고 했는데, 선배는 수연이 때문에 반드시 돌아올 거라고 장담하더라고요. 결국 선배 말대로 바보처럼 실실거리며 제 발로 다시 찾아왔어요. 그 남자 정말 바보가 맞더라고요. 그렇게 돌아와서는 우리가 시키는 대로 착실하게 일을 잘했어요."

"그렇게 아무런 문제가 없었는데, 왜 두 사람을 죽인 거지?"

갑자기 영민이 훅 치고 들어갔다.

"네?! 전 아니에요! 전 그날 친구들하고 술을 마시고 있었다고요."

"그럼, 누가 그랬는데?"

"선배가…."

"왜?"

"그 여자애가 머저리 같은 남자를 데리고 사라졌어요. 우리가 영업용으로 쓰는 휴대폰하고 남자가 집에서 가지고 온 현금을 가지고요. 선배는 그 휴대폰과 현금을 찾으러 간 거예요."

"어디 있는지는 어떻게 알고?"

"걔들 휴대폰에 위치추적 앱을 깔아놓고, 선배 휴대폰으로 감시하고 있었거든요. 아마 그 둘은 몰랐을 거예요."

수연이의 부모에게 범인을 잡았다는 소식과 함께 범인에게 무기징역 이상의 중형이 선고될 거라는 얘기도 전했다. 아울러 수연이는 예전에 내 딸을 도와줬던 것처럼 장애가 있는 남자를 도와주려다가 변을 당했다는 얘기도 해주었다.

사실 왜 수연이가 따로 방을 잡으면서까지 민식이란 남자를 도와주려고 했는지 그 이유는 정확히 알지 못한다.

가출팸을 운영하는 녀석 진술에 의하면, 단지 휴대폰과 돈을 돌려받으려고 갔던 것이고 칼로 겁만 주려고 했단다. 그런데 수연이가 가출팸 운영하면서 저지른 불법행위를 경찰에 신고하겠다고 하자 화가 나서 우발적으로 살해를 했다는 것이다. 녀석은 수연이를 찌르고 나선 자신도 너무 놀라 당황하다 민식이가 일을 저지른 것처럼 꾸며야겠다는 생각이 들어 함께 죽인 거라고 말했다.

녀석이 우발적으로 살해를 했건, 계획적으로 살해를 했건, 이제 그건 중요하지 않다. 어떤 것이 진실이든 수연이가 다시 돌아오지 못한다는 사실에는 변함이 없다.

오늘은 수연이를 보내는 날이다.

수연이가 죽었다는 사실을 알게 된 후, 수연이 부모는 며칠을 먹지 않고 거의 혼절 상태로 있었다. 두 사람은 겨우 정신을 차린 후 뒤늦은 장례식을 조촐하게 치렀다.

나는 지금 화장장 화로 앞에 서 있다. 수연이 엄마와 아빠는 자식이 뜨거운 불에 들어가는 것을 도저히 못 보겠다고 하며 장례버스에서 내리지 않았다. 대신 나와 영민이 화로 앞을 지키고 있다.

달아올랐던 화로가 서서히 식고, 화로 문이 열릴 무렵 나도 화로 앞을 떠났다. 화로 안에서 전혀 다른 모습으로 나올 수연이를 볼 자신이 없었다. 나는 어서 다녀오라는 영민의 눈빛에 고개를 끄덕이며 화장장을 나와 흡연 장소로 향했다.

의자에 앉아 담배 연기를 깊이 들이마시고 있을 때, 근처 잘라놓은 잡목 더미에서 그 안을 노려보고 있는 고양이가 눈에 들어왔다. 고양이는 비쩍 말라 있었고, 털이 뭉쳐 지저분해 보였다. 나는 고양이가 노려보고 있는 곳을 유심히 쳐다봤다. 잡목 더미 안에는 작은 새 한 마리가 있었다. 어떻게 그 안으로 들어갔는지 몰라도, 지금은 당장 고양이의 먹잇감이 될 수 있는 위태로운 상황이었다.

나는 그 새를 꺼내줄까 하다가 이내 부질없는 일이란 생각에 담배를 비벼 끄고는 화장장으로 되돌아가기 위해 자리에서 일어났다.

그때, 어디선가 날카로운 새소리가 들려왔다. 새소리가 나는 곳을 보니 까치 한 마리가 고양이 주변을 낮게 날고 있었다. 이윽고 까치가 고양이를 공격하기 시작했다. 쏜살같이 돌진해서 고양이 머리를 부리로 잡아 뜯고는 다시 비상했다. 아마도 잡목 더미 안에 있는 새의 어미인 것 같았다. 까치의 공격은 계속되었다. 까치는 두려움도 없이 거칠게 고양이를 쪼아댔다. 예상치 못한 어미 새의 공격을 한동안 몸으로 버티던 고양이는 더는 견딜 수 없었는지 슬그머니 자리를 떴다. 방금까지 고양이가 있던 자리는 까치가 차지했다.

그 모습을 바라보고 있자니 이상하게도 눈시울이 뜨거워졌다. 화장장으로 향하면서 몇 번이나 뒤를 돌아봤다.

분골소 앞에서 보자기에 싸인 수연이를 가슴에 안고 있는 영민을 만났다. 영민은 나를 보더니 아무 말 없이 수연이를 내 품에 안겨주었다.

품에 안은 수연이는 따뜻했다.

한새마

2019년 〈엄마, 시체를 부탁해〉로 ‘계간 미스터리’ 신인상을 수상하며 등단했다. 2019년 〈죽은 엄마〉로 제3회 ‘엘릭시르 미스터리 대상’ 단편부문을 수상했다. 채팅형 웹소설 플랫폼에 〈비도덕 살인마〉를 연재했다.

어떤 자살

2020년 8월 11일, 무진일보

또다시 생활고로 인한 자살 발생.

지난 8일 무진시 북구 우곡동의 한 다세대주택 반지하방에서 살던 조 씨(48세)가 노모(72세)의 오랜 간병생활과 그로 인한 생활고를 비관해 스스로 목숨을 끊는 일이 발생했다. 더 큰 비극은 아들 조 씨의 극단적 선택을 전신마비의 노모가 곁에서 지켜봐야 했다는 것이다. 이웃 주민의 신고로 출동한 구급대원은 다행히 아사 직전의 노모를 구해 병원으로 이송했으며 현재 노모는 인근 병원에서 치료 중이다.

경찰은 조 씨의 간병 스트레스와 생활고가 상당했다는 점과 외부침입의 흔적이 전혀 없었던 점 등을 고려해 자살로 추정하고 있으나, 정확한 사망원인을 조사하기 위해 국립과학수사연구원에 부검을 의뢰했다.

구급대원, 최 소방교

죄송합니다. 많이 늦었죠? 소방점검 나갔는데 시비가 붙어서 약속보다 늦었습니다. 아, 우곡동 자살사건 말이죠?

간병자살도 간병살인에 포함되는 거군요. 몰랐네요.

음, 구내 소방서로 신고 전화가 접수된 건 정오 무렵이었어요. 옆집에서 악취가 난다는 이웃 주민의 신고였는데, 출동 준비를 하면서 저는 바짝 긴장할 수밖에 없었어요. 무더위가 한창이었고 연일 역대 최고 기온을 갈아치우고 있었거든요. 이런 폭염에 다세대주택에서, 그것도 반지하 단칸방에서 악취가 난다는 신고일 경우 십중팔구 고독사예요. 그런 현장은 몇 번을 봐도 익숙해지지 않아요. 볼 때마다 힘들고 괴롭죠.

구급조장인 저와 구급대원 2인, 구급차를 운전하는 1인, 그렇게 총 4인을 1조로 해서 투입됐어요. 좁은 골목에 도착하자마자 저는 집 주변을 둘러보며 진입 경로부터 파악했어요. 집 밖으로 나 있는 창문은 화장실 환기창뿐이었는데 고장난 환풍구를 떼어내더라도 성인 남자 한 명이 들어가기엔 무리일 만큼 아주 작았어요.

건물 좌측 측면에 지하로 내려가는 계단이 따로 있었는데 문이 특이하게도 아파트 현관문이었어요. 회색 방화문 아시죠? 네, 거기에 빨간색 커버를 올렸다 내렸다 하는 구식 도어록이 설치돼 있더라고요.

초인종을 여러 번 눌러봤지만, 안에선 아무런 응답이 없었어요. 현장지휘를 맡은 제 판단으로 현관문 쪽 진입을 결정했어요. 손잡이와 구식 도어록은 쇠지레로 쉽게 뜯어낼 수 있었지만, 안쪽에 방범용 안전고리가 걸려 있어 바로 진입할 순 없었어요. 스테인리스 재질의 일자형 고리라서 절단기가 필요했거든요.

한 뼘 정도 벌어진 틈새로 지독한 악취가 새어 나왔어요. 다들 마스크를 쓰고 있었지만, 코를 막고 몇 걸음 뒤로 물러났을 정도였어요. 욕지기가 치밀어 오르는 걸 꾹 참고 벌어진 틈으로 가스탐지기를 들이밀었어요. 가스누출 여부를 확인하기 위해서요.

"에어톱 가져와."

방범용 안전고리를 자른 후 제가 제일 먼저 집 안으로 들어갔어요. 입구 좌측엔 화장실이, 우측엔 두 칸짜리 싱크대가 놓여 있는 지하 단칸방이어서 여기저기 둘러볼 필요도 없었어요. 처참한 광경이 한눈에 들어왔어요.

온갖 생활 쓰레기들 사이에 사각팬티 차림의 남자가 배설물로 더럽혀진 엉덩이를 치켜들고서 큰절을 하는 자세로 고꾸라져 있었어요. 넙데데한 등판 위에 형광등이며 천장 벽지며 나무 각재들이 수북이 쌓여 있었고, 꺼먼 부패액이 남자의 축 늘어진 뱃살 아래 고여 있었어요. 뒤따라온 대원 중 하나가 참지 못하고 웩웩대며 집 밖으로 뛰쳐나갔어요.

저는 남자에게 다가가 상황을 살폈어요. 머리맡에 빈 소주병들과 작은 약상자가 나뒹굴고 있었어요. 남자의 목에는 빨랫줄이 감겨 있었고요. 누가 봐도 명백한 변사현장이라서 경찰에 인계하기 전까지 손을 대지 않을 작정이었어요.

그런데 남자의 시신 옆에 웬 백발 노파 한 분이 땟국에 전 차렵이불을 턱 밑까지 덮고 누워 있는 게 아니겠어요? 푹 꺼진 두 눈에 입을 커다랗게 벌리고 있는 노파의 모습은 완전히 쪼그라든 미라 같았어요. 바로 그때 죽은 줄 알았던 노파가 턱을 달달 떨면서 신음 소릴 내뱉는 것이었어요.

"여기 생존자다! 살아 있다!"

무진병원 응급의학과, 닥터 송

아, 간병살인에 관한 르포를 쓰신다고요? 글쎄요. 언제쯤 신영순 환자분하고 인터뷰가 가능할지는 잘 모르겠어요. 환자 안정이 우선이니까요.

들것에 실려 온 신영순 환자는 오랫동안 영양공급이 제대로 안 된 상태였어요. 병상으로 옮기던 구급대원 말이 어린아이보다 가벼워서 놀랐다고 하더군요.

맥박은 미약했고 체온이 정상보다 낮았어요. 두 눈에 동공반사 반응이 없었고요. 근력과 피하지방이 손실되어 온몸의 뼈란 뼈는 다 튀어나와 있었고, 치아 대부분이 빠져서 몇 개밖에 없었어요. 아마 영양실조가 원인이겠죠.

배설물로 딱딱해진 종이기저귀를 잘라냈더니 욕창이 심해져서 지름 7센티 정도 꼬리뼈를 중심으로 동그랗게 피부가 괴사했더라고요.

일단은 정맥주사를 놓고 수액링거도 달도록 응급조치했고요. 심전도 검사, 전해질 검사, 피 검사, 엑스레이 촬영 등 정밀검사를 시행했어요.

엑스레이 촬영 결과, 식도와 위장이 정체 모를 이물질로 꽉 차 있는 걸 발견했어요. 나중에 제거 수술을 했는데, 전부 이불 레이스 같은 것들이었어요. 배가 너무 고파서 덮고 있던 이불자락을 뜯어먹었던 거죠. 대략 6미터 정도나 되더라고요.

부모에게 버림받고 아사했던 꼬마들이 먹을 게 없어 기저귀를 뜯어 먹었더라는 기사를 예전에 본 적이 있어요. 근데 실제로 접한 건 이번이 처음이에요. 뭐라고 해야 할까요. 얼음장처럼 차가운 물에 몇 번이고 얼굴을 씻고 싶은 기분이었다고나 할까요.

전신마비인데 어떻게 움직일 수 있냐고요? 전신마비 중에 불완전 마비일 경우 자가호흡도 가능하고 목을 움직일 수도 있고 신체 일부의 감각도 느낄 수 있어요. 신영순 환자분도 불완전 전신마비로 목 정도는 움직일 수 있어요. 그러니 덮고 있던 이불자락을 뜯어 먹을 수 있었던 거죠. 하지만 그 외 부분의 신체 운동은 불가능해요.

5년 전에 '낙상'으로 6번 경추가 손상되어 수술받았고, 그때 전신마비 판정을 받은 걸로 기록돼 있네요. 음, 예전 낙상사고에 대해서는 저도 잘 몰라요. 그건 그 당시에 신영순 환자를 치료한 병원에 직접 문의하는 게 좋을 듯하네요.

북구경찰서 형사과, 이 형사

부검감정서 보면 비전형적 의사라고 돼 있죠? 의사, 이게 뭐냐면 사

부검감정서

변사자 : 조금수 (남자, 48세)
의뢰관서 : 무진시 북구경찰서
부검장소 : 국립과학연구원 부검실
입회자 : 담당 경찰관
일시 : 2020년 8월 9일

감정사항 : 사인(死因)

주요 해부 소견 (主要 剖檢 所見)
1. 본시(本屍)는 신장 약 176cm, 몸무게 90kg의 남성시(男性屍)
가. 전신 상태 : 영양 및 체격 상태 양호.
나. 시반(屍斑) 없음.
다. 혈중알코올농도가 0.12%로 간출(肝出)됨.
라. 10mg의 독시라민 성분이 간출(肝出) 됨.

2. 안면(顏面)에 울혈 및 일혈점(溢血點)의 소견은 보지 못함.
턱 좌측에서 미세한 표피박탈(表皮剝脫), 우측 귓불 아래에 인접한 선상의 표피박탈(表皮剝脫) 2개소를 봄.
두부(頭部) 내 특이할 병변(病變)이나 손상(損傷)을 보지 못함.

3. 본시(本屍)의 사인(死因)은 불완전(不完全), 비전형적(非典型的) 의사(縊死)이며 안면부(顏面膚) 및 경부(頸部)에서 관찰된 전반적인 소견(해부 소견 참조)으로 미루어 본건의 경우, 사망 직전에 일부 신경 압박(神經 壓迫) 및 견인(牽引)에 의한 반사적 심정지(心停止)가 작용하였을 가능성이 큼.

망자가 제 손으로 목을 매서 질식사했단 말이거든요. 근데 어떻게 제 손으로 목맨 걸 알 수 있냐? 끈에 졸리면 자국이 남겠죠? 다른 사람이 뒤에서든 앞에서든 조르면, 어때요? 끈이 수평적이죠? 근데 부검감정서에 뭐라 적혀 있어요? 턱이랑 귀밑에 요렇게 U자형으로, 봐요, 고리에 목을 걸어야 요런 모양이 되겠죠? 그리고 견인! 이거 진짜 중요해요. 끈에 자기 체중이 실리니까 어떻겠어요? 목이 늘어나겠죠? 다른 사람이 목 졸라 죽였으면 견인, 이거 안 나타나요.

아, 발견 당시 사망자가 엎드린 자세였던 건 맞아요. 근데 그게 처음엔 천장 전등에다 목을 맸거든요. 근데 위층 누수 때문에 약해진 천장재가 90킬로그램의 사망자를 견디지 못하고 무너져 내렸던 거예요.

어쩌면 바닥에 떨어졌을 때 숨이 붙어 있었을 수도 있어요. 그런데 빨랫줄 매듭을 에번스 매듭으로 묶었더라고요. 이게 교수형 매듭이라고 하는 건데, 한번 조이면 풀 수가 없어요. 그런데 왜 이 매듭으로 묶었냐? 나는 자살에 실패하고 싶지 않다, 이거죠. 혹시나 중간에 실패해도 끈을 풀 수가 없으니까 결국엔 질식사하거든요.

아아, 혈중알코올농도? 소주 한두 병 마신 상태에서도 매듭 같은 건 묶을 수 있지 않나? 자전거 타는 법하고 비슷하잖아요. 일단 한번 익히면 잘 안 잊어버리죠. 평소에도 연습했는지 여기저기 매듭을 지어 놓은 빨랫줄들이 꽤 많이 널려 있던데요?

네? 독시라민? 그거 수면제도 아니고 수면유도제예요. 신영순 씨가 처방받은 거라던데요. 조 씨가 막상 자살하려니까 겁이 났던 거죠. 그래서 소주 왕창 퍼마시고 그걸로도 모자라서 수면유도제까지 삼키고 목을 맸던 거고. 독시라민 10밀리그램이면 치사량도 아니에요. 알약 하나에 5밀리그램이거든요.

사망시각은 대략 4일이나 5일 전쯤? 시신의 부패 상태와 할머니 몸 상태를 보고 대충 추정해본 결과가 그래요.

유서? 유서는 발견 안 됐죠. 근데 기자님이 거기 안 가봐서 그런 소릴 하는 거예요. 볼펜 한 자루 나올 만한 집이 아니에요. 완전히 쓰레기장이야.

타살 가능성? 참나, 거기 밀실인데, 누가 어떻게 죽여요? 설마 지금, 전신마비 할머니까지 의심하는 거예요? 사실 부검 안 해도 되는 건데, 올해 들어 생활고 비관 자살사건들이 부쩍 느는 바람에 위에서 하라고 해서 한 거고만. 그리고 조금수 씨가 몇 년 전에 사기를 당해서 개인파산 상태예요. 병원비에 간병비에 돈은 계속 들어가지, 통장은 텅텅 비었지, 그나마 집에서 간병을 도와주던 딸까지 가출했지. 솔직히 나 같아도 극단적인 선택 하겠다.

딸? 조연서라고 무진고 다니는 딸이 하나 있는데, 뭐 안 봐도 뻔하지. 그런 집구석 못 견디고 나갔겠죠. 어디 가출팸에나 들어가 있으려나. 아무튼 그건 우리 소관 아니고 여청계 소관이니 알아서 하겠죠.

아니, 근데 왜 자꾸 자살로 종결된 사건에 재수 없게 타살 타령이야? 수사는 경찰이 하는 거지 기자가 하는 건가?

무진고 1학년, 최 양

누구요? 조연서요? 네, 아는데요. 잘 아는 건 아니고요. 같은 중학교 나왔어요.

10분 정도요? 정각에 학원 차가 와요. 그때까지는 시간 나요.

그 애랑 그다지 친하진 않았어요. 그냥 그런 애 있잖아요, 너무 환해서 가까이 갈 수 없는 부류요. 자기 옆에 있는 사람을 대낮에 집 밖에다 꺼내놓은 이삿짐들처럼 추레하고 초라하게 느껴지게 만드는 그런 애 말이에요. 집도 부자고 공부도 잘하고 얼굴도 예쁘고 게다가 착하기까지. 친해지고 싶어도 친해질 수가 없었어요. 하지만 제 마음속 깊은 곳에는 그 애를 향한 동경 같은 게 있었을지도 모르죠. 제 두 눈이 언제나 그 애의 뒤를 좇았으니까요.

중2 땐가? 제가 다녔던 중학교는 대단위 아파트단지 안에 새로 지은 학교라서 체육관이나 학생회관 공사가 마무리되지 않고 한창이었어요. 등굣길에 연서를 우연히 보게 됐는데 건축자재들이 쌓여 있는 곳으로 가는 거예요. 따라가서 봤더니 걔가 우수관을 내려다보면서 우두커니 서 있더라고요.

"거기서 뭐 해?"

"쉿!"

연서가 장밋빛 도톰한 입술에 새하얀 검지를 세워 가져다 댔어요. 저도 가서 우수관 속을 들여다봤죠. 그 안엔 뒷다리와 엉덩이가 시멘트에 파묻힌 고양이 한 마리가 누워 애처롭게 울고 있었어요. 시멘트 덩어리가 네모반듯한 걸로 보아 누군가 악의적으로 고양이를 거푸집에 담가 굳힌 게 분명했어요.

"불쌍해라. 야, 빨리 119 부르자."

"저러고 벌써 한 달 버텼어. 벌레들과 세균들이 피부와 근육까지 다 갉아먹었을 거야. 꺼내도 영영 다리를 쓸 수 없어."

"한 달이나? 근데 어떻게 안 죽고 살아 있어?"

"고양이 분유에 항생제를 타서 먹여주고 있거든. 근데 곧 죽을 거야. 갈수록 먹는 양이 줄어서."

연서는 가방에서 빨대와 보온병을 꺼냈어요. 길게 이어붙인 빨대를 우수관 아래로 집어넣자 고양이가 그 끝을 할짝할짝 핥아댔어요. 보온병 속에 든 분유를 마셔 입안에 머금더니 빨대를 물고 조금씩 흘려보냈어요. 매일 아침 이곳에 들른 연서 덕에 고양이가 한 달 동안이나 살아 있었던 거였어요.

"너도 해볼래?"

보온병을 건네는 연서의 입꼬리가 올라가 있었어요. 인형같이 깜찍하게 미소 짓는 얼굴을 보자 이상하게 등골이 서늘해지더라고요.

"한 달 됐다며? 그럼 한 달 전에 넌 뭐 했어? 그때 고양이를 구할 수 있었잖아?"

전 뒷걸음질을 쳤어요.

"내가 왜 그래야 하는데?"

너무나도 말간 얼굴로 나를 쳐다보는 그 애가 무서워졌어요.

전 그날부터 연서를 피해 다녔어요. 그랬더니 언제부턴가 이상한 소문이 돌기 시작했어요. 제가 길고양이들을 잡아다가 학대하고 다닌다고요. 음울하게 생긴 년이 하는 짓도 음울하다나 어쨌다나. 이 소문이 담임 귀에까지 들어가서 전 부모님을 학교에 오시도록 해야 했어요.

따졌냐고요? 그 애가 직접 시멘트 고양이를 만들었다는 증거도, 저에 대한 헛소문을 퍼트리고 다녔다는 증거도 없잖아요.

연서한테 친구가 있었냐고요? 추종자들은 많았지만, 친구는 아마 없었을 거예요. 그 애 집이 망해버리자 다들 뒤도 안 돌아보고 떠났거든요.

아? 저기 연서 남자친구가 가네요. 중학교 때는 돈 많고 집안 좋은 남자애들하고만 어울리더니 집이 망하니까 취향도 망해버렸나봐요. 고소하냐고요? 아니요. 전 걔하고 전혀 안 친하다고요. 저 껄렁껄렁한 선배한테나 물어보세요. 저보다는 친할 거 아니에요.

무진고 2학년, 박 군

남자친구 아닌데요. 엑스보이프렌드인데요. 100일 넘게 사귀었어요. 지금은 헤어졌지만요. 뭐, 서로 안 맞으면 헤어질 수 있잖아요. 성격 차이, 그런 거? 연서 걔 좀 짜증났어요. 휴대폰도 없고 자주 만나지도 못하고요. 아, 진짜, 걔는 결정적으로 헤퍼요. 지조가 없어요.

올봄에 해외직구로 뭘 좀 샀는데 배송지를 우리 집 주소로 해도 되냐고 그러더라고요. 항공 소포로 작은 상자 하나가 왔는데 궁금하더라고요. 그래서 열어봤죠. 'MIFEGYNE'이라고 적힌, 작은 약상자 같은 게 나왔어요. 뭘까 싶어 인터넷에 찾아봤더니 불법 낙태약이데요.

씨바, 나한테는 손도 못 대게 해놓고선…. 노래방에서 가슴 좀 만지려고 하면 연서 그년이 얼마나 고래고래 소리 지르고 거품 물고 덤비는데요. 열이 확 뻗치데요.

버릴까 했는데 그래도 가져다주는 게 맞는 것 같아서 새로 이사했다는 동네로 갔어요. 근데 골목에서 걔 아빠하고 딱 마주쳤지 뭐예요. 무슨 오해를 했는지 아저씨가 불같이 화를 내며 저를 막 두들겨 팼어요. 연서가 뛰쳐나와 아저씨를 온몸으로 붙들어서 전 겨우 도망칠 수 있었어요.

짜증나고 재수 없고 그래서 두 번 다시 안 만나려고 했는데 얼마 전에 항공 소포가 또 온 거예요. 궁금해서 뜯어봤죠. 겉봉에 'ENFOMIL'이라고 찍혀 있는 상자가 나오더라고요.

"엔파밀? 이건 또 뭐야?"

인터넷에 찾아봤더니 미숙아한테 먹이는 모유 강화제더라고요. 아파서 학교 휴학한다더니 애를 낳으러 갔던 거예요. 씨바, 다들 연서가 내 애를 배서 학교를 그만둔 줄 알아요. 한번 하기라도 했으면 억울하지나 않아요.

네? 제가 먼저 연서하고 잤다고 소문내고 다녔던 거 아니냐고요? 아, 짜증나 돌겠네.

걔 메일주소요? 당연히 알죠.

보낸 메일

보낸 사람: 석수진 기자

받는 사람: 조연서

2020년 9월 16일 (수) 오전 09:40

안녕하세요. 전 간병살인에 대해 르포를 쓰고 있는 무진일보 사회부 기자, 석수진이라고 합니다. 먼저 미안하다고 사과하고 싶어요. 연서 양에게 묻지도 않고 아버님 사건을 재조사하고 있거든요. 아버님의 죽음에 몇 가지 의문점이 있어요. 경찰은 자살로 종결했지만, 제 생각으론 아무래도 자살이 아닌 것 같아요.

참, 연서 양, 혹시 자살자 심리부검이라고 들어본 적 있나요?

연락 기다릴게요.

무진시 북구청, 임 주무관

9월 17일 오후 02:15

발신 전화, 4분 03초

우곡동 자살사건요? 그 일로 항의전화를 꽤 받았죠. 그런데 조금 억울합니다. 조금수 씨 댁은 기초생활수급에 장애인연금까지 받고 있었어요. 물론 그것만 가지곤 세 식구 먹고살기에 턱없이 부족했을 거예요. 그래도 복지 사각지대에 방치돼 있던 건 아니에요. 중증장애인 생활도우미 서비스, 조석 도시락배달 서비스도 지원받고 있었어요. 조금수 씨가 다 필요 없다, 돈으로 달라, 생떼를 쓰면서 도우미분들을 쫓아내지만 않았어도 서비스 중단 안 됐을 거예요.

조연서 학생요? 얼마 전에 저소득층 학생들을 위한 장학금 지원사업이 있었는데, 조연서 학생을 추천한 사람이 바로 접니다. 오백만 원요. 근데 통장이 텅텅 비었다니 조금수 씨가 도박에라도 손을 댔던 걸까요?

아무튼 조연서 학생이 참 딱하죠. 중증장애인 서비스도 걔가 다 신청했고요. 할머니 하나 돌보는 것도 힘에 부칠 텐데, 아이들을 무척이나 좋아해서 보육원에 자원봉사도 나가고 하는 그런 착한 아이예요. 부모 잘못 만나서 그 고생이죠. 참 안됐어요.

받은 메일

보낸 사람: 조연서
받는 사람: 석수진 기자
2020년 9월 17일 (목) 오후 03:40
저희를 제발 내버려두세요.
부탁입니다.

보낸 메일

보낸 사람: 석수진 기자

받는 사람: 조연서

2020년 9월 17일 (목) 오후 05:15

연서 양, 할머님께서 지금 많이 위독하세요. 의사 말로는 회복할 가능성이 없대요. 연명치료조차 중단해야 할지 모른대요.

옆집 주인, 곽 여사

뭐? 르포? 논픽션? 뭔 소린지 하나도 모르겠네.

딴 데 가서 물어봐. 난 아는 게 하나도 없으니까. 옆집 일이라면 입도 벙긋하고 싶지 않아.

신고? 신고는 내가 했지. 냄새 땜에 그 앞을 지나다닐 수가 있어야지.

글쎄, 한 2년 됐나? 조 씨가 이사 온 게. 옆집 주인 할아범이 아흔 살인데 조 씨 이사 오고 치매에 걸려버려서 자식들이 저기 저, 경북 상주인가? 어디 요양소에 입원시켰다지, 아마.

누수? 가끔 자식들이 들러서 청소나 하고 갈까, 집에 물이 새든 구멍이 나든 누가 신경이나 쓰나. 어차피 여기 재개발될 동네인데 뭐한다고 집을 고치고 꾸미고 그러겠어. 그래도 사람이 있고 없고 천지 차이라서 조 씨를 안 쫓아내고 내버려둔 거지. 그래서 그렇게 조 씨가 안하무인이었어. 음식물 쓰레기, 재활용 쓰레기, 제때 내놓는 적이 없고 매일 술에 찌들어선 지나가는 사람들한테 시비란 시비는 다 걸고. 아주 말도 마. 인간말종도 그런 인간말종이 없었어.

근데 할미는 어찌 됐어? 살았어? 다행이네. 조 씨 딸내미가 제 할미한테는 아주 극진했거든. 걔가 집 나가기 전까지만 해도 할미를 휠체어에 태워서 요 앞 골목길을 매일 왔다갔다했어. 그렇게 착한 애를 죽은 조 씨가 아주 쥐잡듯 잡았어. 툭하면 도둑년, 미친년, 소름 끼치는 년, 온갖 소릴 다 하면서 두들겨 팼어. 신고했냐고? 미쳤어? 그랬다간 조 씨가 우리 집에 불이라도 질렀을걸.

하루는 밤에 음식물 쓰레기통을 내놓으려고 골목에 나왔는데 전봇대 뒤에 뭔가 허연 게 쪼그리고 앉아 있는 거야. 보니까 조 씨 딸내미더라고. 조 씨가 다 큰 여자애를 홀딱 벗겨서 쫓아냈지, 뭐야. 며칠 전에도 남자를 밝히네, 발랑 까졌네, 하면서 애 머리끄덩일 잡고 온 동네를 질질 끌고 다녔거든.

사귀는 남자 본 적 있냐고? 나야 본 적도 없고 있는지 없는지 관심도 없지만, 조 씨가 남우세스러운 줄도 모르고 동네방네 불고 다니니까 있는가보다 했지.

애가 여간 반반한 게 아니거든. 피부가 쌀뜨물보다 더 뽀얗고 눈이 사슴 눈깔처럼 크고 슬퍼서 남자들 꽤 홀리게 생겼거든.

아무튼 집에 데려와서 내 옷 입으라고 주고 뜨신 밥 한 끼 해서 먹였어. 근데 밖에선 어두워서 몰랐는데 집에 와서 보니까 엉망이더라고. 손목, 발목 이런 데가 다 빨갛게 부풀어서는, 얼핏 보니 개를 키우는 것도 아닌데 종아리 안쪽엔 물린 자국도 있고.

밥 다 먹었으면 집에 가라 그러니까 돈 좀 빌려달라 하데. 일해서 꼭 갚겠다며 계좌번호도 가르쳐달라 그래서 계좌번호 적은 쪽지하고 돈 몇만 원 쥐여줬지. 그 길로 집을 나갔어. 그게 올봄에 있었던 일이지, 아마.

그래, 그러고 보니까 내가 신고하기 전전날인가? 조 씨 딸내미가 돈을 갚았더라고. 근데 꿔준 돈보다 훨씬 많이 부친 거야. 아, 제 할미 좀 챙겨달라고 돈을 더 줬나보다, 과일이라도 사서 넣어줘야지, 하다가 다음날 친척 결혼식이 있어서 깜빡해버렸지 뭐야. 그러다 그날 퍼뜩 생각이 나서 가봤던 거야. 어쨌든 다행이네. 조금만 더 늦게 신고했더라면 큰일날 뻔했잖아.

이제 됐지? 아유, 속 시끄러우니까 그만 가!

메모

훔쳐갈 것 하나 없는 변사현장이라 그런지 현관문 손잡이와 도어록이 떨어져 나간 채로 방치돼 있었다. 대신에 맹꽁이자물쇠가 달려 있었다. 주먹만 한 구멍으로 들여다보아도 집 내부가 보이지 않았다. 희미한 화학약품 냄새를 맡을 수 있었다. 특수청소업체가 다녀간 듯했다.

무진시 특수청소업체는 총 다섯 곳이었다. 나는 다섯 곳의 홍보 사이트를 일일이 뒤져 조 씨의 집을 청소했던 업체를 찾아냈다. 사이트에는 쓰레기들과 가구를 들어내고 장판과 벽지를 제거한 후 스팀 청소와 탈취 작업을 하는 전 과정이 여러 장의 사진과 함께 기록돼 있었다. 8월 중순부터 9월까지 업로드된 게시물들을 샅샅이 뒤져 조 씨의 집을 찾아낸 것이었다.

군데군데 곰팡이가 내려앉은 집 안, 커다랗게 뚫려 있는 천장 구멍, 바닥까지 길게 늘어진 형광등과 전선들, 곰삭은 차렵이불들. 그중에 한 장은 이불자락을 장식하는 레이스들이 뜯겨 있었다. 약상자와 소주병들도 보였다. 여기저기에 매듭을 지어 놓은 빨랫줄들이 널려 있었다.

로잉 머신처럼 발을 끼워 넣고 줄을 잡아당기는 형태의 운동기구도 있었다. 발 받침대와 줄과 손잡이가 형광 연두색이라서 눈에 확 띄었다. 반신불수의 할머니나 매일 술에 찌들어 사는 조금수 씨의 것 같지는 않았다. 혹시 연서의 것일까.

화장실을 찍은 사진도 있었다. 더러운 양변기, 깨진 세숫대야, 먹다 만 컵라면들, 냄비들. 부엌에 있어야 할 물건들이 화장실에 처박혀 있었다. 이 형사 말대로 쓰레기장이나 다름없었다.

하지만 인터뷰 내용과 다른 점도 있었다. 최 소방교의 말과 달리 환풍기는 고장난 게 아니었다. 전선이 뽑혀 있었다. 만약에 환풍기가 고장난 거라면 굳이 전선을 뽑아놓지 않았을 것이다. 누가, 왜, 전선을 뽑아놓은 거지?

보낸 메일

보낸 사람: 석수진 기자

받는 사람: 조연서

2020년 9월 19일 (토) 오전 11:28

조금수 씨에겐 어떠한 자살동기도 징후도 찾을 수 없었어요. 누가 봐도 완벽한 이 자살사건에 말이죠. 그래서 전 반대로 생각해봤어요. 누군가가 자살로 보이게끔 조작한 거라면? 그랬더니 하나둘 답이 보이기 시작했어요.

진실은 어느 방향에서 바라보느냐에 따라 달라지는 거죠. 그렇죠?

연서 모(母) 후배, 예 씨

9월 19일 오후 03:04

발신 전화, 30분 03초

아아, 형부가요? 왜요? 제 반응이 너무 심드렁한가요? 언니가 교통사고로 죽고 나서 왠지 형부도 곧 죽을 거 같았어요. 언니가 우리를 가만 놔둘 리가 없잖아요. 호호.

언니는 심한 우울증을 앓고 있었어요. 지금 생각해보면 조현병일지도 모르겠네요. 아무튼 언니는 정상이 아니었어요. 자기가 배 아파 낳은 연서를 힘들어했어요. 애를 먹이고 씻기고 입히고 하는 걸 힘들어한

게 아니라 그냥 그 아이의 존재 자체를 못 견뎌 했어요. 정이 조금도 안 간다고 했어요. 애를 껴안으면 따듯하고 포근한 느낌이 들어야 하는데 뱀처럼 차갑고 징그러운 느낌이 든다고요. 그래서 제가 자주 들러서 연서도 돌보고 형부도 챙겼어요. 형부는 정력적인 사람이었고 운영하던 벤처사업이 잘돼서 가정을 돌볼 새도 없었어요. 그래서 언니의 병이 더 깊어진 건지도 몰라요.

연서가 아홉 살 때쯤인가? 제가 일 마치고 집엘 들렀더니 언니가 욕실에 서서 가만히 욕조 안을 내려다보고 있는 거예요. 욕조 안에는 색색의 거품들만 몽글몽글 떠다니고 있었어요. 엄마하고 장난친다고 잠수라도 한 건지 애는 보이지 않았어요.

"언니, 목욕시키고 있었어? 연서야, 이모 왔다."

그런데 좀 이상한 거예요. 물속에서 머리를 치켜들고 키득거려야 할 때가 한참 지났던 거예요. 저는 얼른 거품 속에 양손을 집어넣었는데, 물이 우물물처럼 차가웠어요. 미끄덩거리는 연서의 몸이 손에 잡혔어요. 건져 올린 아이를 침실로 데려가 눕히고 커다란 수건으로 감싼 뒤 차갑고 조그마한 몸을 계속 주물렀어요.

"참, 이상한 애야. 왜 저럴까. 난 진짜 쟤 이해가 안 가."

언니는 양손으로 자신의 팔뚝을 문지르며 중얼거렸어요.

"언니 제정신이야? 지금 아홉 살짜리가 일부러 이랬다고?"

"내가 마음에 안 들어서 저러는 거야. 날 아동폭력 가해자로 만들려고."

전 고개를 절레절레 흔들었어요.

"언니, 정신과 상담 좀 받아봐. 진심으로 하는 말이야."

연서는 다행히 금방 회복했고, 언니는 제 충고를 받아들여 정신과 진료를 받기 시작했죠. 불안정한 언니 때문에 전 더 자주 형부 집에 드나들었고 그러다 보니 자연스레 보모 역할을 하게 됐어요.

그러다가 그만 그 일이 일어났던 거예요. 시댁에 다녀오던 길이었대요. 형부가 졸다가 졸음쉼터에 주차된 트럭을 받았는데, 조수석에 타고 있던 언니만 죽었어요. 연서도 있었는데 다행히 운전석 뒷좌석에 타고 있어서 가벼운 타박상 외엔 별다른 상처를 입지 않았대요.

솔직히 전 그다지 슬프지도 않았어요. 언니는 그때 임신 4개월이었거든요. 자기 몸 하나 건사하기도 힘든 사람이 또 임신이라니. 제가 돌봐야 할 아이가 하나 더 늘어나는 거잖아요?

전 아예 짐을 싸서 형부 집에 들어왔어요. 제 노력과 마음이 전해진 건지 연서도 저를 정말 많이 따랐고요. 한순간 아주 완벽한 가정을 갖게 된 듯한 소속감과 충만함에 빠져 있었어요. 하지만 그건 제 착각이었어요.

언니가 죽고 일 년쯤 지났을 때였어요. 연서가 건넨 오렌지주스를 마시고 깜빡 잠이 들었어요. 배가 뒤틀리는 극심한 통증 때문에 잠에서 깼는데 이부자리가 축축한 거예요. 보니까 하혈을 엄청나게 했더라고요. 유산한 거였어요. 연서가 침대 옆에 서서 싸늘한 얼굴로 절 내려다보고 있었어요. 피범벅이 된 저를 마치 땅바닥에 기어 다니는 벌레 보듯 하는 표정이었어요.

짐을 싸서 도망치려는데 제 여행용 가방이 열려 있는 거예요. 연서가 그 속에서 약들을 찾아냈던 걸까요?

집에서 뛰쳐나간 저 대신에 연서의 친할머니가 시골에서 올라왔다고 하더라고요. 그때 전 할머니 뒤에 어른거리는 불온한 그림자를 느낄 수 있었어요. 아니나 다를까, 4층에서 떨어진 할머니는 두 번 다시 제 발로 걸을 수 없게 됐다고 하더라고요.

그 가족은 저주받았어요. 무슨 저주냐고요? 당연히 억울하게 죽은 언니의 저주죠. 아, 정말 소름 끼쳐요. 요즘 꿈에 언니가 자꾸 나타나 저를 원망해요. 이젠 형부도 저를 찾아올까요?

잠이 오네요. 이만 끊을게요.

보낸 메일

보낸 사람: 석수진 기자

받는 사람: 조연서

2020년 9월 20일 (일) 오후 02:08

부모님이 연서 양을 방임하고 학대한 걸 알아요. 어머니는 무관심하다 못해 연서 양의 존재 자체를 거부했고 아버지는 폭언과 폭력을 일삼았죠. 2차 양육자는 정신적으로 불안한 사람이었고요. 연서 양의 잘못이 아니에요.

가끔은 정말 죽어 마땅한 인간들도 있지요. 복수는 신의 것이라지만 신이 모든 곳에 머무르는 건 아니니까요.

전 이해해요.

보낸 메일

보낸 사람: 석수진 기자
받는 사람: 조연서
2020년 9월 20일 (일) 오후 11:08

연서 양, 이런 소식을 전하게 되어 유감이에요. 저도 좀 전에 병원 관계자에게 전해 듣고서 마음이 많이 아팠어요. 할머니께선 분명 좋은 곳으로 가셨을 거예요.

힘내요.

받은 메일

보낸 사람: 조연서
받는 사람: 석수진 기자
2020년 9월 21일 (월) 오전 01:15

수진 언니, 언니라고 불러도 될까요? 항상 제게도 언니가 있었으면 했어요. 그랬다면 좀 다른 인생을 살고 있지 않았을까 늘 궁금했어요. 언젠가 누군가는 저를 찾지 않을까, 생각했어요. 그 사람이 수진 언니라서 정말 다행이에요.

밤이 무섭지 않고 이토록 아름답다는 걸 전 그 지하 단칸방에서 뛰쳐나오고 나서야 알았어요. 밤마다 이불을 머리끝까지 뒤집어쓰고 두려움에 떨지 않아도 된다는 것에 기뻤어요.

언니, 전 일곱 살 때부터 아빠의 성 노리개였어요. 지금 와 생각해보면 엄마가 아주 오랫동안 아팠기 때문에 아빠는 욕정을 풀 수 있는 곳을 찾았던 것 같아요. 하지만 어렸을 땐 세상 모든 부녀관계가 다 그런 건 줄 알았어요. 좀 크고 나서야 그게 아니란 걸 깨닫게 되었고, 그래서 용기를 내어 엄마에게 끔찍한 비밀들을 모두 털어놨어요.

엄마는 아빠한테 엄청 화를 냈고 아빠도 엄마한테 소리를 질러댔어요. 두 사람은 할머니 집에 다녀오던 차 안에서도 싸웠어요. 그러다 화가 머리끝까지 치민 아빠는 엄마의 상반신을 덤프트럭 아래에 처박고 말았어요.

저는 입을 다물 수밖에 없었어요. 아빠가 엄마의 생명보험금을 헤지펀드로 몽땅 날려 먹었을 때도, 아파트 4층에서 할머니를 밀어 떨어뜨렸을 때도, 그리고 할머니의 상해보험금까지 사기를 당해 모조리 잃었을 때도, 저는 침묵했어요. 행여 제가 뭐라고 말하면 애꿎은 사람들이 다칠까봐 그랬어요.

하지만 제 딸 별이만큼은 제 손으로 지켜내야 했어요. 전 그동안 아빠의 무지막지한 폭력에 두 번이나 유산했어요. 그때마다 아빠는 비릿하게 웃으며 말했어요. 낳기만 해봐라. 네 딸도, 네 딸의 딸도, 그 딸의 딸도, 모두 다 너 같은 신세가 될 거니까, 라고요.

언니, 처음엔 별이도 지우려고 했어요. 불법으로 낙태약까지 샀어요. 하지만 차마 약을 먹지 못하겠더라고요. 그래서 저는 집을 뛰쳐나가 미혼모 쉼터로 들어갔어요. 쉼터에 입소하게 되면 경찰도 가족도 저를 쉽게 찾을 수 없다고 들었거든요. 하지만 할머니가 걱정돼 죽을 것만 같았어요. 제가 없어지면 아빠의 욕정이 누구한테 쏟아질지 불 보듯 뻔했으니까요.

몇 달 만에 그 지옥으로 되돌아가는데 어찌나 무섭고 두렵던지 손발이 오들오들 떨렸어요. 아니나 다를까, 할머니는 보살핌을 받지 못해 위독해 보였어요. 그런데 그 짐승은 술에 취해 산송장이나 다름없는 할머니 위에 엎어져 자고 있더라고요. 전 조심조심 할머니를 깨웠어요.

"할머니, 괜찮아? 응?"

할머니가 눈을 뜨고 처음 꺼낸 말은 충격이었어요.

"그냥 죽여. 저 짐승만도 못한 놈을 제발 좀 죽여줘."

오죽하면 당신 배 아파 낳은 자식을 죽여달라 부탁할까. 할머니의 심정을 이 세상 누구보다 저는 잘 이해하고 있었어요.

전 덜덜 떨면서 짐승의 목덜미에 두 손을 가져갔어요.

"안 돼. 그렇게 해서는 안 돼."

할머니는 그동안 생각해놓은 방법이 있다며 저에게 조곤조곤 알려주기 시작했어요. 전 할머니 말대로 알약을 빻아 가루로 만들고 그걸 설탕과 함께 물에 탔어요. 아빠를 깨워 해장이라도 하라며 약을 탄 설탕물을 마시게 했어요. 그러고는 아빠가 축 늘어질 때까지 기다렸어요. 제가 90킬로그램의 덩치를 들어 올려 천장에 매달 수 없을 거라 여긴 할머니는 문제의 방향을 바꿔 생각해보자 하셨어요.

저는 할머니가 시키는 대로 완전히 뻗은 몸뚱어리를 반듯하게 눕히고 목에 빨랫줄을 감았어요. 양발로 짐승의 어깨를 짓누르고 두 무릎은 세운 자세로 빨랫줄을 바투 잡았어요. 그런 다음 로잉 머신을 타거나 카누를 탈 때처럼 허리와 무릎을 쫙 펴며 줄을 세게 잡아당겼어요. 커다란 무 같은 게 땅에서 뽑혀 올라올 때의 느낌이 양손에서 느껴졌어요.

그렇게 얼마 동안 잡아당겼는지 모르겠어요. 갑자기 턱이 덜덜 떨리고 팔다리가 후들거려서 줄을 놓고 멍하니 앉아 있었어요. 자수해야겠다는 생각이 들었어요. 그때 할머니가 외쳤어요. 별이를 생각하라고, 교도소에서 아기를 낳을 순 없지 않냐고요.

할머니는 살인현장을 자살현장으로 바꾸는 방법을 알려줬어요. 저는 끙끙대며 짐승의 몸을 엎어놨어요. 그러고는 형광등을 잡아 뽑고 천장을 부수어 넙데데한 등판 위에 던져놨어요. 목을 옭아맨 빨랫줄을 전등에 묶었어요. 마치 스스로 목을 매달았다가 제 몸무게로 인해 떨어진 것처럼 보이게 꾸몄던 거죠.

그다음 지시는 지하 단칸방을 밀실로 만드는 것이었어요. 집 열쇠도 갖고 있고 도어록 비밀번호도 알고 있는 저에게까지 수사망이 미치지 않도록 할머니는 직접 방범용 안전고리를 걸겠다고 했어요. 길게 잘라 얇은 끈처럼 만든 이불 레이스를 안전고리 구멍에 걸었어요. 그리고 그 끈의 양 끝을 할머니의 입에 물려주고 저는 현관문을 아주 조금만 열고 빠져나가 문을 닫았죠. 할머니가 양쪽 끈을 야금야금 먹어치우면 안전고리가 당겨지면서 걸리게 되는 거였어요. 고리를 걸고 나서는 한쪽으로만 끈을 먹어치워서 증거를 인멸했고요. 도어록은 저절로 잠겨지고 전 열쇠로 문손잡이만 잠그면 끝이었어요.

하지만 할머니와 제가 미처 생각지 못한 점이 있었어요. 그렇게 늦게 시신이 발견될 줄 몰랐어요. 할머니의 목숨까지 제 손으로 빼앗은 거나 다름없어요. 모두 제 탓이에요. 그냥 경찰에 신고했어야 했는데, 옆집에 돈을 부치고 기다리라는 할머니 말만 들었던 게 잘못이에요.

하지만 언니, 저는 후회하지 않아요. 짐승을 죽인 것만큼은 조금도 후회하지 않아요. 온 우주의 어둠을 뚫고 내게로 온 별이를 저보다 좋은 부모를 찾아 입양 보내고 나서 자수하겠어요. 이 끔찍한 비밀에서 제일 먼 곳에 별이를 데려다주고 꼭 자수하겠어요. 그러니 잠시만 기다려줄래요?

사실 그동안 가슴 한복판에 커다란 돌덩이를 얹고 사는 것 같았어요. 숨도 제대로 쉴 수가 없었어요. 언니한테 커다란 돌덩이를 잠시 내려놓는 것 같아 미안해요.

그리고 고마워요.

보낸 메일

보낸 사람: 석수진 기자

받는 사람: 조연서

2020년 9월 21일 (월) 오전 02:28

연서가 언니라고 편하게 불러주니까 나도 편하게 반말할게. 그런데 아마도 이름 때문이겠지만 연서가 나에 대해서 오해하고 있는 게 있어. 난 사실 남자야. 그러니까 앞으로는 언니라고 부르지 않았으면 해.

사실 내가 여자였다면 네 이야기에 조금은 공감했을 거 같아. 그런데 안타깝게도 난 젠더 감수성이 제로에 가깝거든? 모성애가 있을 리도 없고. 아니, 어쩌면 오해받아서 다행이려나? 남자인 걸 알았다면 좀 더 난폭한 공격을 받았을까.

참, 너 그새 잊었나보더라. 네가 살인을 저지를 때 너 만삭이었거든? 그 배로는 살짝 빠져나가기 힘들어. 나한테 누나가 둘이나 있는데, 조카들 낳을 때 보니까 막달에 배가, 어휴, 이게 사람 배 맞나 싶을 만큼 나오더라고. 너 사실은 임신한 적 없지? 본 적도 없고. 미혼모 쉼터에 들어간 건 맞니?

그리고 할머니가 먹은 끈이 6미터인데, 먹었다고 생각하면 꽤 긴 것 같지만 이걸로 고리를 통과시켜 반으로 접으면 3미터밖에 안 돼. 방 한가운데서 문까지의 거리가 3미터는 넘으니까 문을 아주아주 살짝 열었어도 고리에 걸기엔 좀 짧지 않았을까.

어쨌든 내 추측은 이래. 누운 자세로 목을 잡아당겨서 살해하는 방법은 네 이야기와 같아. 하지만 밀실을 만드는 방법은 달라. 안전고리를 통과시킨 끈을 화장실 환풍기에 묶어두는 거야. 그런 다음 문을 살짝 열고 빠져나가 옆쪽 골목으로 가서 환풍기에 묶은 끈을 풀고 잡아당기면 고리가 걸려. 그리고 끈은 회수하고.

현관에 들어섰을 때 좌측에 화장실이 있어서 가능한 속임수야. 간단한 트릭이지.

네가 반지하방으로 돌아왔을 때 이미 할머니는 배고픔에 이불자락을 뜯어 먹은 뒤였지? 구급대원들처럼 너도 할머니가 죽은 줄 알았던 건 아니니? 그래서 할머니가 주범이고 네가 종범인 아주 극적인 이야기를 지어내서 덧붙인 거고.

넌 어머니에게 거부당하고 아버지에게 폭언과 폭력을 겪으며 컸어. 2차 양육자인 보모는 아버지와 불륜 관계였고 정신적으로도 불안정했지. 그런 환경에서 아이가 어떻게 자랄지 불 보듯 뻔해. 껍데기만 크는 거야. 속은 텅 비었지. 그래서 타인의 관심과 사랑으로 마음속 구덩이를 메우려고 수단과 방법을 가리지 않게 되었어.

넌 아버지의 학대 때문에 살인을 저지른 게 아니야. 아버지가 자꾸만 재산을 탕진했기 때문에 살려둘 수 없었던 거야. 집안이 망하고 나니까 온 세상이 너한테 등을 돌렸잖니? 너 같은 '관종'이 얼마나 힘들었겠어. 그래서 넌 저소득층 학생에게 주는 장학금을 받아 숨겨놨어. 그 돈이 필요하기도 했고, 조금수 씨를 열받게 하려는 목적도 있었고, 아무튼 제대로 먹혀들었지.

애써 완성한 완전범죄를, 알아봐주는 사람 하나 없이 네 속에만 담고 있으려니 얼마나 답답했겠어. 그래서 단 한 명의 관객을 만들기로 했던 거야. 그 관객이 바로 간병살인 르포를 쓰고 있는 여기자, 석수진이고. 이 여기자가 너의 영원한 추종자로 감화된다면 더없이 좋은 전리품이었을 텐데, 아쉽지?

그런데 너 그거 모르지? 경찰이 종결한 사건도 새로운 증거가 나타나면 검찰은 재수사할 수 있다는 거. 물론 네가 보낸 메일 한 통으론 어림없겠지. 단 한 번도 '내가 아버지를 죽였다.'라고 쓰진 않았으니까. 그래도 난 내일 네 메일을 가지고 검찰청에 찾아갈 생각이야. 그렇게 해야 연서 네가 나한테 던진 돌을 내려놓고 쉴 수 있을 거 같거든.

아, 마지막으로 묻고 싶은 게 있는데, 너 종아리 안쪽에 이빨자국은 어떻게 생긴 거야? 할머니를 상대로 그 로잉 머신인가, 카누인가 하는 자세를 취해 목 조르는 연습이라도 한 거야? 그랬다면 너 진짜 큰일났다.

좀 전에 신영순 할머니가 깨어났거든.

고백

*

정가일

파란 하늘이 끝없이 펼쳐진, 멋진 오후였다.

이런 좋은 날씨에도 남편은 창백한 얼굴로 침대에 누워 있었다.

코에 꽂은 산소호흡기를 통해 숨은 쉬고 있었지만, 내쉬는 숨마다 무거운 쇳소리가 끌려 나왔다. 손가락에 연결된 심전도 모니터의 그래프만 가끔 뛰어오르며, 남편이 아직 살아 있다는 사실을 알려주고 있었다.

이제 남편의 목숨은 얼마 남지 않았다. 본인도 그 사실을 잘 알고 있었다.

현모양처인 아내는 그런 내색을 하지 않고 남편의 옆에서 억지로 미소를 지으며 말을 걸었다.

"오늘 날씨 너무 좋다. 아까 밖에 나갔을 때는 구름이 좀 많았는데, 지금은 파란 하늘이 너무 잘 보여. 코로나바이러스 때문에 좋은 게 뭔지 알아? 중국에서 미세먼지가 많이 안 오는 거야. 숨쉬기가 너무 편해."

그러다가 남편의 거친 숨소리를 듣고는 화들짝 놀라며 사과했다.

"아, 미안. 당신은 숨쉬기 힘든데, 내 생각만 했네."

하지만 남편은 아무 반응이 없었다. 아내는 잠시 말을 멈추고 남편의 동태를 살펴보았다. 아내는 이제 남편의 마지막이 다가오는 것을 알고 있었다.

남편은 원자력발전소에서 근무했다. 시설관리팀에서 10년 넘게 일했고, 성실하게 일해서 관리직까지 올라갔다. 항상 현장에서 일했기에 동료들의 신뢰도 높았다. 아내도 서울에 직장이 있어서 두 사람은 오랫동안 주말부부로 살아야 했지만, 아내는 언제나 남편이 먹을 밑반찬을 만들어 보내며 남편의 건강을 살뜰히 챙겼다.

문제는 작년부터 시작되었다. 남편은 갑자기 급격하게 살이 빠지고 어지러움증으로 제대로 일어서지도 못했다. 업무 중에 쓰러진 남편은 회사에서 지정한 병원에서 검사를 받았고, 그 결과는 혈액암, 백혈병이었다. 급하게 치료 일정이 잡혔지만, 이미 암은 말기 상태였다. 더 절망적인 것은 남편이 방사능에 피폭됐다는 사실이었다.

회사 측은 그 사실을 극구 부인했지만, 자칫 사회적 문제로 비화될 수도 있다는 우려에 사건을 덮기 위해 아내에게 거액의 보상금을 지급하고 언론에는 알리지 않기로 합의했다. 그 대신 아내는 회사 측에 대대적인 발전소 안전검사를 요구했다. 또다시 남편 같은 피해자가 나오지 않기를 바란다며.

남편의 병은 나날이 중해지고, 몸은 나날이 쇠약해졌다. 병원에 입원해서 치료를 받던 남편은, 더 이상 병원에서 해줄 것이 없다는 의사의 말을 듣고 집으로 돌아왔다. 진통제와 산소호흡기 등 기본적인 의료기기와 약품들을 침대 주변에 비치하고 죽을 날만 기다리는 신세가 되었다.

"미안해…."

남편의 가녀린 목소리에 아내가 고개를 들었다.

"당신, 말할 수 있어? 괜찮아?"

"정말… 미안해. 당신은 나한테 이렇게 잘해주는데…."

남편의 두 눈에 눈물이 그렁그렁 맺혔다.

"나, 사실… 당신 몰래… 바람피웠어. 2년 동안… 정말 미안해…."

아내는 충격을 받은 듯, 한동안 말을 못 했다. 하지만 곧, 그녀는 남편을 위로했다.

"괜찮아. 당신, 나 이해해. 우리 오랫동안 떨어져 살았잖아?"

착한 아내의 말에 남편은 옆으로 누우며 고통스럽게 기침을 토했다. 폐를 뱉어내는 것 같은 고통스러운 기침이었다. 아내는 남편의 등을 두드려주었다.

"이제 그런 생각 하지 마. 쉬어요."

"우리… 아이 유산한 다음… 나 정말 아들이 갖고 싶었어…."

아내는 말없이 고개를 숙였다.

"그래서 바람을 피웠어. 미안해…."

"거짓말!"

아내가 중얼거렸다.

"응?"

남편이 되물었다. 자신이 들은 말을 믿기 힘들었다.

"거짓말하지 말라고. 당신 그래서 바람피운 거 아니잖아!"

"뭐?"

아내는 남편을 쳐다보았다. 그 눈 속에 분노가 타오르고 있었다.

"내가 왜 유산했는지 알아?"

남편은 아내를 쳐다보았다. 그 눈이 두려움으로 흔들리고 있었다.

"나 임신했을 때 당신 아파트 찾아갔었어. 그리고 거기서 당신이 다른 여자랑 사는 거 직접 보고 충격받았어. 울면서 집에 오는 길에 하혈이 시작되더라. 당신한테는 일하다 그렇게 됐다고 말했지만, 사실은 당신 바람피우는 거 보고 충격받아서 유산한 거야."

커억 하고 거친 숨을 내쉰 남편이 울면서 아내를 쳐다보았다.

"미안해… 정말…. 내가… 죽일 놈이야…. 내가 그래서 천벌을 받나 봐…."

말을 마친 남편이 목놓아 엉엉 울기 시작했다.

아내는 그런 남편의 손을 잡았다.

"아니야, 여보. 그거 천벌 아니야."

"뭐?"

"내 아이 죽고 나서, 내가 당신 용서했을 것 같아?"

"당신… 무슨 말이야?"

"내 친구, 현숙이 알지? 일본 남자랑 결혼해서 일본에 사는 애. 그 애한테 부탁해서 후쿠시마산 농산물이랑 해산물을 엄청 받았어. 당신한테 해준 반찬들, 다 그걸로 만들어준 거야."

"그게… 무슨…?"

"일본에서 연예인들이 후쿠시마산 음식 먹고 백혈병 걸렸잖아? 그래서 당신한테도 그거 먹여본 거야. 그런데 진짜 되더라? 당신도 백혈병 걸렸어! 그러니까, 그거 천벌 아니야. 나야!"

"말도… 안 돼…!"

쿨럭쿨럭 내뱉은 거친 기침 끝에 꿀렁 하고 핏덩이가 올라왔다. 남편은 더 이상 숨을 유지할 기력도, 의지도 없었다.

"고백해줘서 고마워. 나도 이제 마음이 편하네. 잘 가, 여보."

삐이이 소리를 내며 심전도 모니터의 그래프가 직선을 그렸다.

남편은 입 주위에 가득 피를 토하고 눈을 부릅뜬 채 울며 죽었다. 자신이 원하던 남편의 최후를 보고 아내는 만족하며 기지개를 켰다.

파란 하늘이 끝없이 펼쳐진, 멋진 오후였다.

정가일

한동안 고국을 떠나 이방인으로 살았다. 집으로 돌아와 사람 사는 냄새 나는 추리소설을 쓰려 한다.

크리스티 여사의 취미

*

조동신

나와 조대현은 서재 안으로 안내되었다.

"할아버지가 늘그막에 추리소설가 크리스티에게 완전히 빠져서 지내셨어요. 크리스티와 관련된 책이란 책은 전부 모으셨죠. 이건 80년대에 나온 거고, 이건 2000년대부터 새로 나온 거고요. 그 전에 나온 작품들도 어린이용까지 다 모으셨어요. 크리스티 원작 영화도 다 있고요. 거기다 취미까지 직접 따라 하실 정도였어요."

의뢰인이 말했다. 그녀의 할아버지는 서재 한쪽을 완전히 크리스티 코너로 만들어놓았다. 그곳에선 여러 종류의 시계와 우표들도 눈에 띄었다.

"그래서 돌아가시면서까지 크리스티 영향을 받으셨나봐요."

의뢰인의 할아버지는 전 재산을 이 서재 어딘가에 숨겼다고 한다. 하지만 아무리 뒤져도 값나가는 것은 없었다.

"그래서 탐정님들을 부를 수밖에 없었어요. 이 암호를 푸는 사람에게 재산 중 제일 귀한 것을 준다고 하셨거든요."

의뢰인은 유언장을 우리에게 내밀었다. 내용은 아주 간단했다.

"크리스티의 이름이 무엇이고 취미가 무엇인지 알면 누구든 쉽게 풀 수 있다?"

크리스티 여사의 이름은 '애거사(Agatha)'이다. 그리고 그녀의 취미는 욕조에서 사과 먹기, 상자·조개껍질·시계·우표 수집, 고고학, 우유와 크림을 섞은 음료 마시기 등이었다. 의뢰인의 할아버지는 그 취미까지 따라 하느라 크리스티 코너에 시계와 우표 등을 모아놓은 모양이었다.

"애거사라면, 보기보단 간단할 것 같습니다."

조대현이 말했다. 나는 조금 놀라서 그를 쳐다보았다.

"애거사라는 이름은 3세기경 시칠리아 카타니아의 성녀 아가타(Agathe)에서 따온 이름이죠. 이름은 그리스어로 '신의 성녀', '하늘의 종'이라는 뜻이라고 합니다. 총독이 자기랑 결혼하고 배교하라고 했지만 거부하자 고문당하다가 순교했죠."

그 말을 듣자, 구석에 있던 지구본이 눈에 띄었다. 나는 그것을 들어서 시칠리아가 있는 부분을 눌러보았지만, 아무 반응도 일어나지 않았다.

"이런 바보 같은 행동을 하는 사람이 꼭 있다니까. 거길 좀 봐라."

조대현이 한심하다는 얼굴로 나를 보더니, 시계 컬렉션 쪽으로 가서 약간 특이해 보이는 시계를 하나 집어 들었다.

"이건 간호사 시계라고. 손목시계는 환자들에게 감염시킬 위생상의 위험이 있기 때문에 유니폼에 매달아서 쓰는 거지. 성녀 아가타는 양치는 여자·처녀·알프스 안내원·불·유리제조공·종 만드는 사람·광부·간호사의 수호성인이고, 크리스티 여사도 간호사 출신, 이게 힌트지!"

컬렉션 한쪽에는 시계 뚜껑을 여는 도구도 있었다. 골동품 시계의 경우 내부 청소를 자주 해줘야 하기 때문에 구비해둔 모양이었다. 조대현이 간호사 시계의 뚜껑을 열자, 그 안에서 작은 우표 한 장이 팔랑거리며 떨어졌다.

"크리스티 여사의 취미가 시계와 우표 수집이라고 했죠? 시계 안에 숨길 만한 거라면, 보석이거나 희귀 우표겠죠. 특히 19세기에 발행된 초기 우표는 수십억 원은 족히 나가니까요."

조동신

애거사 크리스티의 열렬한 팬이며, 언젠가 그녀처럼 긴 작품 리스트를 채우는 것이 꿈이다.

얼굴 마사지 좋아하는 여자

*

이상우

추 경감이 현장에 도착했을 때는 이미 초동수사가 거의 끝나고 감식반이 가구에서 지문을 뜨는 마무리 작업을 하고 있었다. 서른 평 정도 되어 보이는 아파트 내부는 정리가 잘되어 있어 집주인의 깔끔한 성격을 짐작할 수 있었다.

"죽은 사람은 어디에 있지?"

추 경감이 아무에게도 아닌 질문을 하자 강 형사가 어디에선지 불쑥 나타나 소매를 잡아끌어 안방으로 갔다.

시신은 잠자는 듯 편안한 얼굴을 하고 있었다. 곱게 빗겨진 머리, 단정하게 입고 있는 붉은색 홈웨어의 큼직하고 화려한 장미 무늬가 피살자를 여전히 살아 있는 사람처럼 보이게 했다. 벽에는 커다란 사진이 걸려 있었다. 옷 재단을 하는 피살자의 모습인데 가위를 든 오른손으로 옷감을 재단하면서 만족스러운 미소를 띠고 있었다.

"죽은 강영혜는 재단사였습니다. 전국기능경기대회에서 국무총리상도 탔다고 하더군요."

강 형사가 묻지도 않는 말을 계속 늘어놓았다.

“어디에 목을 맸다고 했지?”

“저기 안방 베란다 창틀입니다. 그런데 확실하지는 않지만, 좀 이상한 점이 있습니다. 검안한 의사가 죽은 뒤에 매단 것 같은 흔적이 있다고 말하더군요. 그리고 유서 같은 것도 전혀 발견할 수가 없고요. 말하자면….”

“타살 가능성이 크다 이거지?”

추 경감이 말을 앞지르자 강 형사는 고개를 끄덕였다.

“그뿐만이 아닙니다. 오늘 여기 드나든 사람을 조사했더니 두 사람이나 되더군요. 그중에는 필라테스 가입을 권유하러 온 친척도 있었어요. 3개월 회원으로 가입도 했습니다. 석 달에 190만 원이나 한답니다. 돈도 많지.”

“오후에 죽을 사람이 오전에 필라테스 회원 가입을 해?”

“사망추정시간은 오후 두 시께입니다. 검안의는 한 시께라고 말했습니다만, 두 시 이후에 살아 있는 것을 본 사람이 있으니까요.”

“그러니까 누가 살해한 뒤 자살한 것처럼 위장하기 위해 목을 매달아 놨을지도 모른다 이거지? 남편은 어디 갔어?”

“저쪽 방에 있습니다. 출판사 영업사원인데 수원에 출장 갔다가 조금 전에 왔습니다. 남편 조민구의 알리바이는 확실합니다.”

추 경감은 남편 조민구가 있다는 방으로 들어갔다. 거기는 조민구 외에도 옆 아파트에 산다는 오십 대쯤 되어 보이는 독고준이라는 남자도 같이 있었다.

조민구는 넋 빠진 모습으로 벽에 기대앉아 있었다. 삼십 대 초반으로 결혼한 지 이제 3년밖에 안 되었다는 그는 나이보다 훨씬 늙어 보였다.

"그렇게 악착같이 살려고 했는데 죽긴 왜 죽어…."

남편 조민구가 주먹으로 벽을 치면서 몸부림쳤다.

"자살할 만한 동기가 있었나요? 평소에 우울증이 있었다거나 비관할 일이 있었다거나."

추 경감이 물었다.

"영혜는 늘 아기를 갖지 못한다는 사실을 비관했습니다. 요즘 와서는 그게 좀 심하긴 했지만… 설마 그런 일로…."

추 경감은 아이 못 갖는 것을 비관해 죽는 여성이 요즘에도 있다는 것이 믿기지 않았다.

"두 분은 원래 친구 사이셨나요?"

추 경감이 곁에 있는 독고준을 보고 물었다.

"조민구 씨가 이사 온 뒤에 알았죠. 아침에 달리기하다가 만났습니다."

오늘 수원에 있는 통닭집에서 점심부터 서점 주인과 낮술을 하고 있던 조민구는, 집에 전화를 해도 아내가 받지 않자 옆집의 독고준에게 전화를 걸어 자기 집에 가볼 것을 부탁했다. 그때가 두 시경이었는데 독고준이 벨을 눌렀을 때는 강영혜가 살아 있었다는 것이다.

"수원에 영업 때문에 갔었다는 거죠. 근데 부인한테는 무슨 일로 전화하셨습니까?"

강 형사가 물었다.

"영혜 친구가 꼭 연락할 일이 있는데 전화가 안 된다고 하면서 연락을 부탁했습니다. 그런데 제가 여러 번 전화해도 받지 않아서 독고준 씨에게 친구 연락처를 알려주면서 찾아가보기를 부탁한 겁니다."

"독고준 씨에게 좀 묻겠습니다."

추 경감이 그를 쳐다보자 남자의 얼굴은 바짝 긴장되었다.

"두 시께 이 아파트로 왔을 때 문이 열려 있었습니까?"

"예, 두어 번 초인종을 눌렀으나 대답이 없어 문을 밀어보니 열리더군요. 안으로 들어가 불러봤더니 한참 있다가 아주머니가 안방에서 나왔어요."

"그때 강영혜 씨의 모습을 설명해주시겠습니까?"

"예, 빨강 장미 무늬의 홈웨어를 입은 채 얼굴에는 에센스 마사진가 뭔가 한다고 팩을 붙이고 있었어요. 그것 때문에 전화를 받지 못한다고 했어요. 내가 조 씨의 말을 전하자 오른손에 핸드폰을 들고 왼손 인지 손가락으로 번호를 눌러 조 씨가 알려준 전화번호를 저장하더군요. 난 그 길로 나왔을 뿐입니다."

독고준의 말을 듣고 있던 추 경감은 강 형사를 불러 남편의 여자관계를 캐게 했고, 결국 수원 통닭집의 주인인 김미라와 내연 관계라는 사실을 밝혀냈다. 사실을 추궁당한 조민구는 순순히 범행을 자백했다. 조민구는 한 시경에 집에 돌아와 부인을 살해해 자살로 위장했고, 내연 관계의 김미라를 이용해 알리바이를 조작하려 했다.

"그런데 어떻게 마사지 팩을 붙인 김미라가 부인 행세를 했다는 것을 아셨습니까?"

강 형사가 물었다.

"강영혜 집에 걸려 있던 재단하는 사진에는 오른손에 가위를 쥐고 있어. 왼손잡이가 아니란 얘기지. 그러나 독고준이 그 집에 갔을 때 나온 여인은 오른손에 핸드폰을 들고 왼손으로 자판을 눌렀잖아. 물론 강영혜가 양손잡이일 수도 있겠지만 사건을 파헤칠 단초는 제공한 거지."

이상우

1987년부터 2004년까지 한국추리작가협회 회장을 역임했다. 현재는 한국추리작가협회 이사장을 맡고 있다. 언론인이며 추리소설 작가다.

운수 좋은 날

*

반대인

등 뒤의 인기척을 느낀 건 어두컴컴한 골목을 지날 때였다.

집으로 가는 길이기도 한 이곳은 다닥다닥 붙어 늘어선 허름한 주택 사이로 비좁은 보행로가 거미줄처럼 얽혀 있다. 가로등도 드문 데다 마을버스가 서는 동네 초입과도 떨어져 인적이 드문 이런 시간이면 지나다니기 꺼려질 정도였다.

그런데 아까부터 누가 따라오고 있었다. 처음에는 그저 예민한 탓이겠거니 여겼지만, 걸음을 늦춰도 앞서가기는커녕 거리를 유지한 채 집요하게 따라붙었다.

쫓기고 있다는 걸 의식한 여자의 심장이 방망이질하듯 뛰었다. 문득 요즘 주위에서 혼자 사는 여성을 노려 금품을 빼앗거나 몹쓸 짓을 하는 범죄가 빈번하게 일어났다는 소문이 떠오르자 떨리는 손으로 가방을 뒤져 휴대전화를 꺼내 들었다.

웬일인지 룸메이트는 금방 전화를 받지 않았다. 아까는 집이라더니.

“언니, 나야.”

초조감에 신호음이 울리는데도 통화가 연결된 척 말을 이었다.

"미안, 늦었지? 집에 거의 다 와가."

때마침 전화기 너머에서 웅얼거리는 소리가 들려왔다. 이 상황을 알리 없는 룸메이트가 잠결에 전화를 받은 모양이었다.

"뭐? 아빠가 마중 나오신다고?"

뒤쫓아오는 이에게 들으라는 듯이 목소리를 높이면서 흘끔 뒤를 돌아봤다.

그녀의 연기에도 불구하고 묵묵히 다가오는 그림자가 눈에 띄었다. 화들짝 놀라 젖 먹던 힘을 다해 잰걸음을 옮기기 시작했다.

그때 막 꺾어 들려던 담장 사이에서 등산복 차림에 배낭을 멘 머리가 벗어진 사내가 나타났다. 구세주라도 만난 양 달려들었다.

"아빠!"

다짜고짜 팔에 매달리는 그녀를 본 그는 어리둥절한 기색이었다.

"도와주세요, 제발."

목소리를 낮춘 여자가 애원했다.

"쫓기고 있어요."

"누구한테 말입니까?"

그녀는 몸을 돌려 조금 떨어진 곳을 눈짓했다.

"저 사람이 아까부터 쫓아와요. 그러니 제발, 저기 집까지만 함께 가주세요."

그러면서 골목 안쪽 허름한 다세대주택을 가리켰다. 사내의 얼굴에 당황한 빛이 스쳤다.

"데리러 와줄 가족 없어요?"

"아는 언니랑 둘이 살아요."

잠시 고민하던 그는 결국 앞으로 나섰다.

"어이, 당신 뭐야? 왜 우리 딸을 쫓아다녀?"

두 사람을 노려보던 그림자는 슬그머니 뒷걸음치더니 이내 샛길로 사라져버렸다. 긴장이 풀렸는지 그녀는 무너지듯 바닥에 주저앉았다.

"괜찮으세요?"

"네…."

여자는 절체절명의 순간 찾아온 뜻밖의 행운에 가슴을 쓸어내렸다.

텅 빈 골목을 살핀 사내의 얼굴에 안도의 미소가 떠올랐다. 불 꺼진 집에 들어가 잠자리에 든 여자를 위협할 때만 해도 순조롭게 일이 풀리는 줄 알았다. 하지만 돈이 될 만한 물건이 없어 다른 욕심이라도 채우려 들자 상대는 거세게 저항했다. 그 와중에 걸려온 전화를 받으려 해 한바탕 몸싸움을 벌여야 했다.

다행히 통화 시도는 막았지만, 휴대전화에서 들려온 목소리로 판단컨대 여자 혼자 사는 집은 아닌 모양이었다. 가족이 들이닥치면 곤란하다는 생각에 허둥지둥 밖으로 나서는데 왠지 허전한 기분이 들었다.

골목에서 낯선 여자와 마주친 순간 그 이유를 알아차렸다. 변장을 위해 밤마다 쓰고 다니던 가발이 사라진 것이다.

칠칠치 못하게 증거물을 남기다니. 경찰에 쫓기는 건 이제 시간문제나 다름없었다. 설상가상으로 홀로 귀가하는 여자 뒤를 밟은 이는 잠복 중인 형사 같았다.

그러나 하늘이 무너져도 솟아날 구멍은 있다던가. 괴한에게 쫓긴다고 착각해 도움을 청해 온 사람은 다름 아닌 조금 전 그 집에 사는 여자였다.

형사마저 따돌렸으니 돌아가 가발을 가져오면 된다. 그 전에 여자들과 즐거운 시간을 보내야겠지.

반대인

수수께끼 풀이라는 추리소설 본연의 가치에 주목하는 한편, 인간의 본성에 깃든 어둠을 조명하는 작품을 추구한다.

선생님은 항상 너희 편이야

*

공민철

"선생님은 항상 너희 편이야."

혜선은 아이들에게 자주 그 말을 했다. 그녀는 아이들을 위해서 무엇이든 할 수 있다고 믿었다. 하지만 뼈아픈 착각이었다.

열흘 전.

6학년 4반 아이들은 방과 후까지 교실에 남아 혜선과 공부를 하곤 했다. 그날도 아이들은 교실에 남았고, 나머지 공부를 봐준 혜선은 아이들과 함께 교실을 나섰다.

"위험해요!"

교문 밖으로 나갈 즈음 누군가 소리 질렀다. 고개를 돌린 혜선은 그대로 얼어붙었다. 후드를 뒤집어쓴 괴한이 칼을 들고 혜선을 향해 달려왔다. 혜선은 순간 자신의 옆에 있던 아이를 앞으로 내세웠다.

괴한은 혜선 앞에 우뚝 멈춰 섰다. 그리고 비릿한 미소를 남긴 후 사라졌다.

"선생님…."

아이는 너무나 놀란 얼굴로 혜선을 보았다. 혜선은 주위를 둘러보았다. 아이들 모두 같은 표정이었다.

현장으로 찾아온 경찰이 조사를 시작했다. 인근 CCTV를 살피며 혹시 짐작 가는 사람이 있는지 묻는 경찰에게 혜선은 아무런 말도 할 수 없었다.

"얘들아, 미안…."

혜선은 끝내 아이들의 얼굴을 보지 못했다. 아이들도 고개를 푹 숙이고 각자 집으로 돌아갔다.

혜선은 그날 저녁 학교에 잠시 휴직하고 싶다는 의사를 전했다.

"지금은 아이들에게 집중하고 싶어요."

혜선은 김진호에게 그렇게 이별을 고했다. 집착이 심한 그를 얼른 떨쳐내고 싶었다. 그러나 이별을 통보한 순간 그는 스토커로 돌변했다.

그는 불쑥 혜선의 집이나 학교를 찾아오기도 했다. 번호를 차단해도 또 다른 번호로 연락이 왔다. 심지어 학교 근처 어딘가로 이사까지 온 것 같았다.

혜선도 그를 경찰에 신고했다. 하지만 그때뿐이었다. 그는 언제건 다시 나타났다.

'네가 정말 좋은 선생님이라고 생각해? 아니야. 내가 알려줄게.'

어느 날은 모르는 번호로 메시지가 왔다. 혜선은 의미를 알 수 없었다. 설마 그렇게 아이들을 덮칠 줄이야….

그날 혜선은 경찰에게 스토킹 이야기를 하지 못했다. 그가 또다시 아이들을 위험에 빠뜨릴까 두려웠다. 무엇보다 교사의 자긍심을 잃은 충격이 컸다.

자신에게 실망한 아이들의 눈빛, 그리고 김진호의 비릿한 미소. 혜선은 매일 밤 끝없는 악몽에 시달렸다.

그러던 어느 날, 아이들에게서 메시지가 왔다.

'저희가 선생님 괴롭히는 사람 혼내줬어요. 이젠 저희가 지켜드릴게요!'

아이들이 보내준 영상은 계단을 비추고 있었다. 계단 중간에는 음료가 반쯤 든 페트병이 있었다. 곧 계단을 내려오던 김진호가 페트병을 밟으며 계단 아래로 고꾸라졌다. 혜선은 저도 모르게 두 눈을 질끈 감았다.

아이들은 그의 집을 찾아냈고, 그가 집에서 나오는 시간에 맞춰 이런 장난을 친 걸까?

혜선은 눈물이 났다. 아이들에게 미안하고 고마웠다. 하지만 아무리 그래도 누군가를 다치게 하는 짓은 절대 하면 안 되는데….

그런데 다음 날, 배턴터치를 하듯 돌연 경찰에게서 연락이 왔다.

"김진호 씨랑 잘 아시죠?"

경찰은 그가 교통사고로 사망했다는 이야기를 전하며 그의 집에서 혜선을 스토킹하고 있던 증거들이 발견되었다는 말을 덧붙였다. 혜선이 인정하자 경찰은 그가 천벌을 받았는지도 모르겠다고 작게 한숨을 쉬었다.

천벌이라니. 혜선은 사고에 대해 자세히 물었다.

"목격자의 말에 의하면 언덕 위에서 브레이크가 풀린 트럭이 김진호 씨를 덮쳤다고 합니다. 근처에 있던 사람들은 모두 피했다는데, 김진호 씨는 절뚝이다 주저앉았다고요. 결국 속도가 붙은 트럭이…."

혜선은 온몸에 소름이 돋았다. 그럼 그가 차를 피하지 못한 이유가….

이제 어떻게 해야 하는 거지? 혜선은 머릿속이 혼란스러웠다.

'선생님은 항상 너희 편이야.'

문득 귓가에 울린 누군가의 목소리. 그 말이 혜선의 등을 살짝 밀어 주었다.

혜선은 마음을 다잡았다.

그래. 아이들은 그저 아주 조금 나쁜 장난을 친 것뿐이라고.

공민철

강렬한 사건과 따뜻한 결말. 작가 자신이 하나의 장르가 되는 것이 목표다.

사유하는 추리소설가 혹은 추리소설가의 사유

–줄리아 크리스테바의 경우

백휴

《낙원의 저쪽》으로 '한국추리문학상' 신예상, 《사이버 킹》으로 '한국추리문학상' 대상을 수상했다. 추리소설 평론서 《김성종 읽기》와 〈추리소설은 무엇이었나?〉, 〈편집성 최인훈 브라운 신부〉, 〈레이먼드 챈들러, 검은 미니멀리스트〉 등 다수의 추리 에세이를 발표했다. 2020년에 철학 에세이 《가마우지 도서관 옆 카페 의자》를 펴냈다.

essay

사상가가 자신의 사유를, 적어도 사유체계의 일부를 추리소설을 통해 드러낸 경우를 우리는 이미 알고 있다. 작고한 움베르토 에코의 《장미의 이름으로》가 그 대표적인 예일 것이다. 에코와 줄리아 크리스테바는 독자를 잃어 궁지에 몰린 현대 문학의 처지를 안타까워하면서, 21세기는 추리소설의 시대이므로 각자 추리소설을 써보면 어떻겠냐는 의견을 교환한 뒤 곧바로 실천에 옮긴 사상가들이다.

유명세는 에코가 탔지만, 사유와 추리소설의 관계를 전면적으로 심도 있게 탐구한 이는 오히려 크리스테바 쪽이다. 그녀는 거짓 사유가 버젓이 사유의 이름으로 뻔뻔하게 유통될 때, 그에 실망한 사람들의 관심이 범죄사건을 다룬 미디어나 추리소설 쪽으로 옮겨지는 까닭이 양자 공히 위반의 문제를 다루고 있기 때문이라고 주장한다. 이때, 그녀는 '금지와 위반'이라는 프랑스적 사유모델에 기초해 사유와 추리소설의 관계를 탐색한다.

아쉽게도 그녀의 소설은 두 권만 번역돼 있다. 1996년에 출간된 《포세시옹, 소유라는 악마》가 프랑스 현지에서 평이 좋지 않았던 것에 비해 2004년에 출간된 《비잔틴 살인사건》은 호평을 받았다는 후문이다. 이 글의 목적은, 두 작품을 중심으로 그녀의 핵심 사유가 추리소설의 등장인물을 통해 어떻게 드러나는지 간략히 살펴보는 데 있다.

우선 추리소설을 즐겨 읽는 독자의 독서체험을 혼란에 빠뜨리지 않기 위해 크리스테바의 고유한 –프랑스적인– 접근법을 먼저 살펴볼 필요가 있다. 잘 알듯이 통상 추리소설은 범죄자의 살해방법, 동기, 자신의 정체를 노출시키지 않기 위해 설치한 덫, 그 덫과 미끼의 혼란에서 벗어나 기어이 올바른 추리에 도달하려는 탐정, 아니면 위기에 처한 나약하지만 도덕적인 주인공이 어떻게 하면 그 위기에서 탈출할 수 있을까, 하는 플롯에 스토리의 초점이 맞춰져 있다. '추리소설'에 대한 추리소설 같은 예외적인 독서체험이 있을 수도 있겠지만 대부분은 이러할 것이다.

크리스테바는 이런 취향을 앵글로색슨적인 것, 영미(英美)적인 것으로 치부한 뒤, 이와 달리 풍자를 섞지 않고는 추리소설을 쓸 수 없는 프랑스 전통에 자신이 서 있음을 강조한다. 그리고 풍자란 그것을 이해할 수 있는 대중이 필요한 법이라고 강조하면서 '프랑스에서는 나무조차 사색을 한다.'라는 프랑스인의 복잡함과 지적 수준에 기대고 있음 또한 부인하지 않는다.

크리스테바는 사유와 범죄 모두 위반이라는 점에 주목한다. 위반이 정당화될 수 있는 유일한 조건이 사회악에 대한 저항이라 할 때, 그녀는 위반의 정당화에 있어서 부분적이 아니라 전면적이다. 사회 안에서 보면 위반이 악이지만, 밖에서 보면 사회 자체가 악이라는 전도된 생각이 그것이다.

이 전도가 불러일으키는 불안감과 위험. 우리의 정서는 그런 극한의 결과를 감당할 수 없다. 그 이유는 우리의 유교적 상상력이 권력중심적인 반면, 한(恨)은 권도를 행사할 수 없는 백성의 정치적 한계로서의 한(限)의 정서이다. 그러기에 유교적 성숙의 지향점은 철저하게 인사이드(inside)적이다. 반면에 프랑스인의 문학적 상상력은 '정신 대 육체'라는 변증법적 대립 속에서, 육체를 억눌러온 정신에 반발하는 육체의 물질적 궤적을 그린다는 점에서 철저하게 아웃사이더(outsider)적이기 때문이다. 프랑스적 감수성 속에서 문학은 무엇보다 허위의 정신에 대한 물리적 공격성을 대변한다. 그렇기에 '쾌락을 위해 침대 위에서 채찍을 든 변태성욕자'를 상기시키는 사드(Sade)는 프랑스 문학정신의 근간을 이루는 존재일 수밖에 없는 것이다.

— 악이란 한 마디로 '사회'이다. 금기, 계약, 금지, 위선, 남용 따위가 만연한 악의 사회, 특히 사회의 중심인물은 가장 부패한 사람, 즉 가장 사회적인 사람들이다.

불가리아 태생의 유태인인 줄리아 크리스테바(1941~)는 프랑스로 이주한, 사회적으로 성공한 엘리트 여성이다. 《텔겔》이라는 잡지에 논문을 실으며 여러 문인과 교제하던 중에 누보로망 작가 중의 한 사람인 필립 솔레르스를 만나 결혼도 하고 슬하에 다비드라는 이름을 가진 아들도 두었다. 이런 정황에서 판단할 때, 그녀의 삶이 세속적 행복을 철저히 부정했다고 보긴 어려울 것이다. '현실'과 '현실에 대한 수사학' 사이의 근원적인 갭(gap)을 의식해서인지, 그녀는 '살인을 통해 가상의 도시인 산타바바라를 정화하는 살인자'이자 무한(無限)이라는 닉네임을 가진 샤오 창에 대해 소설 속 정신분석가의 입을 빌려 이렇게 비판한다.

— 당신은 법과 사회를 견디지 못하는 사람입니다.

내면의 이런 갈등 탓일까. 《비잔틴 살인사건》에는 사회의 부패를 몰아내려는 두 명의 정화자(淨化者)가 등장한다. 쌍둥이 여동생 파 창을 사랑했기에 근친상간의 사회적 금기로부터 상처를 입은 샤오 창, 그리고 파 창을 정부로 두었다가 그녀가 임신하자 살해한 '이주사 연구소' 교수이자 역사학자인 세바스찬 크레스트존스. 둘은 살인을 한 뒤, 새로운 삶을 찾는 여정에 돌입한다. 어찌 보면 자신의 정체성을 찾는 여행이다. 같으면서도 다른 두 정화자의 삶은 어떤 결말에 이르게 될까? 이것이 위반의 여정으로서의 소설을 이끌어가는 추진력이다.

크리스테바는 소설 속 자신의 분신이자 기자 겸 탐정 역할을 수행하는 스테파니 들라쿠르를 통해 세바스찬의 여정을 뒤따라간다. 세바스찬은 파 창을 죽인 뒤에 제1차 십자군전쟁 이야기 – 15권의 역사서 《알렉시아스》 – 를 쓴 황녀 안나 콤네나의 삶의 궤적을 상상 속에서 추적하기에, 이 뒤따르는 여정은 관찰자가 바뀌면서 이중삼중으로 펼쳐지는 셈이다.

세바스찬이 안나를 뒤따르고 스테파니는 세바스찬을 뒤따른다. 이주, 이동, 여정, 등등… 물의 이미지로 환원할 수 있는 상징들은 또한 '과정 중에 있는 주체(The subject in process)'로서의 여성의 이미지이기도 하다. 사회의 부패를 악으로 규정하고 스스로 정화자가 되어 살인을 마다하지 않는 남성들. 그런데 이 남성들은 생물학적이든 환경적이든 반은 여성의 기질을 갖고 있다. 꽉 껴안는 엄마를 떼어내지 못한, 정신분석학적으로 말하자면, 건강한 분리를 성취해내지 못한 인간들이다.

《포세시옹, 소유라는 악마》라는 제목에서 크리스테바가 암시한 것처럼 '여성이라는 악령 혹은 마귀가 들린' 남성들이다. 샤오 창에게는 세상이 금기시하는 쌍둥이 여동생에게 사랑을 느끼는 악령이, 세바스찬에게는 유부남이었던 아버지와 불륜을 저지른 육욕적인 어머니라는 악령이 들려 있다. 그러나 그 무시무시한 표현에도 불구하고 심리상태로는 우울증이나 히스테리로 드러나는 이 악령은 부정적인 것이 아니다. 오히려 긍정적이다.

크리스테바에 따르면 우울증이나 히스테리 없이는 정신활동도 사유도 없다. 그렇다면 그 수많은 서구의 사상가들 – 니체, 비트겐슈타인, 하이데거, 라캉 등등은 우울증 환자란 말인가?

'환자'라는 부정적 딱지만 떼면 크게 틀리지 않는 주장이다. 사상가들은 늘 고개를 푹 떨어뜨린 채 사색하는 멜랑콜리커(Melancholiker)인 것이다.

이동 중인 주체, 즉 방랑자적인 불안정성에 노출된 인간은 십자군 병사, 무국적자, 주거부정자, 사막의 대상, 대초원의 기사, 혹은 비잔틴이나 산타바바라 같은 상상 속 도시를 헤매는 나그네들이다. 어둠의 인간, 외톨이, 두더지라 호명되기도 한다.

크리스테바는 이 이동의 경로를 쌩볼릭(symbolique, 상징계)에서 세미오틱(sémiotique, 기호계)으로 향하는 여정으로 개념화한다. 기호계는, 프로이트에게는 망각된 무의식의 '잃어버린 영토'이지만 크리스테바에게는 '의식되지 않으면서도

의식되는', 전-언어적 영역이다. 상징계가 질서 잡힌 언어, 관념, 이데올로기, 초자아의 영역이라면, 기호계는 알아들을 수 없는 말(glossolalia)이나 공기의 파동을 바꾸는 '트림(eructation)'이 분출하는 영역이다. 이 영역은 전-언어적 혹은 비언어적(non-verbal)이지만 여전히 논리적 영역이다. 그럼, 기호계 너머엔? 아마 광기가 있을 것이다.

크리스테바는 헤겔의 부정성(negativity)이라는 개념을 다듬어 이 여정의 에너지이자 매혹의 힘을 엑스펄션(expulsion)이라는 단어로 표현한다. 번역하기 몹시 어려운 단어로, '충동의 방향을 상징계 밖으로 향하게 하는 것'이라는 의미가 내포돼 있다. 엑스펄션은, 밖으로 향하려는 그 충동성으로 인해 반가족적(a-familial), 반국가적(a-filial), 반사회적(a-social)인 특징을 갖는다. 한편 크리스테바는, 엑스펄션을 '가족 국가 사회'에 대한 불만이나 대립으로 좁혀 읽지 않고 제한과 속박을 벗어나는 그 어떤 과잉으로 읽어내면서, 문학의 시니피앙이야말로 이 과정을 드러내는 사건인바, 시니피앙(기표)과 시니피에(기의)의 관계에 개입하는-합목적성이라는 이름으로 세상을 장악하려는 정치와 종교의 이데올로기성을 비판한다.

그렇다면, 소설에서, 가족을 떠나고 국가와 사회를 버린 인간은 어디로 가는 것일까? 쌩볼릭 밖으로의 이주자들은 이동하면서 늘 질문한다.

— 나는 어디에 있는가?

세바스찬은 하나님의 어머니, 즉 성모 마리아에게 봉헌된 성 스테판 성당에서 이 위험하면서도 매혹적인 여행의 끝을 본다. 그럼으로써 그는 자신의 위치에 대해 스스로 물었던 위상학적 질문에 최종 대답을 한 것인가? 아니다. 성당은 그에게 잠시 휴식의 시간을 내어준 간이침대일 뿐이다. 그저 순간적인 '정립적 단계(thetic-phase)'일 뿐이다. 그가 십자군 원정을 마치고 귀향길에 올랐다고 단언할 수는 없다. 샤오 창의 경우는 사정이 더 나빠 보인다. 그는 상징적 집을 불태웠기 때문에 돌아갈 집도 없는 상태이다. 세바스찬은 상상 속(기호계)에서 집을 확장해왔는데, '확장된 집'이 쌩볼릭의 역할을 할지는 미심쩍다. 샤오 창의 총구가 세바스찬의 생물학적 삶을 끝장낸 뒤에도 같은 물음이 반복된다.

— 세바스찬 크레스트 존스는 어디에 있는 것인가? 그는 시간 속에서 길을 잃은 주거부정자인가?

크리스테바는 세바스찬의 여정을 추리소설과 삶의 은유로 이해한다. 평소 영미 추리소설과 일본 추리소설을 즐겨 읽은 독자라면 다소 맥락이 부족한 글이라 생각할 수도 있겠지만, 일급 사상가의 전언이라 들어볼 만한 가치가 있을 것이다.

— 추리소설처럼 인생 자체가 읽을 만하고 견딜 만한 것이 되려면 '궤도이탈'이 필요하다. 같은 궤적, 같은 생각을 따라가지 말 것.

황녀 안나 콤네나도, 세바스찬도, 샤오 창도, 스테파니도, 그리고 작가인 줄리아 크리스테바도 궤도이탈을 경험한다. 그러나 궤도이탈의 여행은 궤도를 이탈하려는 목적 외에는 아무 목적이 없는 여행이다. 그런데 우리가 아는 통상의 추리소설이, 세바스찬의 간이침대나 성당을 최종 국면으로 받아들일 때, '악이 어디서 유래하는지 알 수 있다.'라는 의미에서 낙천적인 장르로 축소된다는 것이다. 탐정은 '바로 이 악이 어디서 오는지 안다고 가정된 주체'이다.

하지만 줄리아 크리스테바의 입장은 낙천적인 입장과는 사뭇 다르다. 그녀가 옹호하는 주체는 과정의 주체, 이동의 주체, 여행의 주체일 뿐이다. 궁극적 기의에 가닿는 최종 국면을 가늠할 수는 없다. 궁극적 기의로부터 삶의 양식이 유도되지는 않는다. 유도되더라도 그것은 누구나 받아들여야 할 보편적 이념으로서가 아니라 개인적 스타일의 차원에 머문다. 경험은 그 본질상 개인적이다. 이로부터 다음과 같은 삶의 태도가 생겨난다.

— 당신 마음에 드는 것을 하세요. 하지만 누구도 믿지는 마세요. 물론 나도 믿지는 마세요.

이것은 일종의 빈정거림인데, '자신이 정확히 어디로 가야 할지 모르는 인간'이 세상의 부패에 맞서는 방법이자 이 시니컬하게 고양된 방법을 통해서만이 진실의 길로 들어설 수 있다는 게 줄리아 크리스테바의 생각이다.

《포세시옹, 소유라는 악마》로 다시 돌아가보자. 제리의 엄마 글로리아는 머리가 잘려나간 시체로 발견된다. 머리가 없으니 당연히 얼굴 표정이 있을 리 없다. 얼굴 표정은, 굳어진 쌩볼릭의 세계가 강요한, 허락된 표정일 뿐이다. 정신이 얼굴이라는 육체에 강제한 표정. '정신/육체'의 이분법은 시소의 균형을 맞춘 대립이 아니다. 서구사회에서 승화라는 이름으로 표명된 정신은 육체를 억압하는 정신이고, 육체는 정신에 의해 짓눌린 육체일 뿐이다.

엑스펄션은 쌩볼릭에서 벗어난 이질적 행위이자 물질적 도약이다. 엑스펄션에 매혹된 인간은 사회라는 무대 위에서 자기에게 맡겨진 역할에 충실한 배우이기를 그친다. 엑스펄션은 그 혹은 그녀를 연기자가 아니라 행위자로 내몬다. 세바스찬 같은 이주민은, 그런 의미에서, 마지막 행위자이다.

행위자로서의 세바스찬은 검은 성모 마리아상을 향한 향성(向性)을 갖고 있다. 하필 왜 검을까? 밝은 쌩볼릭 세계 밖으로 궤도이탈을 했기 때문이다. 하필 왜 성모 마리아일까? 엑스펄션의 힘이 우울증, 히스테리로 대변되는 여성적인 힘이기 때문이다. 그 귀결은?

성모 마리아는 십자가에 못 박혀 죽은 예수의 육신을 무릎 위에 올려놓고 슬퍼하는 엄마의 모습에 국한되지 않는다. 성모 마리아는 예수의 어머니이자 동시에 신인(神人)인 예수의 딸이다. 또한 사랑으로서의 예수의 연인이다. 엄마이자 딸이자 연인.

줄리아 크리스테바는 성령이 성자를 통해 성부로부터 온다는 믿음을 가진 동방정교회야말로 공산주의의 뿌리를 이루는 사상이라고 비판한다. 이처럼 쌩볼릭에 갇힌 사상은 스탈린이나 푸틴 같은 괴물 정치인을 양산할 뿐이라는 것이다. 성령은 성자를 통해 성부로부터가 아니라, 성부와 성자로부터 오는 것이며 여기에 '여성'이라는 항을 추가한다.

— 당신이 지닌 여성성의 거울에 비친 당신 자신을 사랑하라…. 반남성적 태아 상태였던 당신 자신을 사랑하라. 그곳까지 퇴행하는 사람들은 누구에게도, 어떤 성에도, 어떤 국민에게도, 어떤 종교에도, 어떤 정당에도, 아무것에도 속하지 않는다.

이렇게 소속된 곳이 없어 정체불명인 신인류는 '밤의 연인'이 되어 '눈 부신 태양'을 경배할 일도 없어진다. 태양이 있더라도 그것은 '검은 태양'일 뿐이다. 각자가 자신의 비잔틴을, 산타바바라를 찾아낼 때에서야 우리는 쌩볼릭에 갇힌 편집증적 태도를 버리고 내재성이 결핍된 비본래성을 회복할 수 있다.

인간의 사정이 왜 이 지경까지 흘러왔는가? 줄리아 크리스테바의 주장을 요약해보자. 우리는 신의 죽음, 즉 아버지의 부재를 애통해한다. 현실의 아버지들은 더 이상 자신들의 자리를 지키지 않고 제 역할도 하지 않는다. 통탄스러운 권위의 붕괴. 그런데 어머니들 또한 자신의 역할을 조금도 하지 않고 있다. 어머니들은 사랑에 빠지거나 방탕하거나, 차갑거나, 관심이 없거나 죽었다는 것이다. 이제 어머니마저 자식들의 안위를 걱정하지 않게 되었다.

제리의 엄마 글로리아는 제리의 친아빠인 스탄 노박 – 그는 청각장애자인 아들 제리를 따뜻하게 보듬기는커녕 아들을 피해 외국을 떠돌며 난봉꾼 생활을 하다가 객사한다 – 이 죽자 변태성욕자이자 마약중독자인 피쉬를 집 안으로 끌어들여 쾌락에 몰두한다. 피쉬가 제리의 양육비로 돌아가야 할 재산을 탐내는데도 문제의식을 느끼지 못하는 무책임한 엄마다.

엄마 자격이 없는 글로리아에게 살의를 느끼고, 그녀를 죽이지는 않았지만 시체가 된 그녀의 몸통에서 머리를 분리시킨 폴린 가도는, 그럼 세상의 모든 어머니 혹은 성모 마리아를 대신할 존재일 수 있는가?

성모 마리아는 검다…머리통을 절단한 폴린이라는 악마가 스테파니 들라쿠르의 마음속으로 잠입해 들어온다…그리고 나서 스테파니는 파리라는 논리적 풍경 속으로 뛰어들 채비를 하지만 그 결과를 짐작할 실마리는 없다.

우리는 그저 탐정이자 기자인 스테파니를 통해, 추리소설을 쓴 사상가 줄리아 크리스테바가 가진 멜랑콜리 기질을 살짝 엿볼 수 있을 뿐이다.

— 발동한 우울증은 일종의 사유이며, 차갑고도 효과적인 사유의 대행자이다.

그렇다면 우울증에 걸린 사유의 대행자는 대체 무엇을 사유하는 것인가? 그 어떤 쌩볼릭으로도 결코 메울 수 없는, 심연으로서의 X를 사유한다. 이성에 대한 신뢰에 기초한 추리와 논리. 합리적 추론을 통해 의심의 여지 없는 결론에 도달하려는 탐정의 노력. 로고스(logos)에 대한 깊은 믿음.

하지만 그 '로고스'가, 탐정의 수사와 추리로 빚어낸 '이야기 자체'가, 심연 X를 회피하기 위한 대체물들이라면 어찌할 것인가? 그것이 인류가 스스로를 위안하기 위해 발명한 가상의 가면에 불과한 거짓이라면 어찌할 것인가? 추리소설의 낙천성이 소리만 큰 헛웃음이라면 어찌할 것인가?

줄리아 크리스테바는 사유를 통해, 추리소설을 통해, 그것을 당신에게 묻고 있다.

영토 확장의 모험자들

—서미애, 송시우, 박하익을 보다

오혜진

2002년 겨울에 '김승옥론: 내면의식과 작품의 변모 양상을 중심으로'로 석사학위를, 2008년 여름에 '1930년대 한국 추리소설 연구'로 박사학위를 받았다. 박사학위 논문은 같은 제목으로 다음해 어문학사에서 책으로 출간되었다. 추리서사와 대중문학, 그 외 재난서사나 현대소설에 관련된 논문을 주로 쓰고 있다. 역사 추리소설에 관한 연구서를 조만간 펴낼 예정이다. 여러 가지 색깔의 소설에 대한 솔직한 이야기를 담은 서평모음집이자 독서에세이인 《소설과 수다 떨기》(2012), 논문모음집 《대중, 비속한 취미 '추리'에 빠지다》(2013) 등의 저서를 펴냈다. 2017년부터 2019년까지 〈고교독서평설〉에 소설에 대한 해석 및 평 등을 연재하기도 했다. 현재 남서울대학교에서 교양대학 교수로 재직 중이다.

critique

> 무한한 확장을 유일한 법칙으로 삼고 있는 정복자의 자유를 가진 소설은, 옛날의 문학적 계급 제도를 결정적으로 없애버리고, 모든 표현 형식들을 제 것으로 삼고 있으며, 모든 문학적 기법들을 그 사용 자체의 정당성을 마련하지도 않은 채 그의 이익을 위해 활용하고 있다.
>
> —마르트 로베르, 《기원의 소설, 소설의 기원》, 문학과지성사, 1999, 12쪽

내가 유독 좋아하는 구절이다. 소설의 잡식성과 영역 확장을 위한 탐욕과 모험을 이토록 잘 표현한 문장은 흔치 않다. 오늘은 세 작가의 탐욕과 모험을 샅샅이는 아니고, 애정 어린 시선으로 뭉근하게 다가서고자 한다.

추리소설 연구자로 살아온 지가 어언 10년이 넘어서고 있다. 그동안 많은 추리소설을 접했고, 분석이랍시고 뜯어보았다. 여성 추리소설 작가들의 작품을 훑어봐달라는 청탁을 받고 내심 덜컥했다. 아, 이분들이 내가 여성 작가를 소홀히 한 것에 대해 빚을 받으러 왔구나. 1930년대 한국 추리소설을 박사논문으로 쓰면서 김내성을 필두로 김동인, 염상섭을 같이 엮었고, 그 후 1950~1980년대까지, 최근의 역사 추리소설 연구까지 주로 내가 다룬 작가들은 대부분이 남성 작가들이었다. 물론 앞으로 보게 될 서미애와 《훈민정음의 비밀》을 쓴 김다은, 《홈즈가 보낸 편지》의 윤해환 등의 작품을 몇몇 연구에서 다루었지만, 최근 활발하게 활동하고 있는 여성 작가들의 작품에 대해선 어쩐 일인지 무심했다.

지금 우리 문단에선 2000년대 이후 여성 작가들의 약진이 무섭다 못해 주요 흐름을 장악하고 있다. 장르소설에 대해 아직 남아 있는 편견을 버린다면,

2000년대 이후 장르소설, 그중 추리소설의 영역도 상당히 넓어졌다. 팩션을 위시한 역사 추리소설이 크게 한 부분을 이루고 있고 과감하고 새로운 시도로 스펙트럼을 넓히는 작품들도 상당하다. 당연히 추리소설 영역도 여성 작가들의 활약이 대단하다. 일일이 다 언급하기 어려울 지경이다.

그렇다면 빚을 갚아야 하는 나로서는 그중에서도 유독 빛나는 작가들을 골라야 그나마 탕감이 될 성싶어 서미애, 송시우, 박하익을 택했다. 이들이 우리 추리소설계의 3인방이냐고 따져 묻는다면 쉽사리 대답하진 못하겠다. 그렇지만 꾸준히 각자의 위치에서 자신만의 색채로 우리 추리소설의 테두리를 넓히고 야금야금 영토 확장을 감행하는 모험자들이라고는 말할 수 있다.

이들을 선정한 이유는 어찌 보면 단순하다. 좋은 작품을 썼고(특히 장편을 썼다. 개인적으로 장편을 좋아한다.) 그러다 보니 영화나 드라마로 만들어진 것들도 꽤 있다. 민망할 지경의 이 선정 기준은 그러나 우리 추리소설 흐름에서는 중요하다. 추리소설에서 좋은 작품이란 장르적 법칙과 속성을 충실히 수행하고 있는 것이 첫 번째 조건이라면, 두 번째 나만의 조건은 높은 몰입도와 재미이다. 두 번째 조건은 무릇 멋진 소설이라면 응당 가지고 있어야 하는 자격이라 나의 기준 운운하는 것은 가당치 않지만, 그럼에도 많은 소설이 시대적 기준과 엄정한 예술적 완성도를 잣대로 평가받는 일이 비일비재하기도 한 현실이기에 다시 한번 우격다짐을 한 것이라 헤아려주길 바란다. 한편으론 널리 알려진 작가가 그다지 없다는 것이 이제까지 추리소설이 한국 문단에서 홀대받았던 여러 이유 중 하나다. 추리소설은 대중소설이다. 그렇다면 대중의 선택을 받았다는 것, 그것 하나만으로도 주의를 기울일 필요가 있는 셈이다. 그 매력이 어떻게 발산되었기에 대중의 마음을 사로잡았을까. 솟구치는 호기심과 질문 한 움큼, 적당한 팬심 그리고 아주 약간의 연구자 시선을 끌어모아 그들의 작품을 훑어보았다.

내면의 악을 응시하라

서미애

많은 작품을 성실히 오랜 기간 써온 서미애 작가는 이제 한국 추리소설의 어머니는 아닐지라도 대모 정도는 되지 싶다. 그만큼 그의 위치는 탄탄하다. 1994년에 제목도 엽기발랄한 〈남편을 죽이는 서른 가지 방법〉으로 추리소설에 발을 디딘 이후 많은 작품을 써왔다. 영화나 드라마 시나리오 작가도 병행하는 와중에 추리소설 쓰기도 멈추지 않았다. 워낙 다양한 작품들이 있어 그 특징을 하나로 묶기도 어려울 지경이다. 그럼에도 여러 작품에서 되풀이해 보여주는 것은 인간 내면에 깊숙하게 자리잡은 악과 그것을 둘러싼 사람들의 다양한 행동과 변화, 미묘한 심리 등이다. 전형적인 문제풀이식의 추리소설이 아닌 범죄 추리소설, 그중에서도 심리 묘사가 두드러지는 스릴러 쪽이다. 서미애 작가는 경력에 비해 늦게 발표한 장편 《인형의 집》(2009년 한국추리문학상 대상)에서부터 우리 주변에 있을지 모르는 '악'을 노회하게 파헤친다.

범죄 추리소설은 본격 추리소설과는 사뭇 다른 매력을 동력으로 삼는다. 탐정이나 범인들이 지니는 감정이나 심리에 치중하고, 격렬한 신체적 움직임을 동반한 모험, 폭력들이 주요 작업 공정이다. 추리소설이 지켜야 할 페어플레이나 법칙들도 무람없이 내친다. 오로지 탐정의 눈으로만 전개되는 미스터리 방식에서도 자유롭기 때문에 전지적 작가 시점이나 혹은 범죄자의 시각에서도 이야기를 밀어붙인다. 더불어 범인과 범행수법이나 단서들이 명명백백하게 밝혀지는 클라이맥스를 추구하지 않다 보니 모호하거나 악이 응징되지 않은 채 끝이 나기도 한다. 서미애 작품들은 이러한 범죄 추리소설의 특징을 장기로 삼는다. 더불어 작가는 현실에 최대한 발을 붙이고, 우리 내부에 만연한 혹은 사회가 키워낸 '악'에 천착한다. 그것을 가족의 이야기로 풀었을 때 그 무서움은 배가된다.

수많은 할리우드 영화와 드라마에서 나왔던 사이코패스나 연쇄살인범 등이 2000년대 이후 우리의 영화나 문학에도 등장하기 시작했다. 정확한 명칭으로 반사회적 인격장애(antisocial personality disorder)를 지닌 이들은 유형철 사건(2004) 이후 국내에서 많은 주목을 받게 되는데, 특히 언론매체에 비친 극악무도하고 죄책감 없는 태도나 범행대상이 불특정 다수라는 점에서 사람들에게 큰 공포와 두려움의 대상이 되었다. 유행에 민감한 범죄나 스릴러 영화에서는 왠지 음험한 매혹의 악취를 뿜어내는 이 존재들을 끌어들이게 된다. 〈추격자〉와 같은 영화들이 대표적이다.

서미애의 작품 가운데서는 《잘 자요, 엄마》(2010)가 대표적이다. 이 소설에 등장하는 두 명의 절대 악, 이병도와 하영은 사이코패스이다. 작가는 그들의 일그러진 내면이 바로 가까운 가족인 엄마에 의해 만들어졌음을 암시한다. 열네 명의 여성을 살해한 이병도는 태어나는 그 순간부터 엄마에게 학대와 죽을 만큼의 폭력을 당한다. 열한 살의 하영 역시 어린 시절부터 엄마의 신경질과 폭력 속에서 두려움을 먹고 자란다. 소설은 그 둘 사이에 범죄심리학자 이선경을 놓는다. 사건이 아니라 주인공들의 심리와 보이지 않는 기 싸움이 팽팽한 긴장감을 유지한다. 이병도를 면담하고 남편의 전처소생인 하영을 맡으면서 그녀는 두 명의 악과 마주한다. 그들의 마음을 읽기 위해 노력하지만, 소설은 뜻밖의 결말로 독자를 충격으로 몰아친다. 더구나 소설은 선경의 시점만이 아닌 병도와 하영의 시점도 군데군데 배치함으로써 그 결말에 경악스러움을 더한다. 이는 추리소설이 모든 악을 처단하고 물리친다는 신화를 일찌감치 걷어차고 접근한 작가의 묵시록이다. 서미애는 '과연 이러한 악이 법의 처단만으로 해결될 수 있을 것인가.'라는 질문을 독자 얼굴 앞에 바짝 들이민다. 그러면서 하나의 중요한 반전카드를 슬며시 내밀어 과연 사이코패스가 선천적인지 후천적인지 하는 문제까지 고민하게 만든다.

이 소설은 우리 사회가 마주하고 있는 문제를 여러 각도로 펼쳐놓는다. 냉혹한 범죄자들이나 사이코패스들의 삶의 궤적에 대한 이해 없이 그들을 손가락질하고 외면하는 것은 쉬운 일이다. 하지만 이러한 '악'은 사회의 무관심과 가족의 해체, 소통의 상실 등으로 어디선가 끊임없이 스멀스멀 만들어지고 있는 것은 아

《당신의 별이 사라지던 밤》

서미애
엘릭시르(2018)

닐까. 또한 가족이라 하더라도 그들을 감당하는 것이 가능한가에 대해서도 섣부른 판단을 금한다. 이 무서운 소설은 2010년에 나왔지만 여전히 많은 미스터리 독자들의 사랑을 받고 있을 뿐 아니라 최근에는 외국에서도 주목받고 있다. 회색빛의 이 묵시록이 토해내는 '악'은 아마도 이제는 파편화된 전 세계의 공통 화두임을 암시하는 것일까. 《잘 자요, 엄마》라는 다정한 제목은 그래서 더 서늘하기만 하다.

《당신의 별이 사라지던 밤》(2018)은 조금 다른 방식으로 우리 사회의 악을 응시한다. 벌써 6년이라는 시간이 흘렀지만 여전히 모든 국민에게 트라우마를 남긴 세월호 사건을 겪고 썼다는 이 소설은 작가의 개인적인 아픔까지 더해져 있다. 우진은 3년 전 사랑하는 딸을 사고로 잃었는데 아내마저 갑작스럽게 세상을 떠난다. 누군가가 '진범은 따로 있다.'라는 메모를 남기고, 우진은 딸의 죽음에 감춰진 진실을 찾아 미친 듯이 헤매다닌다. 마침내 진범을 찾아내는데, 중요한 것은 딸을 죽인 동년배들이 아니라 그것을 은폐하고 축소한 어른들의 문제임을 지적한다. 피해자들에 대한 진정한 사과나 반성은커녕 자기 자식을 위한답시고 돈과 권력을 이용해 사건을 은폐하는 이들의 민낯이 적나라하게 드러난다. 이런 가해자들로 인해 피해자들은 오히려 비난의 대상이 되고 2차 가해까지 당하는 경우가 비일비재하다. 소설은 이들을 응징하는 것으로 끝이 나지만, 현실에서는 이처럼 깔끔하게 해결되는 경우가 흔치 않다. 어쩌면 가장 무서운 것은 내 일이 아니라며 무심코 넘겨버리고 다른 이의 고통과 아픔에 냉담해지는 것일지도 모른다. 우리가 외면하고 무심하게 넘겨버린 일들이 쌓여 악이 되고 범죄가 될 수도 있음을, 서미애의 이 소설은 아프지만 웅숭깊게 전한다.

진진한 사건 전개보다는 범죄자나 피해자 혹은 주변인들의 섬세한 심리 변화와 긴장을 밀도 높게 그려내고 있는 서미애의 작품들은 현재 우리 사회에 만연한 폭력과 악을 선보이며 범죄 추리소설의 깊은 맛을 선사한다. 이제 우리에게도 이런 진한 추리소설이 있다는 것을 알려주듯이 말이다.

현실도 추리도 놓치지 않을 거야
송시우

국가인권위원회에서 일하고 있는 송시우는 2008년 〈좋은 친구들〉로 등단한 이후 부지런히 작품을 발표했다. 작가의 직업을 연상케 하는 '인권증진위원회'에서 해결하는 사건을 다룬 《달리는 조사관》(2015)과 《아이의 뼈》(2017), 《검은 개가 온다》(2018) 등 누구보다 열심히 쓰고 있다. 대부분 작품이 사회적으로 일어나는 이슈 등을 담고 있어 한국의 사회파 추리소설로 불릴 만하다. 드라마로도 만들어진 《달리는 조사관》에는 노조나 민간인 사찰, 피의자신문조서 제도의 허점과 그것을 이용하기도 하는 피의자들과의 갈등, 연쇄살인범이 멀쩡히 잡혔는데도 범죄현장과 내용을 밝히지 않아 여전히 피해자가 신원불상으로 남아 있거나 시신을 찾지 못하는 문제, 조사관들의 어려움 등을 잘 표현하고 있다. 그러면서도 탐색과 추적의 고삐를 허투루 늦추지 않는다.

단편집인 《아이의 뼈》는 주변에서 흔히 일어나는 사회적 문제들로 바닥을 다지고, 단서를 통한 범죄의 행방을 찾는 일반인의 활약을 매끄럽게 보여준다. 우연히 녹음기를 켜두어 범죄 당시의 상황을 포착했다거나 범인들의 사소한 행적을 놓치지 않은 '기숙'의 추리가 특히 맛깔나다.

> "이 사진은 누군가와 함께 있을 때 그 사람의 휴대전화로 찍은 사진일 거예요. 그러면 춘석 씨는 왜 굳이 혼자 있다고 하면서 이 사진을 내게 보냈을까. (중략) 춘석 씨는 금요일 밤 그 시간에 자신이 서울의 집에 있다는 걸 강조하고 싶었던 것 아닐까. 내가 그렇게 생각하도록 하고 싶어서 예전에 찍어두었던 사진을 내게 보낸 것 아닐까 하는" (중략)
> "이 기차표도요, 제가 달라고 한 적도 없는데 춘석 씨가 먼저 자기가 끊어놓은 기차표와 같은 걸 끊어주겠다고 하며 보내준 거예요. 하지만 다음 날 기차를 타보니 15시 10분표를 끊어준다는 걸 헛갈려서 12시 10분 것을 끊어줬다고 했죠."
> "그건 왜 굳이…?"
> "저를 원주역에서 기다리게 하려고요." (중략) "기차표를 잘못 끊어서 마치 서울에 있다가 그 시간에 늦게 내려온 척을 하려고 말이죠."
>
> — 〈원주행〉, 《아이의 뼈》, 한스미디어, 2017

평범한 회사원인 기숙의 주변에 범죄 행각이 자주 일어날 리 없지만, 이렇게 눈 밝은 그녀가 인용문처럼 조근조근 범인들 행동의 이유를 설명하고 그것을 범죄와 연결하는 추론의 과정은 새삼 추리소설의 재미를 일깨워 흥미진진하다. 형사나 거창한 수사관이 아니라 평범한 인물이 보여주는 예리한 관찰과 약간의 관심이 수사에 빛을 발하는 점은 최근 SNS를 통한 일반인들의 정보 교환과 제보 등을 연상시키기도 한다. 그 외 텔레마케터의 모멸감과 사법체계를 벗어난 사적인 복수 등 우리 사회에서 해결해야 할 고민들도 담고 있어, 범죄와 탐색 모두 현실적이면서도 생생하다. 이러한 작가의 면모가 최근 《대나무가 우는 섬》(2019)을 통해 변화를 보여주고 있어 번쩍 눈이 뜨인다.

《대나무가 우는 섬》은 전형적인 퍼즐형 추리소설이다. 태풍이 부는 외딴

《대나무가 우는 섬》

송시우
시공사 (2019)

섬에 직업, 나이, 성별이 다른 여덟 명이 모인 가운데 살인사건이 벌어진다. 우리는 이 시점에서, 아니 그전부터 애거사 크리스티의 《그리고 아무도 없었다》를 자연스럽게 떠올리지 않을 수 없다. 불가해한 방법으로 살해당한 피해자를 둘러싸고 모든 인물은 용의자가 되고 탐정이 된다. 그중 진정한 탐정은 물리학과에 다니면서 대학생 미스터리대회와 경찰청의 대회에서도 상을 받은 재기발랄한 대학생 임하랑이다.

전형적인 본격 미스터리의 틀을 따라 사방에 흩어진 장치들과 장소의 특징을 활용한 범죄의 트릭에 관한 수수께끼 풀이가 펼쳐진다. 대나무가 잘 자라 이름도 '호죽도'인 섬에서 일곱 명(한 명은 살해당했으니)의 용의자가 때로는 서로를 의심하고 협력하면서 서서히 범인의 정체에 접근한다. 빠지지 않고 등장하는 '죽향연수원'의 평면도도 필수조건이다. (복잡하고 난해한 범죄의 트릭은 바로 건물과 주변 장치들을 통해 이루어지기 마련이니까.) 이 소설은 충실하게 '사건 발생—사건 조사의 의뢰—범죄와 단서들의 발견—심문과 토론, 고백—사건의 공표와 폭로'의 기본을 따른다. 단 연쇄살인은 벌어지지 않는다. 죽창, 활, 바늘 상자 속에 넣어둔 눈알, 장애인 보조기구, 테이블, 대나무 화분, 경사로 등이 범죄현장, 연수원을 구성한다. 이 모든 것들이 범죄를 위한 장치들이고 해독해야 할 기호들이다. 여기에 느닷없이 울리는 피리 소리는 공포스러운 분위기에 일조할 뿐 아니라 범죄가 왜 이루어졌는지를 알리는 큰 단서이다. 탐정 임하랑의 대활약은 "바로 이 맛이야!"를 외치

게끔 기대에 부응한다. 여러 인물의 눈썰미와 도움은 맞춤 양념이다.

본격 미스터리의 흥취를 한껏 살리면서 피의자들의 고통도 소홀히 다루지 않는다. 살인을 저지르긴 했지만 그들 역시 희생양이었음이 밝혀진다. 부모도 없이 큰집에 얹혀살던, 반편으로 통했던 아이가 온 마을의 무심함과 내침으로 인해 목소리마저 잃고 보육원으로 보내져 평생을 어려움 속에 살아야 했던 사연과 범인으로 오해받아 형을 살아야 했던 아버지와 그로 인해 풍비박산이 나버린 딸의 곡절은 처연하다. 작가는 이 둘의 살인이 개인적인 복수의 의미를 넘어 공동체의 무심함이 어떠한 결과를 초래하는지를 독자 앞에 툭 던져놓는다.

이렇듯 송시우의 작품은 현실의 모순과 잘못을 예민하게 포착하면서도 탐색과 추리 본연의 맛을 잃지 않기 위한 고투의 흔적이 역력하다.

참신한 설정 위에 쌓아 올린 생생 캐릭터
박하익

서미애와 송시우도 많은 상과 대중의 관심을 받았지만 박하익도 〈화면 저편의 인간〉으로 2008년 '계간 미스터리' 신인상을 받으며 등단한 후 2015년 《선암여고 탐정단: 탐정은 연애 금지》(2014)로 한국추리문학상 대상을 받으며 승승장구한다. 《선암여고 탐정단: 방과 후의 미스터리》(2013)는 2014년 12월부터 3개월간 같은 제목으로 JTBC에서 방영되었고, 《종료되었습니다》(2012)는 〈희생부활자〉란 제목으로 곽경택 감독에 의해 2017년 영화화되기도 하였다. 물론 서미애, 송시우 작가의 작품도 영화나 드라마로 옮겨졌지만, 박하익의 작품은 그야말로 영화나 드라마 같은 느낌이 강하다.

통통 튀고 엽기적인, 그러면서도 여고생들의 고민과 학교생활의 어려움

등을 발랄하게 풀어낸 《선암여고 탐정단: 방과 후의 미스터리》는 학원 미스터리로 제격이다. 여고생들의 생생하고 개성 있는 캐릭터는 이 소설을 각 인물의 성장소설로도 읽히게 할 만큼 면면이 사랑스럽다. 천재 쌍둥이 오빠를 두어 인생이 괴로운 안채율과 엉뚱하기 짝이 없지만 탐정단의 우두머리 역할을 제대로 해내는 윤미도를 필두로 이예희, 김하재, 최성윤 모두 미숙하지만 순수하고 당찬 여고생들이다. 이 다섯으로 구성된 탐정단은 좌충우돌하며 그들 주변에서 벌어진 사건들을 해결한다. 채율의 천재오빠 안채준의 추리와 허당끼 있는 면모도 은근한 웃음을 준다. 여기에 비밀을 품고 있는 교사 하연준과 그의 조카이자 스타 사진작가인 하리온의 등장까지, 다섯 개의 사건들은 각기 독립적인 사건들이면서 동시에 서로 연결되어 있다.

각 사건의 제목을 미스터리 영역의 시험지로 분해 "문제 1. 신종 변태가 이동한 자취의 방정식을 구하고 그에 접하는 돌멩이를 날려라."라는 식으로 변형한 것도 새삼 이 소설의 주인공들이 고등학생임을 상기시킨다. 입시와 성적을 위해서라면 수단과 방법을 가리지 않는 학부모들과 그것을 묵인하는 교사 및 학생들의 씁쓸한 모습과 교묘하게 이루어지는 왕따 문제 및 유명인의 자작극 속셈 등을 다룬다. 여기에 무언가 묘한 매력을 지니면서도 비밀을 간직한 교사 하연준의 정체가 폭로되면서 과거의 사연도 밝혀진다. 이 모든 것들이 범죄와 탐색의 서사로 주거니 받거니 하면서 치밀함도 잃지 않는다.

단 하연준의 행각이 어린 제자들을 이용한 그루밍 범죄의 성격을 띠고 있어 다소 의아하다. 과거 일에 대한 복수의 성격이 다분하다는 점에서도 그렇지만, 그 대상이 가해자의 자식들, 즉 아무런 죄도 없는 자신의 어린 제자라는 점은 도덕적인 측면에서 용납하기 어렵고, 하물며 그들의 관심과 열정, 애착을 이용한 후 냉정하게 버리고 죽음에 이르게 했다는 사실은 다분히 충격적이다. 더구나 그런 하연준의 범죄가 흐지부지 묻혀버린 채 시리즈에 해당하는 《선암여고 탐정단: 탐정은 연애 금지》에 다시 등장해 사건 해결에 도움을 주는 역할을 맡는다는 것은 작가의 의도를 감안하더라도 다소 이해하기 어려운 측면이 있다. 이러한 어린 여학생

《종료되었습니다》

박하익
황금가지(2017)

이나 여성에 대한 심리적 폭력이나 살인은 《종료되었습니다》에서도 되풀이된다.

이런 문제를 제쳐둔다면 《종료되었습니다》는 영화 같은 소설임에 분명하다. 빠르게 진행되는 사건들과 계속되는 반전, 종잡기 힘든 상황 전개와 비밀스러운 인물 등이 상당히 긴박하게 돌아간다. 우선 RV(Resurrected Victim, 환세자)라 불리는, 그 자체로 SF영화의 한 장면을 떠올리게 하는 이 존재는 음에서 되돌아와 가해자들을 응징하고 소멸하는 살인사건의 피해자들을 일컫는다. 소설은 7년 전 잔혹하게 살해당한 최진홍의 어머니가 RV가 되어 현실에 돌아오면서 전개된다. 하지만 당황스럽게도 어머니가 아들인 진홍을 계속 공격하자 수사기관은 그를 어머니를 죽인 배후인물로 의심하면서 사건은 묘하게 꼬여간다. 국정원, 미국의 CIA까지 동원되어 진실을 찾기 위한 심리전이 전개되고 그 와중에 진홍은 어머니를 탈출시키면서 이야기는 예상치 못한 방향으로 흘러간다. 진홍의 친구라 믿었던 민욱의 실체가 드러나면서 소설은 반전을 거듭하고 마침내 예상치 못한 결말을 맞는다.

이 소설은 '죄를 지은 사람들이 어떠한 벌을 받아야 하는가.'에 무게 중심이 실려 있다. 사법적인 형벌을 떠나 피해자를 향한 진정한 사죄와 반성이 가능한가에 천착한다. 그런 면에서 《선암여고 탐정단: 방과 후의 미스터리》의 교사 하연준의 행위들도 같은 맥락으로 볼 수 있지만, 개인적인 복수의 형태로 이루어진 점이 다르다 할 것이다. 범죄가 일어난 후 그것을 단죄하는 것에서 더 나아가 피해자가 느꼈을 법한 고통과 아픔을 똑같이 되돌려주어야 한다는 '눈에는 눈, 이에는 이'의 전제가 작품 전반에 자리잡고 있는 셈이다. 법의 집행이 이루어지기 전, 범죄의 행각과 범인의 탄로, 수사기관에 넘기기 전까지가 추리소설의 본령이라면 《종료되었습니다》는 그 이후를 따져 묻는다. 범인을 잡고 사건을 해결한다고 해서 피해자들과 가족들의 고통이 끝나는 것은 아니다. 어쩌면 그때부터 고통과 상처는 시작일 수 있다. 보통의 추리소설이 보여주었던 단죄의 한계를 뛰어넘는 접근이 박하익의 가장 큰 매력이다.

에르네스트 만델은 "추리소설은 어느 정도만 해방적"이란 말을 했었다. 생각해보면 제아무리 훌륭한 소설이라도 우리 삶과 사회의 면면을 다 밝혀줄 수 없고 그 어떤 리얼리즘 작품일지언정 현실을 다 담아낼 수 없듯이 추리소설 또한 '어느 정도'만 일탈과 해방의 세계이다. 문제는 그 해방을 어느 정도 펼쳐 보이는가에 있을 터이다. 서미애, 송시우, 박하익의 공통점은 여성이라는 것을 넘어 각자의 색채와 특징으로 우리 추리소설계의 영역을 마음껏 확장하고 있다는 것이다. 그들은 추리소설이라는 장르를 넘어서지 않으면서도 그 경계를 고무줄처럼 탄력적으로 넓혀가고 있다. 그들의 작품은 여성 작가라는 테두리 안에 갇혀 있지 않지만, 그럼에도 여성 작가이기에 보여줄 수 있는 섬세한 면면들도 놓치지 않고 있다. 굳이 젠더 관점에서 이 작가들을 보지 않은 이유다.

빚을 모두 탕감받은 것은 아니지만 조금이나마 털어냈다는 안도감이 밀려온다. 아울러 팬심이 들어가겠다는 농 아닌 농을 했는데, 그것이 농이 아니고 썰렁한 단서였음을, 미스터리를 사랑하는 눈치 빠른 독자들은 한눈에 알아챘을 거라 기대한다.

치명적 바이러스와의 공존

리뷰

홍정기

네이버 블로그에서 '엽기부족'이란 닉네임으로 13년째 쉬지 않고 1,300여 권의 장르소설을 리뷰하고 있는 리뷰어이다. 탐독가로서 추리와 SF, 공포 장르를 선호하며 장르소설이 줄 수 있는 재미를 쫓고 있다. 2020년 〈백색살의〉로 '계간 미스터리' 신인상을 수상했다. 단편집 《이제 막 독립한 이야기》에 공포소설 〈쓰쿠모가미〉를 발표했다.

review

“내가 또 전염병과 피로 그를 심판하며 쏟아지는 폭우와 큰 우박덩이와 불과 유황으로 그와 그 모든 무리와 그와 함께 있는 많은 백성에게 비를 내리듯 하리라.”

— 에스겔 38:22

“서아프리카에서 발생한 에볼라 사태는 자연에 도사리고 있는 위협이 어느 정도인지 전 세계에 알려준 미리보기와 같습니다. 에볼라 바이러스의 연쇄적인 전파 경로를 추적한 의료보건 종사자들의 영웅적인 노력, 그리고 감염자의 증상이 빠른 속도로 악화하는 바람에 돌아다니기보다는 침대에 누워 지내야 했다는 상황 덕분에 에볼라는 도시 중심부에서 더 큰 감염을 일으키지 않았습니다. 하지만 다음에 나온 신종 병원체가 1918년 스페인독감의 원인처럼 공기로 매개되는 바이러스라면? 감염된 후 증상이 곧바로 나타나지 않아서 감염자가 자신이 감염된 사실을 모른 채 비행기에 탑승한다면 어떻게 될까요? … 다음번에는 그런 운이 따르지 않을지도 모릅니다.”

— 빌 게이츠, “The Next outbreak? We’re Not Ready”, TED, 2015.

2018년 세계보건기구(WHO)는, 에볼라, 사스, 니파 감염증, 마버그열처럼 적절한 백신이나 치료법이 없어 추가 연구지원이 필요한 전염병의 우선순위 목록인 ‘연구개발 청사진’을 업데이트하면서 마지막으로 한 가지 항목을 추가했다. 그것은 전혀 알려지지 않은 병원체로 인해 발생할 수 있는 전염병을 뜻하는 '질병 X'였다.

그로부터 채 2년도 지나지 않은 2019년 12월 1일, 인구 1,100만 명의 도시 중국 우한에서 70대의 한 노인이 '최초 감염자'가 되었다. 일주일도 지나지 않아 화난 수산물도매시장을 중심으로 일곱 명의 추가 감염자가 발생했다.

기회는 있었다. 신속한 역학 조사와 솔직한 정보 공유만 있었다면. 하지만 정치적인 상황에 목줄이 매인 전문가들은 '지역사회 확산 가능성 없음'으로 결론 내렸고, 우한시 당국은 중국인 의사 리원량의 내부고발을 비롯한 부정적인 뉴스를 고의적으로 은폐하고 침묵시켰다. 1월 셋째 주가 되어서야 중국의 최고통치자는 우한을 봉쇄한다는 결정을 내렸지만, 이미 500만 명이 우한을 빠져나가 바이러스와 함께 전 세계로 퍼진 다음이었다.

결국 2020년 3월 11일, 세계보건기구는 온갖 정치적 수작질을 끝내고 '전염병이 전 세계적으로 크게 유행하는 현상'을 뜻하는 팬데믹을 선언했고, '연구개발 청사진'을 업데이트한 지 2년도 되지 않아 등장한 첫 번째 '질병 X'의 이름은 '코로나 바이러스'가 되었다. 거의 일 년이 다 되어가는 지금도 묵시록의 말 탄 자처럼 달리는 놈의 기세는 멈출 줄 모르고, 바이러스 표면에 나타난 왕관 모양의 외피 단백질처럼 전염병계의 왕으로 군림할 조짐을 보이고 있다. 이제 인류는 포스트 코로나 시대, 치명적 바이러스와의 공존이라는 단 한 번도 경험해보지 못한 미증유의 세계에 서서히 익숙해지고 있다.

현실이 소설을 따라잡은 지금, 바이러스를 소재로 한 몇 편의 소설을 들춰보는 것도 나쁘지 않으리라 본다.

＊＊＊

어둠의 눈

딘 쿤츠 | 다산책방 | 2020년 4월

코비드19가 터지고 가장 주목받았던 소설이라면 역시 딘 쿤츠의 1981년 작품 《어둠의 눈》일 것이다. 왜 이미 40여 년 전 작품이, 그것도 본명이 아닌 '리 니콜스'라는 필명으로 낸 (쿤츠 본인도 공공연하게 인정했고, 같은 명의로 발표한 《Shadowfires》, 《The House of Thunder》를 읽어본바 본명으로 낸 작품들보다 작품성이 떨어지는) 작품이 뜬금없이 화제가 된 것일까. 그것은 다음의 문장 때문이다.

"그 물질은 우한 외곽에 있는 DNA재조합연구소에서 개발되어 '우한-400'이라는 이름이 붙었소. 그 연구소에서 만들어진 인공 미생물 중 400번째로 개발된, 독자 생존이 가능한 종이었기 때문이오."

중국에서 생화학무기로 개발된 '우한-400' 바이러스가 폐와 기관지를 공격하고, 바이러스와 접촉한 지 네 시간만 지나도 타인을 전염시킬 수 있다는 것, 뇌 조직을 먹어 치운다는 것, 항체나 항생제를 단 하나도 발견하지 못했다는 것 등 현재 코로나 바이러스와 소름 끼치게 일치한다. 안타까운 점은 소설 속의 바이러스는 숙주가 죽어서 체온이 30도 이하로 떨어지면 자연 소멸하지만 현실의 바이러스는 그렇지 않다는 것이다.

이 소설이 뒤늦게 화제가 되자 쿤츠 자신도 멋쩍었던지 트위터에 '우한-400' 바이러스는 단순한 맥거핀(영화에서 중요한 것처럼 등장하지만 실제로는 줄거리에 영향을 미치지 않는 극적 장치)이라고 쓰기도 했지만,

발 빠른 출판사들은 이 호재를 놓치지 않았다. 쿤츠의 에이전시는 즉각 판권 판매에 나섰고, 국내에서도 몇 군데가 경합을 벌인 것으로 알고 있다. 결국 다산책방에서 판권을 사들여, 화제가 된 지 한 달도 되지 않는 짧은 시간에 번역 출간까지 마쳤다.
비록 쿤츠의 전성기 시절 최고의 작품들에는 미치지 못하지만 대중소설의 대가답게 로맨스와 서스펜스, 초현실적 장치를 골고루 뿌려놓아서 한 번 손에 잡으면 단숨에 읽게 하는 힘이 있다.

스탠드 1~6권

스티븐 킹 | 황금가지 | 2007년 10월

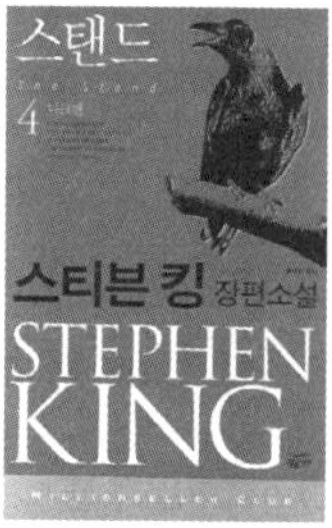

장르를 뛰어넘은 작가 중 한 명인 스티븐 킹의 수많은 작품 중에서 지금까지도 독자들에게 걸작으로 꼽히는 작품 중 하나가 바이러스를 소재로 한 《스탠드》이다. 네바다주 생화학전연구소에서 유출된 슈퍼독감 바이러스는 삽시간에 미국 전역으로 퍼지고, 감염자와 사망자가 속출한다. 정부는 사실을 은폐하기 위해 환자들을 모종의 장소로 실어 나르고, 살아남은 자들은 생존을 위해 무리를 이루어 정부와 다양한 위협에 저항한다. 거기에다 초자연적인 힘을 지닌 다크맨(랜들 플랙)에 대항해서 그들이 기댈 수 있는 것이라고는 108세의 마더 애비게일 뿐이다.
스티븐 킹은 원서 기준 1,200쪽이 넘는 소설에 공포, 초현실, 판타지, 스릴러, 오컬트 등 자신이 장기로 삼는 모든 것을 맛깔나게 버무렸다. 그것도 초판본에서는 한국 번역서 기준으로 400쪽 정도를

삭제했었다고 하니 (출판사 경리부의 간곡한 부탁이었고, 10년 뒤에 복원판을 내놓는다.) 얼마나 방대한 이야기가 담겨 있는지 짐작할 수 있을 것이다.
하지만 놀랍도록 광대한 이야기의 시작은 사소한 것이었다. 킹은 당시에 콜로라도 볼더에 살고 있었는데, 어느 날 설교자가 성경을 부연 설명하면서 "모든 세대마다 꼭 한 번씩은 전염병이 엄습하리라."라고 선언하는 것을 듣고 마음에 들어 타자기 위에 붙여놓았다고 한다. 거기서부터 인류가 누리고 있던 기본적인 모든 것들이 파괴된 아포칼립스 소설 《스탠드》가 탄생했다. 그리고 공포의 제왕이라는 명성답게 재건을 꿈꾸던 인류는 박애와 연민보다는, 파괴적인 재래식 무기들을 사용하기 시작한다. 스티븐 킹은 자신의 논픽션에서 이 작품에 대해 이렇게 말한다.

> "그래요, 여러분. 《스탠드》를 쓰면서 나는 인류 전체를 모조리 제거해버리는 기회를 가졌고, 굉장히 재미있었어요!"

이때 짜지는 기분을 못 잊었던 것인지 40여 년이 지난 후, 킹은 자신의 셋째아들인 오언 킹과 여성들만 수면에 빠지는 바이러스를 소재로 《잠자는 미녀들》을 출간했으나, 여러모로 《스탠드》만 못한 느낌이다.
9부작 리미티드 시리즈로 제작된 동명의 드라마가 스트리밍 플랫폼인 'CBS All Access'를 통해 2020년 12월 17일(미국 기준) 방영 예정인데, 우피 골드버그를 비롯해 알렉산더 스카스가드, 캐서린 맥나마라, 그렉 키니어, 앰버 허드 등의 쟁쟁한 배우들이 출연한다. 코로나 바이러스 시대에 사회적 거리두기를 하며 영상으로 즐기는 《스탠드》는 더 각별하지 않을까?

시인장의 살인

이마무라 마사히로 | 엘릭시르 | 2018년 7월

그리고 아무도 죽지 않았다

시라이 도모유키 | 내친구의서재 | 2020년 7월

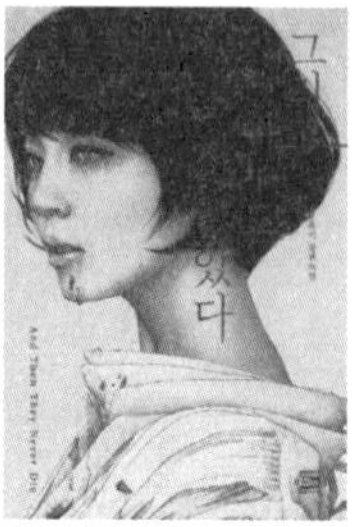

신본격(新本格)의 등장 이후 한동안 전성기를 구가하던 일본 미스터리는, 강박적인 구성과 판타지에 가까운 특수설정의 난무로 독자들의 외면을 받는다. 그 시점에 오히려 본격과 특수설정의 끝판왕이라고 할 만한 작품들이 등장했으니, 이마무라 마사히로의 《시인장의 살인》과 시라이 도모유키의 《그리고 아무도 죽지 않았다》이다. 두 작품 모두 본격 미스터리답게 '클로즈드 서클'을 주된 배경으로 삼고 있다. 어떤 이유로 한곳에 모인 등장인물들, 외부와의 철저한 단절, 연속되는 살인사건, 서로가 서로를 믿지 못하는 용의자들. 그리고 본격물답게 그럴싸한 섬 지도나, 타임테이블, 고립된 장소의 평면도 같은 것도 등장한다.

여기에 발칙하게 좀비 바이러스라는 요소를 등장시킨 작품이 《시인장의 살인》이다. 추리소설에 좀비라니. 거개의 추리소설 독자들이라면 혀를 차고 말 설정이다. 하지만 이것이 일본 사람들의 취향에 맞았는지 데뷔작임에도 불구하고 각종 미스터리 상에서 4관왕을 수상했다. 반대로 무인도에 갇힌 등장인물들에 남국에서 유래한 바이러스가 침투하면서 '연쇄살인이 벌어짐에도 아무도 죽지 않는' 기묘한 상황의 미스터리를 해결하는 작품이 《그리고 아무도 죽지 않았다》이다.

국내 독자들의 후기를 살펴보면 두 작품 모두 '이게 무슨 추리소설이냐.'라는 혹평부터 '참신한 시도'라는 호평까지 호불호가 극명하게 갈리고 있다. 하지만 개인적인 취향이나 작품의 완성도를 떠나서 바이러스를 본격 미스터리와 결합한 발랄함만으로도 한 번은 들춰볼 가치가 있다.

인더백

차무진 | 요다 | 2019년 11월

연상호 감독의 영화 〈부산행〉이 천만 관객을 동원한 이후, 한국에는 소설, 영화, 웹툰, 드라마 등 다양한 형태의 좀비물이 쏟아져 나왔다. 넷플릭스로 서비스되는 한국 드라마 〈킹덤〉이 시즌 2를 넘기면서 '갓'이 뜬금없이 스타일리시한 모자로 인터넷을 떠들썩하게 했고, 급기야 'K-좀비'란 신조어를 낳기도 했다. '언택트(untact)'라는 콩글리시가 대세가 된 코로나 바이러스 시대에 개봉한 〈반도〉와 〈살아있다〉는 기대했던 정도의 흥행을 보여주지 못했지만, 여전히 한국에서 좀비는 죽지 않고 끈질기게 살아남아 있다.

차무진의 《인더백》은 백두산 폭발과 함께 식인 바이러스가 퍼진 한반도를 무대로 해서, 아내와 아들을 데리고 바이러스 청정지대인 대구에 가려고 하는 가장을 주인공으로 삼고 있다. 설정만 보면 코맥 맥카시의 걸작 《더 로드》가 떠오르지만, 집요하게 묘사되는 고어한 식인 장면이 불쾌감을 자극한다. 그에 더해 작가는 권력자들의 부패와 민간인 학살을 집어넣어서 한국인이라면 특정한 사건이 연상될 만한 흐름을 만들어낸다. 시종일관 담백한 문체로 종말을 이야기하는 《더 로드》와 갈라서는 지점이다. 하지만 우직하게 스토리를 밀고 나가는 힘, 흥분하지 않는 시선, 충격적인 결말은 불쾌감에도 불구하고 이 소설을 끝까지 읽게 만드는 요소다.

삼각파도 속으로

황세연 | 들녘 | 2020년 7월

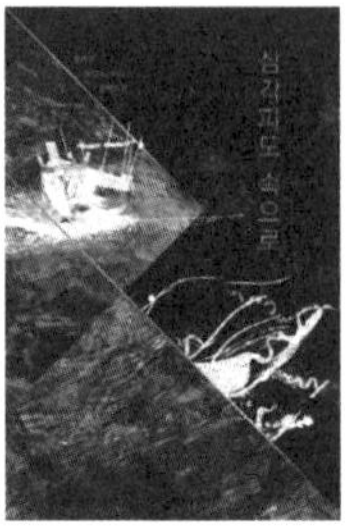

구수한 충청도 사투리 그득한 범죄 없는 마을을 소재로 한 《내가 죽인 남자가 돌아왔다》의 황세연이 전혀 다른 소재의 해양 미스터리인 《삼각파도 속으로》를 내놓았다. 이 작품은 바이러스처럼 인간을 숙주로 삼아 전이되는 기생충이 가공할 만한 괴물이 되어 배라는 한정된 공간에 갇힌 인간들의 추악한 욕망을 드러내는 과정을 그리고 있다.

잠수부 최순석은 우연히 일제강점기에 수십 톤의 금괴를 싣고 본토로 돌아가다 바다에 침몰한 731 병원선 '초잔마루'의 좌표를 알게 된다. 있는 돈 없는 돈 모두 끌어다가 어머니 금이빨이라도 하나 해주겠다는 일념으로 지인들로 구성된 탐사대를 이끌고 바다로 나간 순석은 마침내 보물선을 발견하기에 이른다. 하지만 침몰선에서 건져 올린 것은 금괴가 아니라 수상한 항아리들이었고, 우려에 걸맞게 선원들에게 괴이한 일이 발생하기 시작한다. 설상가상으로 보물선을 약탈하러 온 중국인 해적들까지 등장해 상황을 악화시킨다.

미지의 '질병 X'로 명명된 병원체처럼 정체를 알 수 없는 기생충은 인간의 욕망에 기생해 환각과 착란을 일으키고, 어느새 거대한 감옥이 된 망망대해는 극한의 공포를 몰고 온다. 〈7광구〉라는 희대의 괴작이 있음에도 불구하고, 커다란 스크린에서 살아 움직이는 크리처(creature)를 보고 싶다는 생각이 들게 만드는 작품이다.

* * *

코로나19는 자연 앞에서 인간이 얼마나 무력한지를 극명하게 보여주고 있다. 몇십 년 전만 해도 인류는 과학의 발전으로 모든 질병을 극복할 수 있으리라고 장밋빛 미래를 꿈꾸었다. 하지만 인구의 과도한 도시 집중, 하루에도 수백만이 국경을 넘나드는 세계화, 적절한 치료의 부재를 가져오는 빈곤, 개인 이기주의 및 자유주의와 공중보건의 충돌, 그리고 인간의 정치적 탐욕과 어리석음은 바이러스와의 싸움에서 처절한 패배를 기록하게 하고 있다. 작가들이 상상으로만 꿈꾸었던 종말은 어쩌면 이미 우리 곁으로 바싹 다가와 있는지도 모른다.

> "… 서류뭉치 같은 것들 속에서 끈기 있게 기다리다가, 아마도 언젠가는 인간들에게 불행과 교훈을 가져다주기 위해서, 페스트가 또 쥐들을 깨워 어느 행복한 도시로 보낸 후 거기서 죽게 할 날이 올 것이라는 사실을 말이다."
>
> — 알베르 카뮈, 《페스트》

참고도서

◎ 대유행병의 시대, 마크 호닉스바움, 커넥팅, 2020

◎ 전염병, 역사를 흔들다, 마크 해리슨, 푸른역사, 2020

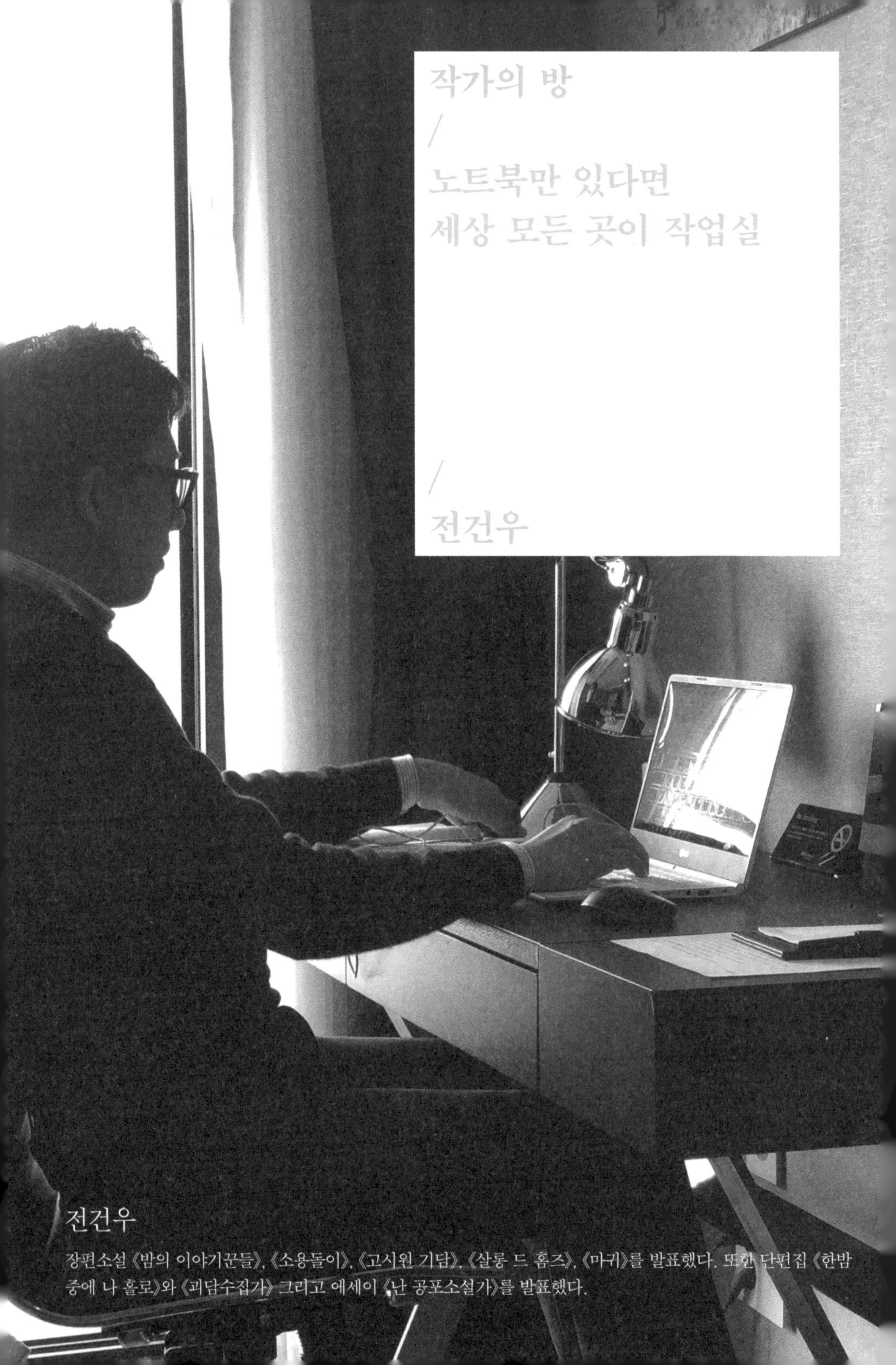

작가의 방

/

노트북만 있다면 세상 모든 곳이 작업실

/

전건우

전건우

장편소설 《밤의 이야기꾼들》, 《소용돌이》, 《고시원 기담》, 《살롱 드 홈즈》, 《마귀》를 발표했다. 또한 단편집 《한밤중에 나 홀로》와 《괴담수집가》 그리고 에세이 《난 공포소설가》를 발표했다.

작업 공간

누군가가 당신 인생의 전성기는 언제였느냐고 묻는다면 나는 이렇게 대답할 것이다.

"아직 오지 않았습니다."

물론 농담이다. 내 전성기는 이미 지나갔는데 그때의 열정과 상상력, 그리고 삶에서 누리던 즐거움은 아직도 생생하게 기억하고 있다. 2008년에서 2009년 사이, 그때가 내 전성기였다.

당시의 나는 열심히 직장생활을 하는 한편 틈틈이 소설을 썼다. 소설가는 내 오랜 꿈이었지만 가난한 집의 사형제 중 장남으로 태어난 내게 꿈보다 더 중요한 것은 당연히 안정된 생활이었다. 나는 매달 꼬박꼬박 월급을 받는 대신 항상 바쁘게 뛰어다녔고 출장과 야근을 밥 먹듯이 했다.

그러다 보니 소설 쓸 시간이 절대적으로 부족했다. 파김치가 되어 퇴근한 뒤 저녁을 먹고 조금 쉬면 금세 잠이 쏟아졌다. 침대는 언제나 감미로운 목소리로 속삭였다.

"일단 한숨 자. 자고 일어나면 모든 게 해결될 거야."

침대의 유혹을 간신히 뿌리칠 수 있었던 이유는 소설가라는 꿈을 이루고 싶다는 생각을 넘어 소설 쓰기의 재미를 알아버렸기 때문이다. 그전까지는 나도 신춘문예나 문학잡지를 통해 등단할 생각만 하고 있었다. 그러니까 소위 말해 '순문학' 작가의 길을 준비했다.

문제는 그런 식의 공모전용 소설을 쓰는 게 별로 재미가 없다는 데 있었다. 내가 진짜 쓰고 싶은 이야기가 무엇일까 고민하던 차에 해답을 찾은 게 바로 '호러와 미스터리 장르'였다. 어릴 때부터 환장했던 무섭고 미스터리한 이야기를 써보자 마음먹었고, 그때가 바로 2008년 초였다.

한번 마음을 먹고 방향을 틀자 내 머릿속 깊숙한 곳에 숨어 있던 이야기보따리가 술술 풀려나왔다. 소설을 쓰는 게 정말이지 신나고 재미있었다. 늘 새로운 아이디어가 떠올랐다. 퇴근 후에 쓰러져 자는 대신 새벽까지 불을 밝힌 채 소설을 쓰는 날이 점점 많아졌다.

나는 늘 노트북을 들고 다녔는데 어딘가에 앉기만 하면 자동으로 노트북을 꺼내 소설을 썼다. 출퇴근길 지하철 안은 물론이고 시간이 조금이라도 남으면 벤치에 앉아 쓰고 또 썼다. 심지어는 찜질방에 가서도 무릎에 노트북을 올려놓고 오싹하고 이상하며 재미로 가득한 여러 소설을 썼다.

노트북만 있다면 세상 모든 곳이 내 작업실이었다.

나는 2008년 여름에 단편소설 〈선잠〉을 발표하며 비로소 '소설가'라는 타이틀을 얻게 됐다. 〈선잠〉 역시 지하철과 벤치 그리고 책상 앞에서 써 내려간 작품이다. 장르소설에 대한 순수한 열정이 불타오르던 그때, 그러니까 2008년과 2009년 사이 나는 쓰는 게 두렵지 않았고 뭐든 쓸 수 있을 것 같았으며 실제로도 그랬다.

전업 작가로 살아가는 지금은 노련해졌을지언정 데뷔 당시의 열정과 집중력은 사라져버렸다. 대신 환경이나 장소의 구애를 받지 않고 묵묵히 소설을 쓰는 습관은 그대로 남았다. 지금도 나는 여러 작업 공간을 오가며 소설을 쓴다. 집, 카페, 작업실, 지하철 등 노트북만 사용할 수 있다면 거기가 바로 작업실이 되는 것이다.

나는 아마 앞으로도 이곳저곳을 전전하며 소설을 쓰지 않을까 싶다. 마치 유목민처럼 말이다. 소설을 쓰는 데 필요한 건 작고 가벼운 노트북, 메모할 때 쓸 다이어리, 그리고 볼펜 정도면 충분하니까.

지하철에서 아이디어 노트를 잃어버린 적이 있다. 호러와 미스터리를 주로 쓰는 소설가의 아이디어란 좀 과격한 구석이 있는 게 사실이다. 노트에는 각종 살해 트릭 및 독극물의 종류, 사후 강직이나 시반에 대한 기초 지식은 물론이요, 귀신이 어떻게 사람을 죽일지에 대한 참신한 방법 같은 각종 아이디어들이 적혀 있었다.

그 노트를 잃어버린 뒤 세상이 무너진 듯한 충격을 받았는데, 반대로 노트를 주운 사람은 얼마나 무서웠을지 생각하니 좀 웃기기도 했다. 아마 현실판 '데스노트'쯤으로 여기지 않았을까?

장르 소설가로 활동하면서 가장 많이 받는 질문은 "왜 하필이면 끔찍하고 무서운 이야기를 쓰세요?"이다. 로맨스나 SF, 판타지처럼 덜 무시무시한 장르도 많은데 나는 왜 하필이면 호러와 미스터리를 선택했을까? 나조차도 궁금했고, 그래서 처음에는 제대로 된 답을 하지 못했는데 요즘은 다르다. 그런 질문을 받으면 나는 이렇게 대답한다.

"호러나 미스터리 그리고 스릴러 같은 장르는 언뜻 보기에는 무서운 인상이지만 사실 자기주장이 그리 강하지 않습니다. 반대로 포용력은 큽니다. 그렇기에 다른 장르와의 이종교배가 쉽습니다. 마찬가지로 이 장르들은 지금 시대의 문제점을 현실감 있게 담아내는 좋은 그릇이 되기도 합니다."

추리, 미스터리, 스릴러, 그리고 내가 사랑하는 호러까지 더해 이 네 장르는 의외로 이야기의 핵심 구조 자체는 매우 단순하다. 각종 트릭과 반전이 들어가 복잡해 보일 뿐 이야기의 뼈대는 한 줄로도 설명이 가능할 정도다. 내가 이 네 장르의 소설을 꾸준히 써온 것도 바로 이런 이유 때문이었다. 뼈대만 튼튼하다면 얼마든지 살을 붙여도 된다. 어떤 모양, 어떤 크기의 이야기를 더해도 문제없다. 그 점이 바로 이 네 장르의 또 다른 매력이다.

앞으로도 나는 이 네 장르를 계속 사랑할 것이다. 물론 이것들로 뼈대를 이룬 이야기를 쓰는 것 역시 멈추지 않을 계획이다. 탐정이 활약하고, 불가사의한 범죄가 벌어지고, 누군가가 이유도 모른 채 쫓기고, 원한을 품은 귀신이 불쑥 나타나는 그런 이야기들…. 그렇게 재미있고 흥미진진한 이야기들 말이다.

전업 작가의 삶

나는 전업 작가로 살다가 돈이 궁하면 다시 취직해 회사원의 가면을 쓰곤 했다. 불과 몇 년 전까지만 해도 한 회사의 소속 작가로 일하기도 했다. 각각의 삶에는 장단점이 있다. 회사와 소설 쓰기를 병행하면 규칙적인 수입이 있어 안정감을 느낄 수는 있지만, 아무래도 작업 시간 자체는 줄어들기 마련이다. 반대로 전업 작가는 마음만 먹으면 언제든 몇 시간이고 집중해서 소설을 쓸 수 있지만, 들쭉날쭉한 수입에 마음을 졸여야 하는 순간이 한 달에도 몇 번씩 찾아온다.

전업과 회사생활을 여러 번 거치면서 깨닫게 된 사실은 전업 작가 역시 직장인처럼 일해야 한다는 것이다. 정해둔 시각에 일어나 적어도 하루에 여섯 시간에서 여덟 시간 정도는 컴퓨터 앞에 앉아 소설을 쓰거나 그게 아니라면 아이디어라도 정리해야 이 험난한 세상에서 살아남을 수 있다.

전업 작가라는 이유로 자고 싶을 때 자고, 일하고 싶을 때 일하며 온갖 자유를 누리다 보면 결국 현실의 벽에 부딪히고 만다. 말이 좋아 전업 작가이지 내가 경험해본 결과 이 '전업 작가'라는 타이틀은 '백수'와 종이 한 장 차이밖에 나지 않는다. 어딘가에 가서 작가 내지는 소설가라고 말하려면 규칙적으로, 꾸준히 써야 한다. 내 기준으로는 적어도 일 년에 장편 두 권은 출간해야 전업 작가로 살아남을 수 있다. 앞서 노트북만 있으면 그곳이 바로 작업실이라고 말한 데는 바로 이런 이유가 있다. 장소와 상황에 상관하지 않고 묵묵히 노트북을 바

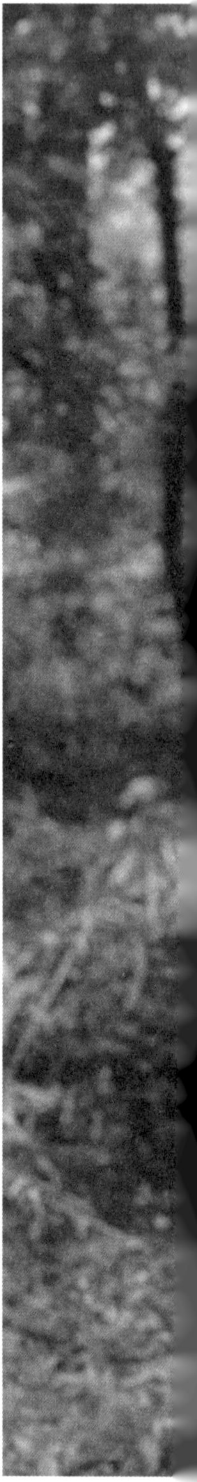

라보며 소설 쓰기에 집중할 때야말로 전업 작가의 온전한 자유를 누릴 수 있다.

참고로 나는 어디든 노트북을 들고 가는데 병원에 입원했을 때도 예외가 아니었다. 간호사는 안 그래도 상태 안 좋은 환자가 밤낮으로 노트북으로 뭔가를 하고 있으니 당연히 질색했다. 하지만 난 다가오는 마감 때문에 미칠 지경이었다. 그때 완성한 작품이 출간된 후 제일 먼저 한 생각은 이거였다.

"어휴, 앞으로 일주일은 아무것도 안 써야지!"

그러고 바로 다음 날부터 새 작품을 써 내려갔다. 더할 것도, 덜할 것도 없이 이게 바로 전업 작가의 삶이다.

영감의 원천

더 열심히 쓰는 작가들과 비교하기에는 부끄럽지만, 그래도 나는 꽤 다작하는 편이다. 그러다 보니 몇 개의 작품을 번갈아가며 쓰는 일이 자주 생긴다. 어제는 추리를 썼다면, 오늘은 호러를 쓰는 식이다. 당연한 말이겠지만, 그 모든 이야기에 영감이 차고 넘쳐 한번 쓰기 시작하면 멈추기 힘들 정도로 쭉쭉 진도가 나가는 일 따위는 없다. 영감은 좀처럼 나타나지 않는다.

지금보다 젊었을 때는 훨씬 자주 영감이 찾아오곤 했다. 하루 만에 단편소설 한 편쯤은 거뜬하게 썼다. 소설을 써본 사람이라면 알 것이다. 어느 날 갑자기 신의 계시처럼 어떤 이야기나 아이디어가 선명하게 떠오를 때가 있다는 것을. 그게 바로 영감이다. 나는 그 영감이라는 게 마르고 닳지 않는 마법의 샘이라 생각했다. 불행하게도 그것은 내 착각이었다. 문득 괜찮은 아이디어가 떠오를 때도 있지만 영감, 아니 '영감님'까지는 아니었다.

나는 뭔가 새로운 전략을 세울 필요성을 느꼈다. 불경했던 건지, 아니면 능력이 부족했던 건지 모르겠지만 영감이 더는 날 찾지 않는다면 내가 영감의 원천을 만들면 어떨까 하는 생각을 했다.

그런 고민과 노력 끝에 나는 '기사'에서 영감의 흔적을 찾는 데 성공했다. 인터넷을 통해 매일 쏟아지는 수많은 기사 속에는 도무지 현실에서 벌어질 법하지 않은 사건도 있었고, 그야말로 기상천외한 촌극도 있었다. 나는 그런 기사들을 볼 때면 죄다 스크랩하거나 주소를 복사해 '나와의 채팅' 창에 링크를 저장했다. 그런 뒤 시간이 날 때면 그 기사들을 다시 꼼꼼하게 읽으며 어떤 이야기를 만들 수 있을까 고민했다. 전혀 다른 성격의 사건 두 개를 엮어서 새로운 이야기를 구상하기도 했고, 화제가 되는 사건은 링크에 링크를 타고 들어가 그 전모를 파악하려 애썼다.

앞서 말했다시피 추리, 미스터리, 스릴러, 호러는 가상의 범죄와 사건을 다루지만, 그 안에 시대상을 반영해 넣기가 아주 쉽다. 그러자면 지금 어떤 일이 일어나고 있는지 알아야 하며, 기사를 탐독하는 일이야말로 장르와 현실의 경계를 허물어 현재 시점의 이야기를 만드는 데 가장 효과적인 방법이다.

장편소설 《소용돌이》를 출간한 이후로 나는 줄곧 이런 방법을 써왔다. 영감을 기다리기보다 그걸 찾아내려고 발버둥친 결과 망하거나 죽지 않고 여기까지 오게 되었다. 쉽지 않았고, 앞으로도 쉽지 않으리란 사실을 잘 안다.

그나마 다행인 점은 내게 필요한 무기는 노트북 하나라는 사실이다. 노트북과 약간의 영감, 그리고 소설 쓰기를 사랑하는 마음만 있다면 더할 나위 없이 행복한 전업 작가 생활을 할 수도 있으리라 기대해본다. 세상에는 써야 할 이야기가 아주 많다. 나는 이제 또 다른 소설을 쓰기 위해 노트북을 들고 카페로 향하려 한다.

소설을 쓰는 건 역시 내가 아는 가장 재미있는 일이다.

어디서 죽이는 아이디어를 찾지?

mystery

미스터리 쓰는 법

한이

만여 권의 책을 읽고서야 아는 것이 없다는 것을 깨달은 둔재(鈍才). 많은 직업을 거치고 작가가 되었고, 여러 부캐로 다양한 글을 쓰고 있다. 2017년에 '한국추리문학상' 황금펜상을 수상했고, 2019년부터 제8대 한국추리작가협회 회장으로 활동하고 있다.

우리는 지난 시간에《경성 탐정 이상》의 김재희 작가와 함께 매력적인 캐릭터를 만드는 방법을 알아보았습니다. 덕분에 몇몇 분의 마음속에 새롭게 창조한 멋진 캐릭터와 함께 추리소설을 써봐야겠다는 맹렬한 열정이 피어났을지도 모르겠습니다. 저로서는 부디 그렇게 되었으면 좋겠군요.

어쨌든 우리는 직장에서 돌아와 피곤한 몸을 이끌고, 혹은 남편과 아이들이 없는 틈을 타서, 카페도 좋고 부엌도 좋고 어디든 조용한 곳에 노트북이나 스마트패드를 놓고 앉습니다. 그러곤 문서작성 프로그램을 열어놓고 가만히 깜박거리는 커서를 노려봅니다. 일 분, 십 분, 한 시간…. 자신의 머리카락을 쥐어뜯으면서 생각합니다. "도대체 무슨 이야기를 써야 하지?" 흔히 '라이터스 블록(Writer's Block)'으로 불리는 이 현상은 작가가 원고지 혹은 모니터만 들여다볼 뿐 아무것도 쓰지 못하는 상태를 일컫는 말입니다.

평생 이런 일을 겪지 않는 분들도 있는 모양입니다만, 그것은 극히 일부분 작가들의 경우이고, 대부분 작가는 라이터스 블록을 경험하죠. (저의 경우는 그것을 매일 겪는 것이 문제입니다만.)

뭐, 스티븐 킹 같은 규격 외의 인물에게는 라이터스 블록 따위는 없는 모양입니다. 봄 여름 가을 겨울 사계절에 해당하는 네 개의 중편소설로 구성된《사계》(1982년)의 후기에 보면, 책에 담긴 중편은 모두 장편소설을 탈고한 다음에 에너지 탱크가 남아서 쓴 글이라고 합니다. 〈스탠 바이 미〉는 《세일럼스 롯》을 끝내고 쓴 것이고, 〈우등생〉은 《샤이닝》을 쓴 후에, 〈리타 헤이워드와 쇼생크 탈출〉은 《더 데드 존》을 마친 다음에, 그리고 〈호흡법〉은 《파이어스타터》를 끝내고 쓴 것이라고 합니다. 그중에서 〈리타 헤이워드와 쇼생크 탈출〉은 지금도 케이블채널에서 틀어주면 넋을 놓고 보게 되는 〈쇼생크 탈출〉의 원작이고, 〈스탠 바이 미〉는 리버 피닉스, 키퍼 서덜랜드가 나왔던 동명 영화의 원작입니다. 그래서 이 책을 읽고 장정일은 스티븐 킹과 비교한다면 다른 작가들은 '넥타이 공장'을 차리는 것이 낫겠다고 투덜거리기도 했습니다. 그냥 목매달고 죽는 게 낫겠다는 뜻이겠죠.
우리도 저 양반처럼 앉으나 서나 아이디어가 샘솟으면 좋겠지만, 그렇지 못한 경우가 태반이라 어떻게, 어디에서 아이디어를 찾을 수 있을지 함께 생각해보도록 하겠습니다.

1) 읽고 읽고 또 읽어라

제목처럼 활자중독자가 되라는 뜻은 아니고요. 그 정도로 책을 읽어야 한다는 뜻입니다. 아마 이 글을 읽고 계신 분들 대부분 평균 이상의 독서력을 자랑하실 것이라 생각합니다. 저는 독서 일기까지는 아니고 독서 목록을 만들면서 책을 읽는데, 많이 읽을 때는 일 년에 550권 정도씩 읽었습니다. 지금도 밀폐된 공간(예를 들면 화장실 같은 곳)에서 아무런 읽을거리가 없으면 불안합니다. 그래서 주머니 속에 있는 영수증 뒷면의 거래약관이라도 읽습니다. 작가가 되려고 결심하셨다면 일단 많은 책을 읽는 것이 우선입니다.
추리소설을 쓴다고 해서 그 장르만 읽어선 안 됩니다. 역사든, SF든, 고전이든, 요리책이든, 자동차 사용설명서든 장르를 가리지 않고 다양한 분야의 픽션과 논픽션을 읽을 필요가 있습니다. 그렇게 할 때 캐릭터,

문체, 장면전환 기법, 아이디어를 다루는 방법, 다양한 이미지, 주변에 존재하고 있는 사실들이 우리의 잠재의식 속에 차곡차곡 쌓이게 되고, 어떤 발화점에 이르렀을 때 좋은 아이디어로 빵! 하고 터지는 것입니다.

> "글을 쓰고 있지 않을 때 내가 무엇을 하는지 궁금할 것이다. 그야 글을 읽는다. 나는 글을 많이 읽는다. 글은 내게 기이한 작용을 한다. 읽은 지 몇 년 된 것이라도 다시 읽으면 내 속에서 싱싱한 힘이 솟아남을 안다. 책의 심장부를 꿰뚫고 들어가서 통째로 움켜쥐면 거기에 새로운 확신이 생기기 시작한다."
>
> — 도스토옙스키

저 위대한 도스토옙스키도 글을 쓰는 시간 외에는 책을 읽었다면 우리 역시 그래야 하지 않겠습니까?

2) 쓰고 쓰고 또 써라

앞서 라이터스 블록에 대해 말씀드렸습니다만, 많은 신인 작가들이 구상이 완벽해질 때까지는 책상에 앉아서는 안 된다고 생각합니다. (사실 고백하자면 저 역시도 이런 부류에 속합니다.) 하지만 책상 앞에 앉아 작품이 될 것 같지 않은 아이디어라도 자꾸 발전시켜 나가는 것이 필요합니다. 글을 쓰는 행위 자체가 창의성을 고무하는 작용이 있어서, 아무리 하찮아 보이는 아이디어라도 계속해서 쓰다 보면 다른 좋은 아이디어를 잠재의식에서 끌어올리는 효과가 있습니다. 그러니까 좋은 아이디어 하나를 찾아내기 위해서는 최대한 긴 시간을 책상 앞에 앉아 있을 필요가 있습니다.

3) 제목을 만든다

제목을 반드시 마지막에 정할 필요는 없습니다. 그럴듯한 제목을 떠올리려고 애쓰다 보면 제목에서 스토리가 만들어지기도 합니다. 그렇게 할 때는 아무래도 인간, 책상, 돌, 자동차같이 평범한 단어들보다는 죽음, 피, 살인, 공포, 마녀 같은 드라마틱한 단어가 나아 보입니다.

미국의 베스트셀러 작가인 딘 쿤츠가 쓴 작법서에 (저는 이 작가를 너무나 좋아해서 한국에서 출간된 '오드 토머스' 시리즈 2권에 작가와의 가상 인터뷰를 싣겠다고 한국 출판사에 막무가내로 제안서를 넣기도 했습니다.) 자신이 '악마'라는 단어를 갖고 제목 짓기 놀이를 하다가 어떻게 아이디어를 떠올렸는지 소개한 내용이 있습니다.

차가운 악마
따뜻한 악마
춤추는 악마
검은 악마
영원한 악마
기다리는 악마
죽은 악마
강철로 된 악마
울부짖는 악마

쿤츠는 여기에 전치사를 붙여봅니다.

어둠 속의 악마
내 마음속의 악마
호박색 악마

하늘을 나는 악마
꼬리 달린 악마
왕을 돕는 악마
땅에 내려온 악마

그래도 모자란 듯해서 핵심 단어에 동사를 붙여봅니다.

악마가 활보한다.
악마가 감시한다.
악마가 기어 다닌다.
악마가 한밤중에 축제를 연다.
악마가 도망간다.

여전히 모자란 것 같아서 어울리지 않는 단어를 붙입니다.

허약한 악마
슬픈 악마
수줍은 악마
조그만 악마
상냥한 악마

그러다가 결국 '상냥하게 다가온 악마'란 제목을 얻게 되어서 작품을 쓰게 되었다고 합니다. 쿤츠는 이런 수법에 능한 모양인지 상당수의 장편과 단편을 제목 짓기 놀이를 하다가 아이디어를 얻게 되었다고 고백하고 있습니다.

저는 한국 추리소설가의 작품 중에서 서미애의 단편 〈남편을 죽이는 서른 가지 방법〉이나 〈반가운 살인자〉 같은 작품이 제목에서 아이디어를 얻은 작품이 아닐까 생각합니다.

> "좋은 제목을 잡으면 무엇에 대해 쓸 것인지는 저절로 정해진다. 제목을 정하는 것에서 글쓰기를 시작하면 하루종일 제목을 생각하느라 시간을 낭비할 필요가 없기 때문에 나는 이런 방식을 선호한다."
>
> — 브루스 그래엄

4) 독특하거나 특이한 사실

일본 추리소설가 아카가와 지로는 첫 작품인《유령열차》에 대한 아이디어를 '유령선'에서 떠올렸다고 합니다. 유명한 '메리 셀레스트 호의 전설'은, 방금까지 사람이 있었던 흔적만 남기고 모든 사람이 감쪽같이 사라져버린 사건이죠. 아카가와 지로는 그 점에 착안해서 '배'를 '열차'로 바꿔보면 어떨까 하고 생각한 겁니다. 배라면 사람이 없어도 파도 위를 떠다닐 수 있지만, 열차의 경우 기관사나 차장이 없어지면 탈선해서 사고가 나게 되니까, 승객들만 사라지는 것으로 하고, 중간에 밖으로 뛰어내릴 수도 있으니 깎아지른 절벽 위로 기차가 다닌다는 설정을 추가했답니다. 그래서 한적한 시골 온천에서 여덟 명의 승객을 태우고 출발한 기차가 다음 역에 도착했을 때, 승객은 모두 사라지고 짐만 그대로 남아 있다는 미스터리를 만들어냈습니다.

일반 사람들은 잘 모르는 특이한 사실을 어떻게 활용할 수 있는지 생각해볼까요? 어떤 형사가 여름에 시체로 발견됐는데 그의 냉장고에서 아무것도 적혀 있지 않은 쪽지가 발견되었다고 칩시다. 그런데 그것을 발견한 용의자가 실수인 척 종이를 가습기 가까이 가져가고, 그것을 목격한 주인공은 그가 범인임을 짐작합니다. 어떻게요? 냉장고에서 발견된 쪽지는 필압(筆壓)으로 눌린 자국이 있는 종이였는데, 결정적인 단서가 적혀 있었습니다. 사실 종이란 주변 환경이 차가우면 차가울수록 눌린 자국이 남아 있을 가능성이 더 큽니다. 주변이 덥고 습하게 되면 종이의 섬유질이 늘어나게 되고 눌린 자국이 없어져버리죠. '덥고 습하면 종이의 눌린 자국이 없어진다.'라는 작은 사실에 바탕을 두고 위와 같은 트릭을 만들어낼 수도 있는 것이지요.

미국 시애틀에서 활동 중인 길거리 아티스트, 페레그린 처치가 고안해낸 '레인웍스(rainworks)'란 것이 있습니다. 투명한 잉크로 그림을 그려서 평소에는 보이지 않다가, 비가 오면 나타나는 길거리 미술입니다. 바닥에 원하는 디자인대로 초소수성 코팅을 해서 그 부분만 물에 젖지 않게 만드는 것이죠. 아마 이런 사실을 사용하거나, 아니면 그 원리를 이용해서 트릭을 만들 수도 있으리라고 생각됩니다.

작가란 언제 어디서든 눈을 크게 뜨고 어떤 것이든 빨아들이려고 노력할 필요가 있습니다. 처음에는 별것 아니었던 아이디어가 언제 어떻게 다른 아이디어와 결합해서 빵! 하고 터질지 모르기 때문입니다.

> "나는 대부분 작가가 선천적으로 관찰력이 뛰어난 사람들이라고 생각한다. 그들은 마치 물을 잘 빨아들이는 스펀지와 비슷하다. 미지의 것을 아주 잘 받아들인다. 언젠가 내 친구가 나를 보고 한 말처럼, 작가란 '매우 많은 분야에 대해 아주 조금씩만 알고 있는 존재'이다."
>
> — 미뇬 G. 에버하트

5) 이야기의 실마리(Narrative hook)

이것은 자리에 앉아서 서두의 첫 문장, 첫 단락, 첫 장면을 써보는 것입니다. 물론 그것은 공포, 충격, 호기심을 유발하는 것이어야 할 겁니다. 그래야 독자뿐만 아니라 작가 자신을 끌어당기게 될 것이기 때문이죠. 자리에 앉아서 깊이 생각하지 말고 머리에 떠오르는 대로 손을 움직이면 움직일수록 잠재의식이 더 활발하게 움직이게 될 것입니다.

다음에 나오는 예문은 브라이언 코피의《두 소년》이란 작품의 서두입니다. 작가는 이 작품을 이야기의 실마리를 써보는 방법으로 창작했다고 합니다. 그는 아무 생각 없이 처음 두 문장을 써놓고 나서 1분쯤 들여다보고만 있었는데, 갑자기 로이란 소년이 열네 살 된 아이라는 것을 깨닫게 되죠. 그다음부터는 10분 만에 두 페이지 정도를 썼고, 하루가 지나기 전에 대강의 줄거리를 완성했다고 합니다.

> "너, 무엇이든지 죽여본 경험이 있니?"
> 로이가 물었다.

이 작품은 아까 말씀드린 딘 쿤츠가 브라이언 코피라는 필명으로 발표한 작품입니다. 원제는《The Voice of Night》인데, 열네 살의 어린 두 소년이 어른들이 눈치채지 못하는 사이에 생사를 가르는 싸움을 벌이는 서스펜스 소설입니다. 이 작품으로 쿤츠는 베스트셀러 작가로서의 입지를 확실하게 굳혔습니다.

실마리로 시작한 또 다른 유명한 작품이 하나 더 떠오르는군요. 그것은 스티븐 킹이 30여 년에 걸쳐 집필한 걸작《다크 타워》시리즈입니다. 킹은 그 모든 것이 1970년 대학교 기숙사에서 낡은 타자기로 찍은 한 문장에서 시작되었다고 말합니다.

"검은 옷을 입은 남자가 사막을 가로질러 달아나자 총잡이가 뒤를 쫓았다."

이 간단한 문장에서부터 7부작에 이르는 (나중에 추가된 작품까지 포함하면 8부작에 이르는) 긴 장편소설 시리즈가 탄생하기에 이른 것입니다. 여러분도 아이디어 펌프를 힘차게 움직일 만한 실마리를 시작으로 멋진 작품을 완성해보시기 바랍니다.

6) 가족들이나 다른 사람들과의 대화

다른 사람들과 대화를 하다가 아이디어를 떠올린다는 작가들도 많습니다. 송시우의 단편 〈원주행〉은 직장 동료와 같이 술 마시며 수다 떨다가 집주인인 동료가 실제 겪고 있는 골치 아픈 세입자 문제와 관련해서 하는 농담을 듣고 아이디어를 얻어 추리소설로 꾸몄다고 합니다.
박하익의《선암여고 탐정단》의 경우에도 원래는 음침하고 어두운 스토리로 쓰고 있었는데, 어머니에게 말씀드렸더니 오만상을 찌푸리면서 그런 얘기는 나한테 하지도 말라고 해서, 지금의 경쾌한 학원 미스터리물로 전환했다고 합니다. 또 대한민국 디지털작가상 대상을 수상한《종료되었습니다》의 경우 남편과 시어머니의 추억을 바탕으로 집필했다고 하네요.
종종 내 주변 사람들이 어떤 이야기를 듣고 싶어 할까? 어떤 것을 좋아할까? 상상해보는 것도 아이디어를 떠올리는 좋은 방법입니다.
또 어떤 경우에는 카페나 대중교통을 이용할 때 누군가가 툭 던진 말 한마디가 아이디어가 될 때도 있죠. 전에 커피숍에 일하러 갔는데 옆에 앉은 아줌마 셋이서 대화하는 것을 듣게 되었습니다. 그런데 너무 재밌게 얘기를 하는 바람에 작업은 뒷전이고 그들 얘기에 푹 빠져들었습니다.

세 사람 모두 남편이 바람을 피운 전력이 있었습니다. 이 경우에도 그들의 대화에 상상력을 더해 부풀리다 보면 근사한 아이디어로 발전할 수 있으리라 봅니다. 세 사람이 서로의 남편에 대한 복수를 대행해주는 이야기라든지요.

7) 신문 기사나 뉴스

《B컷》, 《B파일》 등의 사회성 짙은 작품을 쓴 최혁곤은 실제로 신문사 기자인데, 그래서인지 신문기사나 보도사진을 보고 아이디어를 떠올릴 때가 많다고 합니다. 종종 지나간 사건들과 그 후의 이야기들을 훑다 보면 재미있는 아이디어가 나오는 거죠. 《B파일》의 경우는 엘리트 조선족 은행원과 조선족 문제를 다룬 신문 기획기사에서 아이디어를 얻어서 집필하게 되었답니다.
송시우의 《달리는 조사관》의 〈푸른 십자가를 따라간 남자〉는 범죄 관련 자료를 찾아보다가 아이디어를 얻은 사례입니다. 유영철 사건 판결문을 읽다가 피해자 여성 두 명의 신원이 밝혀지지 않았다는 걸 알게 되었습니다. 거기서 연쇄살인범이 시체는 발견되었지만 신원이 밝혀지지 않은 피해자의 신원을 알려줄 것이냐, 신원은 밝혀졌지만 시체가 발견되지 않은 피해자의 시체가 있는 곳을 알려줄 것이냐를 두고 조사관과 거래를 시도하는 상황을 떠올려서 작품을 집필하게 되었다고 합니다.

8) 배경으로부터 시작하기

이것은 흥미로운 배경을 먼저 떠올리고 그것에서부터 이야기를 시작하는 방법입니다. 방콕이나 파리처럼 이국적이고 흥미로운 장소, 혹은 한국의 차이나타운처럼 특수한 장소를 설정한 다음, 그곳에 아무것도 모르는 주인공이 도착하는 장면으로 시작하는 것입니다. 대프니 듀 모리에의《레베카》를 떠올리면 이해하기가 쉬우실 겁니다. 흔히 고딕소설에서 많이 사용하는 방법이죠.

다른 방법으로는 '물 밖으로 나온 물고기' 방식으로 배경을 활용하는 것입니다. 종종 어떤 특정한 직업을 배경으로 설정하고, 조연이나 주인공을 초심자로 만드는 것입니다. 그러면 자연스럽게 직업과 관련된 정보를 독자에게 전달하기도 편리하고, 디테일을 모르기 때문에 함정에 빠지기 쉽게 만들 수 있습니다.

9) 역사적 사실과의 혼합

제가 쓴 단편〈피가 땅에서부터 호소하리니〉는 과거 히브리인들의 율법 시대에 있었던 '도피성(逃避城)'을 소재로 삼은 것입니다. 이 도피성은 유대지역 여섯 군데에 자리잡고 있어서 고의적이 아닌 살인죄를 지은 사람이 그곳으로 도망하기만 하면 대제사장이 죽을 때까지 그 안에서 안전하게 살 수 있었습니다. 단, 그가 그곳에 도착하기 전 '피의 보수자'에게 잡힌다면 목숨을 잃게 됩니다. 그 역사적 사실에 착안해서 단편을 썼는데요, 같은 모티브를 활용하여 SF로 쓰면 어떨까 하는 생각도 하고 있습니다. SF로 가면 도피'성(星)'이 될 수 있겠죠.

또〈야수들의 땅〉이란 작품은 유대인 역사가 요세푸스가 활약하는 작품인데요, 이것은 유대인 단검단원들이 마사다 요새에서 자살했을 때, 늙은 여자 하나와 어린아이가 살아남았다는 역사 기록에서 떠올린 아이디어였습니다.

이처럼 사료에 기록된 역사적 사실, 혹은 역사적 인물과 허구적 인물을 결합시키거나 만나게 하는 것도 하나의 아이디어가 됩니다. 정명섭의

《적패》, 《무덤 속의 죽음》은 을지문덕 장군이 탐정 역할을 하는 작품입니다. 미국 드라마 〈후디니 앤 도일〉은 유명한 탈출마술가 해리 후디니와 셜록 홈즈의 작가 코넌 도일이 만나서 미스터리를 풀어낸다는 설정입니다.

10) 본인의 경험

송시우의 《라일락 붉게 피던 집》은 어릴 적 실제로 살았던 다가구주택과 인물들을 모델로 이야기를 발전시킨 작품입니다. 물론 기억으로 채우지 못하는 부분은 광범위한 자료조사를 통해서 메꿨다고 합니다.
저의 〈공모〉라는 단편은 지방으로 내려가는 버스 안에서 손으로 절반을 쓰고, 할머니 댁에 도착해서 나머지 절반을 쓴, 가장 빨리 쓴 작품입니다. 아마 내용의 상당 부분이 경험에서 기인했기 때문에 빠른 속도로 마무리 지을 수 있었으리라 생각합니다. 물론 구상까지는 아주 긴 시간이 걸리긴 했습니다.

지금까지 살펴본 것처럼 아이디어는 도처에 있습니다. 심지어는 꿈에서도 아이디어를 얻을 수 있습니다. 문제는 우리가 그것을 제대로 낚아채느냐 그렇지 못하느냐의 차이일 뿐입니다. 그러므로 늘 열린 마음을 갖고 아이디어를 찾기 위해 눈을 번뜩이고, 아주 사소해 보이는 아이디어라도 꼼꼼하게 메모해둘 필요가 있습니다. 아무리 쓸모없어 보이는 아이디어라도 기록해두는 것이 좋습니다. 언제 어떤 아이디어와 만나서 불꽃이 튈지 아무도 모릅니다. 늘 새로운 경험을 하고, 새로운 책을 읽고, 새로운 자극을 주려고 노력해야 합니다. 그러면 죽이는 아이디어는 곳곳에 널려 있습니다.

"내가 접하는 거의 모든 것(노래 한 자락, 당시는 중요하게 여기지 않았는데 어느 날 불현듯 떠오른 과거의 기억, 그리고 읽거나 들어서 알게 된 어떤 상황)이 이야기를 촉발시키는 아이디어가 된다. 무언가에 사로잡히면 그때부터 이러면 어떨까? 저러면 어떨까? 하고 궁리하게 된다. 그러다 보면 어느새 이야기가 만들어진다."

— 리처드 마틴 스턴

참고도서

- 베스트셀러 쓰는 법, 딘 쿤츠, 서지원, 1995
- 미스터리를 쓰는 방법, 미국추리작가협회, 모비딕, 2013

프로파일링

사라진 돈다발

황세연

시골 노인 세 명을 태운 녹색 마을버스가 구불구불한 산길을 천천히 올라갔다.

내리막길에 접어든 마을버스가 속도를 높이며 모퉁이를 도는데 붉은 옷을 입은 남자가 산속에서 버스 앞으로 툭 튀어나왔다. 놀란 오십대 버스 기사가 급히 브레이크를 밟았다. 버스는 남자 바로 앞에서 가까스로 멈췄다.

남자는 붉은 옷을 입고 있는 것이 아니라 옷이 온통 피투성이였다. 40세 정도의 남자가 곧장 출입문 쪽으로 다가와 손바닥으로 두드려댔다.

"문 열어! 문 열어!"

출입문 유리에 손 모양의 핏자국이 여러 개 찍혔다.

겁먹은 표정의 승객들을 한번 둘러본 운전기사가 출입문을 열자 피투성이 남자가 재빨리 버스에 올라탔다.

"문 닫고 빨리 출발해욧!"

피투성이 남자는 버스 출입문을 억지로 밀어 닫으려고 했다.

그때 산속에서 또 한 명의 피투성이 남자가 튀어나와 버스를 향해 달려들었다. 손에 낫이 들려 있었다. 버스에 탄 남자를 쫓아온 게 틀림없었다.

"빨리 출발해!"

운전기사는 버스에 타고 있는 남자의 다급한 외침 때문이 아니라

버스에 타려는 남자가 쥐고 있는 피 묻은 낫을 보고 급히 출입문을 닫고 버스를 출발시켰다.

운전기사의 전화 신고를 받은 경찰차가 현장에 도착했다.

낫을 든 남자는 그곳에서 멀지 않은 산속에 쓰러져 있었다.

남자의 상태를 확인한 경찰은 곧장 구급차를 불렀다. 남자는 이미 숨이 끊어져 있었고 명치에 잭나이프가 꽂혀 있었다.

산속에서 튀어나와 마을버스에 올랐던 피투성이 남자는 별 저항 없이 경찰에 검거되었다. 그는 등과 허벅지를 낫에 찍혔지만, 생명에는 지장이 없었다.

남자는 긴급 수술을 받은 뒤 묵비권을 행사했다.

남자는 충남지방경찰청 프로파일러 황은조 경위의 설득에 결국 하루가 지나지 않아 입을 열었다.

남자의 이름은 이상우, 나이는 42세였다.

사건의 발단은 약 10년 전이었다.

이상우는 대전의 소대전고등학교 동창인 김성종, 이수광과 늘 붙어 다녔다. 모두 변변한 직업이 없는 백수였다. 김성종은 회사에서 공금 횡령한 것을 들켜 잘렸고, 이수광은 영화감독이 되겠다는 일념으로 시나리오를 끼적이며 식당에서 일하는 늙은 홀어머니에게 용돈을 타 쓰는 처지였다. 이상우는 부모 사망 시 물려받은 자동차정비소를 팔아 주식에 투자했다가 반을 날렸고, 나머지 반은 가상화폐에 투자했다가 역시 모두 날렸다.

김성종이 두 친구에게 현금수송차를 털자고 말을 꺼낸 것은 술집에 갈 돈이 없어 편의점 앞에서 컵라면에 소주를 마시고 있을 때였다.

"우리 동네 고려은행을 장기간 지켜봤는데, 매일 같은 시간에 현금수송차가 들락거리더라고. 총을 구해서 그 차를 털어보는 게 어떨까?

점점 나이는 먹어가는데 언제까지 길거리에서 이렇게 소주나 마시고 있을 거야? 한탕 크게 해서 같이 룸살롱이나 하나 차리자."

"젠장, 그래! 더는 잃을 것도 없는데 밑져야 본전이다."

모두 동의하자 작전을 짜고 실행에 들어갔다.

아버지의 자동차정비소에서 일한 경험이 있는 이상우가 자동차를 훔쳤고, 이수광이 그 자동차를 운전해서 순찰 중인 경찰관을 들이받고 권총을 빼앗았다.

두 달 뒤, 세 사람은 다시 자동차 두 대를 훔쳐서 공항 인근의 장기주차 차량에서 떼어낸 번호판으로 바꿔 달았다.

마스크에 모자를 눌러쓰고 훔친 차를 몰아 고려은행 지하주차장으로 들어간 삼인조 강도는 현금수송차가 들어오고 경비원들과 은행 직원들이 현금을 내리는 순간 권총을 쏘며 달려들었다. 현금수송 가방을 빼앗아 차에 싣고는 인근 상가 지하주차장으로 도망가 미리 세워두었던 다른 차로 바꿔 타고 도주했다.

세 사람은 현금수송 가방에서 일반 가방으로 강탈한 돈을 옮겨 담으며 금액을 대충 헤아려봤다. 오만원권 지폐로 5억 원이었다.

"야호!"

예상보다 많았다.

훔친 차를 버린 일당은 택시를 몇 번 갈아타고 칠갑산 아래에 도착했다. 그들의 손에는 돈다발이 든 커다란 가방, 삽, 괭이, 캔맥주와 안주가 든 비닐봉지가 들려 있었다. 세 사람은 택시 운전사에게 약초를 캐러 간다고 둘러댔다.

산에 오른 세 사람은 돈을 묻을 적당한 장소를 물색했다.

이상우가 책상처럼 생긴 커다란 바위 아래를 가리키자 김성종이 고개를 끄떡이며 땅을 파기 시작했다.

"얼마나 깊이 파야 하지?"

이수광이 조금 떨어진 나무 그늘에 자리를 잡고 앉으며 물었다.

"경찰이 수색에 나설 수도 있고, 앞으로 무슨 일이 생길지 모르니 가능한 한 깊이 파고 묻자구."

김성종이 삽질을 시작하며 대답했다.

좁은 구덩이를 깊이 파다 보니 같이 작업할 수 없어 세 사람이 번갈아가며 구덩이를 팠다.

구덩이를 파지 않는 사람은 구덩이에서 몇 미터 떨어진 나무 그늘에 앉아 작업을 구경하며 캔맥주를 마셨다. 날씨가 꽤 더웠다.

삽질은 김성종이 잘하는 편이었다. 김성종 주도로 구덩이가 파였다.

구덩이를 가슴 높이 정도로 깊이 판 후에 김성종이 밖으로 나와 그늘에 놓여 있는 돈 가방을 열었다.

"이 돈은 반드시 사건이 잠잠해진 일 년 뒤에 우리 셋이 같이 와서 파내야 해. 만약 약속을 어기고 누군가가 돈을 꺼내 간다면, 그 사람은 다른 사람들 손에 죽는 거야. 일 년 동안 조용히 숨어 지낼 생활비가 어느 정도는 있어야 할 테니…."

김성종이 가방에서 오만원권 100장 묶음 여섯 개를 꺼내 이상우 앞으로 두 개, 이수광 앞으로 두 개, 그리고 자기 앞에 두 개를 내려놓았다.

"각각 천만 원씩이야. 의심받지 않게 조금씩 아껴 써."

이상우와 이수광이 각자의 돈다발을 집어 들고 미소를 지으며 살피는 사이 김성종이 돈 가방을 들고 구덩이 속으로 들어가 엎드려 묻는 작업을 했다.

잠시 뒤 구덩이에서 나온 김성종이 나무 그늘에 앉아 있는 두 사람을 쳐다보며 물었다.

"누가 첫 삽을 뜰래?"

"야! 가족이 죽어서 입관하는 것도 아닌데 누가 첫 삽을 뜨든 그게 뭐 그리 중요하냐. 대충 묻어! 아, 아니다. 오줌을 한번 싸줘야 부정 안 타지."

이수광이 맥주캔을 든 채 구덩이 위에 서서 거센 오줌줄기를 돈 가방을 향해 갈겼다.

"에이 더럽게! 돈 썩으면 어쩌려고?"

"돈이 썩긴 왜 썩어. 옛날에는 도둑질한 뒤 똥을 싸놔야 안 잡힌다고, 도둑질한 집 안방이나 침대에 똥 싸놓고 도망가는 도둑놈들도 많았다."

"야! 그 새끼 돈 가방에 똥 싸기 전에 빨리 묻어라."

이상우가 나무 밑에서 실실 웃으며 소리쳤다.

김성종이 삽으로 구덩이 주변의 흙을 파서 구덩이를 메우기 시작했다.

세 사람은 흙을 발로 다져가며 구덩이를 단단히 메우고 그 위에 풀을 심고 낙엽을 뿌려 땅을 팠던 흔적을 없앴다.

"다시 한번 말하는데, 이거 몰래 파내 가는 놈은 다른 사람들 손에 죽는 거야."

이수광이 두 사람을 쳐다보며 경고하듯 말했다.

"알았다, 알았어! 너나 이상한 짓 하지 마."

"어디 가서 술이나 한잔하자. 오늘은 내가 쏜다!"

저녁 무렵 산에서 내려온 세 사람은 택시를 불러 타고 대전 유흥가로 향했다.

술집 텔레비전에서 은행 현금수송차 권총 강도 사건이 톱뉴스로 나오고 있었다. 술을 먹던 사람들이 "대범한 놈들이네." "영화 같은 일이 벌어졌네."라며 떠들어대는 말이 세 사람의 귀에는 칭찬으로 들렸다.

2차는 룸살롱이었다.

"어허! 사건이 잠잠해질 때까지는 돈 함부로 쓰면 안 된다니까!"

"함부로 쓰긴 뭘 함부로 써. 이게 다 사업 준비 과정이야. 일 년 뒤 우리 룸살롱 차릴 거잖아. 어디가 목이 좋은지, 어떻게 해야 장사가 잘되는지 틈틈이 봐둬야 한다니까. 스카우트할 아가씨도 봐두고."

하지만 그들의 운은 거기까지였다. 세 사람이 룸살롱에서 술을 마시고 있는데 경찰이 급습했다. 세 사람이 술에 취해서 주고받는 말이 수상한 데다 뉴스 속의 삼인조 은행강도와 세 사람의 인상착의가 비슷하다고 생각한 술집 아가씨가 신고한 것이었다.

이상우와 이수광은 그 자리에서 검거되었고 전화통화를 하기 위해 밖에 나갔던 김성종은 경찰이 들이닥치는 것을 보고 주방으로 달아나 부엌칼을 들고 인질극을 벌이다 경찰관이 쏜 총을 맞고 사망했다.

검거된 이상우와 이수광은 자신들은 주범인 김성종이 시켜서 어쩔 수 없이 가담했을 뿐이라고 주장했다. 강도질한 돈도 김성종이 천만 원씩만 나누어주고 모두 챙겨서 돈의 행방은 물론 액수조차도 모른다고 잡아뗐다.

이상우와 이수광은 모두 10년형을 선고받았다.

하지만 이상우는 9년 만에 가석방으로 풀려났고, 교도소 안에서 말썽을 부린 이수광은 10년형을 다 채우고 풀려났다.

이수광이 출소한 다음 날 두 사람은 연장을 챙겨 들고 돈을 묻어둔 충남 청양으로 향했다.

돈을 묻어둔 바위 아래는 10년 전과 달리 수풀이 무성했다. 준비해 간 낫으로 풀과 나무를 잘라내고 땅을 파기 시작했다.

허리 정도 깊이로 구덩이를 파자 10년 전에 묻어둔 가방이 모습을 드러냈다.

"이야! 드디어 나왔다."

이상우가 탄성을 질렀다.

"근데, 뭔가 좀 이상하지 않냐? 예전에 돈 가방 묻을 때는 구덩이를 더 깊이 팠던 것 같은데?"

이수광이 고개를 갸웃거리며 중얼거렸다.

"이상하긴 뭐가 이상해. 그때는 땅이 딱딱해서 파기 어려워 깊게 팠던 것처럼 생각되는 거고, 지금은 한번 팠던 땅이라서 잘 파지니 상대적으로 얕게 묻혀 있는 것 같은 느낌이 드는 거겠지."

"그런가…."

두 사람은 환하게 웃으며 흙을 조금 더 파내고 가방을 끄집어냈다. 그런데 뭔가 느낌이 이상했다. 서둘러 가방을 열었다. 가방이 텅 비어 있었다. 돈이 모두 사라지고 한푼도 남아 있지 않았다.

삽을 든 이수광이 이상우를 노려봤다.

"이게 어떻게 된 거지?"

"그, 글쎄?"

"김성종은 이 돈을 묻은 날 저녁에 경찰이 쏜 총에 맞아 죽었고, 나는 그때 체포되어 어제 출소했어. 그런데 아까 구덩이를 파기 전에 이곳에 풀과 나무가 무성했단 말이지. 그건 가방 속의 돈이 내가 출소한 뒤 사라진 게 아니라 최소한 몇 달 전에 사라졌다는 증거지. 범인은 우리 셋 중에 한 사람 짓일 텐데, 과연 누구 짓일까?"

"나, 난, 아니야. 난 그때 이후로 이 근처에 얼씬도 하지 않았어."

이수광이 왼손으로 낫을 집어 드는 순간 이상우가 재빨리 몸을 돌려 산 아래를 향해 내달렸다.

"이런 쥐새끼!"

이수광이 이상우를 뒤쫓아가며 삽을 던졌다. 삽날에 뒤꿈치를 찍힌 이상우가 앞으로 고꾸라졌다. 이수광이 왼손의 낫을 오른손으로 옮겨 잡고 이상우에게 달려들어 낫으로 등을 찍었다.

"으흑!"

이수광이 이상우의 등에서 낫을 뽑아내 다시 쳐들었다.

"이 배신자 새끼! 돈 어딨어?"

"머, 멈춰! 마, 말할게!"

이수광이 멈칫하는 사이 이상우가 주머니에서 재빨리 잭나이프를 꺼내 칼날을 폈다.

칼을 본 이수광이 이상우의 목을 향해 낫을 휘둘렀다. 상체를 숙여 겨우 낫을 피한 이상우가 이수광의 명치에 칼을 찔러넣었다.

"윽!"

낮은 신음을 흘리고 난 이수광이 다시 낫을 휘둘러 이상우의 허벅지를 찍었다.

"악!"

이상우가 이수광을 뒤로 떠밀고 다리를 절뚝거리며 산 아래를 향해 내달렸다.

이수광이 칼이 박혀 있는 명치를 움켜쥔 채 낫을 들고 뒤쫓아갔다.

"서라! 이 도둑놈의 새끼!"

이상이 이상우가 충남경찰청의 황은조 프로파일러에게 털어놓은 이야기다.

"정말 귀신이 곡할 노릇입니다. 저는 정말 그 돈을 훔치지 않았습니다. 물론 죽은 김성종과 이수광도 돈을 훔쳤을 확률은 거의 없습니다. 그럴 시간적 여유가 없었으니까요. 도대체 어떻게 된 일일까요? 정말 억울해 죽겠습니다. 우리 돈을 훔쳐간 놈이 어떤 놈인지, 꼭 좀 잡아서 처벌해주십시오."

황은조는 형사들과 함께 이상우를 데리고 세 사람이 돈을 숨겼던 장소로 갔다.

현장에는 허리 정도 깊이의 구덩이와 그곳에서 꺼낸 오래된 가방

하나가 놓여 있었다.

황은조가 구덩이와 흙빛 가방을 살폈다.

"10년 전에 은행 현금수송차량을 턴 삼인조 강도가 돈 가방을 이곳으로 가져왔고, 가방을 묻기 전에 각각 천만 원씩 나누어 가졌다. 가방 안에는 나머지 4억 7천만 원이 들어 있었다. 그런데 10년간 교도소에서 썩고 나와 새 출발할 생각으로 돈 가방을 파내 열어보니 모든 돈이 감쪽같이 사라지고 없었다. 그 때문에 살인사건이 일어났다는 말이군요?"

"그렇습니다, 형사님! 아무리 생각해도 귀신의 짓이 아니고는 불가능한 일입니다."

"귀신의 짓이라…? 아, 맞아요. 귀신의 짓!"

"예에?"

문제: 과연 누가 범인이며, 돈은 어떻게 사라진 것일까?

● 답과 설명

범인은 10년 전에 경찰의 총에 맞아 죽은 김성종이다. 구덩이를 파고 돈을 묻을 때 김성종은 다른 두 사람을 믿지 못했거나 돈을 혼자 차지할 생각으로 잔머리를 굴렸다. 두 사람 앞에서 가방을 열어 현금을 꺼내 천만 원씩 나눠줌으로써 관심을 돌리고 난 김성종은 나머지 돈이 든 가방을 들고 구덩이 속으로 들어갔다. 김성종은 구덩이 속에서, 밖에 있는 두 사람의 눈을 피해 가방에서 돈을 꺼내 먼저 흙 속에 묻은 뒤 그 위에 빈 가방을 놓아두고 두 사람이 지켜보는 가운데 흙을 덮었다. 그 때문에 10년 전에 범인들이 판 구덩이는 가슴 정도 깊이였는데 빈 가방은 허리 깊이 정도의 흙 속에 묻혀 있었다. 돈은 구덩이 아래쪽에 아직 그대로 있다.

비대면 시대, 출판은 안녕하십니까?

—장르문학 전문출판사 대상 설문조사

'계간 미스터리' 편집부

올해 초부터 전 세계를 강타한 코로나바이러스로 인해 새로운 생활방식이 자리를 잡아가고 있다. 재택근무 비중이 늘어나면서 아파트와 사무실이 밀집해 있던 도심은 공실률이 치솟았고 임대료가 대폭 하락했다. 미국의 경우지만, 캘리포니아 마운틴뷰 지역의 임대료는 30퍼센트 가까이 떨어졌고, 쿠퍼디노, 멜로파크, 팰로알토 등 유수의 기업들이 포진하고 있는 곳 역시 비슷한 상황이다. 한국도 마찬가지다. 시청, 을지로, 충무로 등지의 사무실 공실률이 20퍼센트를 넘겼다.

출판계 역시 변화를 피해 갈 수는 없었다. 비대면 시대를 맞아 교보문고를 위시한 대형서점의 매출이 40퍼센트 이상 급감했다. 집콕 시대의 무료함을 견디기 어려워한 사람들로 전자책과 웹소설의 매출이 반짝 오르기도 했지만, 넷플릭스와 같은 OTT 서비스로 쏠리는 관심을 활자로 붙잡기에는 역부족이었다.

여러모로 힘들었던 2020년, 추리소설을 주로 펴내는 출판사들은 어떤 성공과 실패를 경험했을까? 또 2021년에는 어떤 반전을 꾀하고 있을까? '계간 미스터리' 편집부에서 한국의 대표적인 장르 출판사들의 의견을 들어보았다.

공통 질문은 네 가지였다.

● 빛의 현관
/
요코하마 히데오
시공사

① 귀 출판사에서 2020년에 출간한 작품 중 만족스러웠던 작품은 무엇인가요?

② 아쉬웠던 작품이 있다면 어떤 작품인가요?

③ 2021년 기대작 및 출간 예정작은 무엇인가요?

④ 앞으로의 추리소설 트렌드를 어떻게 예측하고 계신가요?

[시공사]

① 요코하마 히데오의 《빛의 현관》입니다.

② 아쉬웠던 작품은 없습니다. 다만 예년에 비해 독자분들과 만날 기회가 적었다는 것이 아쉽습니다.

③ 내년에도 신선하고 재밌는 국내 미스터리가 출간될 예정입니다. 전건우, 정명섭, 정해연, 최혁곤 작가의 신작을 준비 중입니다.

④ 추리소설 또한 출판사 외의 새로운 경로를 통한 출판이 늘어나고, 이에 따라 기존 관념에 얽매이지 않는 신선한 작품이 시장에 선보일 것이라 기대합니다. 출판사들도 과거 흥행공식에 맞는 작품만을 출간하는 것은 아니니, 작품과 작가의 다양성이 커지리라 생각합니다.

● 차가운 숨결
/
박상민
아프로스미디어

[아프로스미디어]

❶ 일본 번역 소설을 주로 출판해오다가 올해부터는 '아프로스 오리지널'이라는 시리즈로 한국 작가님들의 작품을 출간하게 되었습니다. 그 첫 번째 작품으로 현직 의사이신 박상민 작가님의 감성 메디컬 미스터리 《차가운 숨결》을 출간했습니다. 흥미로운 미스터리적 구성에 휴먼 메디컬 드라마까지 포함된 좋은 작품이라고 생각합니다. 올해 한국콘텐츠진흥원의 영상화 사업 작품으로도 선정되었습니다.

❷ 조동신 작가님의 《아귀도》는 본격 미스터리에 괴수물을 접목한 재미있는 작품입니다. 여름 시기에 맞춰 7월에 출간했는데 기대보다 작품의 진가를 알아보신 독자분들이 많지 않아 아쉬웠습니다.

❸ 2021년에도 한국 작가님들의 작품들이 라인업되어 있습니다. 저희를 통해 처음 등단하시는 작가님도 계시고 이미 장르소설 작가로 자리를 잡으신 작가님도 계십니다. 기본적으로 미스터리 작품이지만 SF나 호러가 접목되어 엔터테인먼트 요소가 높은 작품들이 출간을 기다리고 있습니다. 서바이벌 스릴러나 초능력 배틀 등 복합 장르적 요소가 만재된 작품들입니다.

❹ 제가 일본의 신작들을 꾸준히 읽고 있고, 한국 소설들도 틈틈이 읽고 있는데요. 점점 세대가 교체되는 느낌입니다. 일본도 젊은 세대

● 아름다운 수수께끼
/
루이즈 페니
피니스아프리카에

작가들이 같은 세대에서 각광받고 있는 테마나 스타일을 적극 활용하고 있으며 국내도 더욱 개방적인 자세로 바뀌는 것 같습니다. 일본의 경우 서브컬처 요소를 적극 활용해 젊은 층 입맛을 겨냥한 작품이 많이 나오고 있고, 한국 작가들은 해외 본격 및 사회파 작품들의 영향을 받아 세련된 느낌의 작품들을 선보이고 있는 것 같습니다. 특히 타 장르와의 융합에도 적극적이라 SF나 호러가 믹스된 작품들도 계속 나오고 있습니다. 2021년에도 이런 개방적 스타일의 작품들이 계속 나오지 않을까 합니다.

[피니스아프리카에]

❶《아름다운 수수께끼》

❷《스틸하우스 레이크》

❸《In Farleigh Field》

❹ 솔직히 말해서 예측 불가입니다. 여전히 히가시노 게이고는 잘 팔리겠지만 별도로 구분해야겠고, 일본, 북유럽, 가정 스릴러도 한발 물러난 느낌입니다. 한국 미스터리가 흥하지 않을까 조심스레 예측해봅니다.

● 콘크리트
/
하승민
황금가지

[황금가지]

① 《콘크리트》

② 추리 장르에선 딱히 떠오르는 게 없네요.

③ 《너의 집이 대가를 치르게 될 것이다(Your house will pay)》

④ 지난 시절과 큰 변화는 없을 듯하네요. 최근 10년 사이의 가장 큰 지각변동이 웹소설인데 추리는 웹소설과 거리가 있으니. 다만 언택트 시대로 접어들며 오히려 미디어의 원작에 대한 수요가 올라갔기 때문에, 이로 인한 판권 가치 상승은 있지 않을까 조심스럽게 생각해봅니다.

[고즈넉이엔티]

① 올해 상반기에는 케이스릴러 시즌 2, 7개 작품이 출간되었는데, 그중에서 《행복배틀》은 TV 드라마 〈SKY캐슬〉을 제작했던 HB엔터테인먼트와 드라마 계약이 되었고, 인도네시아에 출간되어 여러모로 경사가 겹쳤던 작품입니다. SF에 스릴러를 결합시킨 《화성탈출》이 최근에 출간되었는데, 한국에서 하드SF가 영화로 만들어진다면 이 작품이 될 것이라 자부하고 있습니다.

● 행복배틀
/
주영하
고즈넉이엔티

❷ 없습니다.

❸ 2021년에는 케이스릴러 시즌 3, 10개 작품(에서 15개 작품)이 대기 중입니다. 길게는 2년 가까이 준비된 작품들로, 새로운 작가들뿐만 아니라 기존 케이스릴러 작가들의 후속작이 계속 출간될 예정입니다. 《곤충》의 장민혜 작가, 《캐리어》의 김혜빈 작가, 《빨간 모자》의 김지연 작가, 《행복배틀》의 주영하 작가, 《깨어나지 말 걸 그랬어》의 김하림 작가의 후속작들이 시즌 3에 포진되어 있습니다.

❹ 스릴러나 미스터리, 추리는 어느 나라에서나 통용되는 장르로 범용성이 굉장합니다. 이제 우리 작가들도 이런 장르적 강점을 어떻게 최대한 활용할지 적극적인 고민이 필요합니다. 바야흐로 내가 쓰는 소설을 세계의 독자들이 함께 본다는 글로벌 인식을 장착해야 할 때가 온 것 같습니다. 그래서 제가 보는 가장 큰 트렌드는 '한국의 스릴러, 추리, 미스터리, 세계 시장에 상점을 열다.'입니다.

이미 고즈넉이엔티와 계약을 맺고 스릴러 소설을 쓰는 작가들은 그러한 인식을 갖추기 시작했습니다. 내 작품을 해외로 팔기 위해 출판사가 어떤 노력을 기울이는지 신경쓰는 시대가 된 것이죠. 처음부터 세계의 독자를 겨냥하고 장르소설을 집필하기 시작한 첫 세대 작가군의 출현을, 해외수출을 당연하게 여기는 세계 지향 작가들의 출현을 지금 목격하고 있습니다.

긴장감 넘치는
글쓰기를 위한 아이디어
/
퍼트리샤 하이스미스
북스피어

[북스피어]

❶ 《긴장감 넘치는 글쓰기를 위한 아이디어》(퍼트리샤 하이스미스). 세계 최고의 범죄소설 작가가 들려주는 창작자를 위한 팁이 가득 들어 있어서 만족스러웠습니다.

❷ 《야채에 미쳐서》(아사이 마카테). 일본 불매의 여파로 판매가 저조하지 않았나 싶어서 아쉬웠습니다.

❸ 미야베 미유키 작가가 새롭게 선보이는 시리즈의 첫 권《きたきた捕物帖》이 현재로서는 2021년 최고의 기대작입니다.

❹ 솔직히 트렌드는 잘 모르겠습니다만, 저 스스로는 사회적(특히 환경) 문제에 관심을 가질 수 있는 사회파 추리를 적극적으로 만들어보고 싶다는 생각을 가지고 있습니다.

[마카롱]

❶ 《얼굴이 사라진 밤》. 어떤 사건이 일어났는지 기억도 나지 않고 심지어 사람의 얼굴도 알아볼 수 없게 된 여주인공이 누군가에게 협박을 당하면서 스릴이 배가되는 작품입니다.

● 얼굴이 사라진 밤
/
루이즈 젠슨
마카롱

❷ 없습니다.

❸ 이서현의 《펑》(가제). 제8회 교보문고 스토리공모전 대상작으로, 평범한 가정에 사제폭탄이 배달되며 벌어지는 이야기입니다. 평범해 보이지만 무언가 비밀을 갖고 있는 가족 한 명 한 명이 범인으로 지목되며, 가족의 해체가 진행됩니다.

❹ 전자책, 웹소설, 드라마 등을 포함한 장르문학 분야 전반에 걸쳐 판타지(SF 포함)적 설정이 강세를 보이는 만큼, 추리소설도 꼭 현실에 기반을 두기보다는 SF나 그 밖의 판타지적 설정이 가미된 미스터리가 시장에 다수 선보일 것으로 예상됩니다.

[구픽]

❶ 《장르작가를 위한 과학가이드》입니다. 논픽션을 잘 시도하지 않던 중에 출간한 책이고, SF·판타지·추리·스릴러 등에 다양하게 응용할 수 있는 정보들이 들어 있어 많은 분들이 좋아해주셨습니다.

❷ 데릭 B. 밀러의 《푸른 옷을 입은 소녀》입니다. 개인적으로는 올해 출간작 중 제일 좋아하는 작품입니다. 시리아 내전을 배경으로 한 전쟁 스릴러인데 흔히 다루지 않던 중동 난민들의 실상을 소재로 하면서 재

푸른 옷을 입은 소녀
/
데릭 B. 밀러
구픽

미와 무게감을 함께 갖춘 좋은 작품이라고 생각합니다.

③ 평소에 관심이 있었던 호러 쪽 논픽션이 두어 편 출간될 예정이고 장르소설 작가들의 에세이도 출간될 예정입니다.

④ 올해 SF 분야에서 90년대생 작가들이 많은 두각을 나타낸 만큼 추리소설에서도 젊은 작가들이 많이 배출되지 않을까 합니다. 코로나 등의 여파로 인해 기존과 다른 새로운 소재도 등장할 것 같습니다.

[한스미디어]

① 민카 켄트의 《내가 너였을 때》입니다. 작년에 소개한 전작에 이어 판매도 좋았고, 여성 주인공, 속도감 있는 전개, 많지 않은 분량 등 트렌드에 걸맞은 작품이라고 생각합니다.

② 찬호께이의 《13.67》 알라딘 한정판입니다. 기대보다 반응이 약해서 고심하고 있어요.

③ 아직 제목 미정인, 살짝 호러 요소가 담긴 스릴러가 있는데요. 입수된 번역 원고를 보니 생각보다 흥미진진하고 캐릭터가 좋아서 마케팅 방향을 고심하고 있답니다. 그 외에는 민카 켄트의 신작이 있습니다.

④ 일본의 본격 미스터리는 소재나 전개 면에서도 비현실적인 캐

내가 너였을 때
/
민카 켄트
한스미디어

릭터나 설정이 투입되는 경우가 잦아지고 있고, 한 권 분량을 하나의 이야기로 끌어가기보다는 점점 더 단편 연작의 형태가 늘고 있습니다. 크게 보면 라이트노벨과 명확히 분간이 가지 않는 지점으로 가고 있는 것이 창작 트렌드인 것 같습니다. 그런 일본 미스터리계의 창작 방향과는 달리 국내 독자는 여전히 고전 미스터리에 가까운 본격 추리를 원하는 경우가 많아, 갈수록 국내 판매를 가늠하기 쉽지 않네요. 그런 면에서 일본 미스터리를 소비하는 국내 독자는 딱히 트렌드에 좌우되지 않는다는 느낌입니다.

영미권의 경우 기본적으로 (믿을 수 없는) 여성 주인공, 속도감 있는 전개 위주의 도메스틱 스릴러 장르의 단권 작품이 계속 반응이 있는 편이고요. 페미니즘의 물결이 더해진 것도 있어서, 이 흐름은 당분간 깨지지 않을 듯합니다.

정리해보면, 2021년에는 페미니즘의 영향을 받은 작품들과 좀 더 복합적인 장르의 참신한 소재를 다룬 작품들이 출현할 가능성이 크다. 해외 판권과 영상화 판권 등의 2차 저작권 시장도 활성화되고 있어서, 좀 더 글로벌한 시장을 노리고 창작된 작품들이 주목을 받게 될 것이다.

한국 추리소설계에도 확실히 세대교체의 바람이 불고 있다. 2021년이 한국 추리소설의 빅뱅이 되기를 희망한다.

Bestseller
D3-3
소 설
D3-2
시 · 에세이
백화점
아몬드
그 환자
킹덴종
데미안
히가시노 게이고
봉제인형 살인사건
프리즘